導讀

妖怪大戰記：虛構與現實的角力賽

何敬堯

——這世上沒有什麼不可思議的事。

京極夏彥以這句名言，貫穿他所有以妖怪為主題的小說，讓理性的光芒照亮幽暗人心，藉此驅除依附其上的惡靈。

不可思議之存在，只因人們在局限視野中，無法看透背後的道理。不可思議之不存在，說明了人們願意敞開心胸接受未知，努力探索真相。而妖怪之所以會產生，則是人們面對不可思議之時，在恐懼不安的心理狀態下，使用了超自然觀點來進行合理化的解釋。

因此，京極夏彥小說的迷人之處，並非讓妖怪「直接現身」，而是帶領讀者親眼目睹妖怪在扭曲的人心中「如何誕生」，並且進一步拆解怪談的成因。妖怪傳說看似虛構、荒唐，其實也能具有理性、科學的詮釋方法（註1）。

註1：例如，日本有一種妖怪名喚「家鳴」，會在家中搖動廊柱、門窗，製造吱吱嘎嘎的聲響。不過，若以物理學的角度來看，這種現象很可能是日夜溫差太大，導致建築物的木頭與金屬產生熱脹冷縮，因此發出詭異雜音。

自從第一部作品《姑獲鳥之夏》在一九九四年出版以來，京極夏彥便以獨樹一格的「妖怪推理」風靡千萬讀者，成為炙手可熱的暢銷作家。在他筆下，最著名的兩個系列作分別是「百鬼夜行系列」與「巷說百物語系列」。

「百鬼夜行系列」的主角是中禪寺秋彥，他是一位古書店老闆，也是替人驅邪、祈禱的陰陽師，總能慧眼看穿謎團。此外，京極夏彥也創造一位經典角色，薔薇十字偵探社的美型社長榎木津禮二郎，個性古怪，讓人捉摸不清，反而成為作品中極具魅力的人氣角色。

「巷說百物語系列」，最先刊載於妖怪專門雜誌《怪》，之後陸續集結成冊，京極夏彥也以其中一部作品《後巷說百物語》榮獲通俗文學之大賞直木賞。此系列作的舞臺是江戶時代，最主要的角色是詐欺師又市，他與同夥一起製造妖怪傳聞，迷惑大眾，藉由旁門左道協助委託人解決各種疑難雜症。

熟悉京極夏彥作品的讀者，對於妖怪小說中「沒有妖怪」的特點，肯定印象深刻。但，如同當初《姑獲鳥之夏》驚世駭俗，京極夏彥在二〇一六年出版的《虛實妖怪百物語》再次讓讀者瞠目結舌，因為故事中竟讓妖怪「直接現身」?!

◎虛構與現實的一線之隔

《虛實妖怪百物語》是三部曲小說，各冊副標題依序是「序」、「破」、「急」。故事描述魔人加藤保憲企圖毀滅日本，他的行動讓各地妖怪蠢蠢欲動，更讓妖怪雜誌《怪》的編輯與作家們陷入一團混亂，漫畫大師水木茂甚至說出恐怖的預言……

從小說簡介來看，立即能感受到故事中「虛構」與「現實」互相纏繞糾結的複雜狀態。魔人加藤其實是荒俣宏（註2）在小說《帝都物語》創作的架空人物，不過妖怪雜誌《怪》卻是真實存在的雜誌。而且不只水木茂在小說中出現，現實中「日本妖怪業界」的編輯、作家、研究者幾乎全都成為故事中的重要角色，例如多田克己（註3）、村上健司（註4）、黑史郎（註5）、東雅夫（註6）、荒俁宏……等人，甚至連京極夏彥本人也在書中粉墨登場。

註2：荒俁宏：日本知名的博物學家、小說家、妖怪學者。曾以《帝都物語》榮獲日本SF大賞。根據水木茂之妻武良布枝的回憶錄，荒俁宏與水木茂首次見面，就請求對方收他為弟子，讓水木茂大為驚嚇。後來兩人交情極好，經常出國進行「妖怪冒險之旅」。

註3：多田克己：妖怪研究家、世界妖怪協會評論員。知名作品《幻想世界の住人たち4：日本篇》（1990年），臺灣中文譯本是《日本神妖博物誌》（2009年）。京極夏彥筆下的「多多良勝五郎」，其原型即是多田克己。

註4：村上健司：妖怪探訪家。喜愛前往日本妖怪傳說地進行取材，他在《每日小學生新聞》報紙連載妖怪專欄〈妖怪穴〉，後來匯整成兩冊，臺灣已有譯本《日本妖怪物語》（2018年）、《妖怪百貨店》（2018年）。

註5：黑史郎：日本小說家，曾獲第一屆《幽》怪談文學賞長篇部門大賞，擅長恐怖風格的輕小說，其作品《未完少女洛夫克萊夫特》將克蘇魯（Cthulhu）小說始祖「洛夫克萊夫特」（H. P. Lovecraft）美少女化。

註6：東雅夫：出版社編輯、怪談評論家，在2004年創立怪談專門雜誌《幽》。

有時候，作品與現實之間，兩者的區隔可能產生模糊。例如，荒俣宏在《帝都物語》的改編漫畫後記提到：「小說也是這樣，不知什麼原因，作品中的出場人物和現實中存在的自己本人或周圍的人相似。」與此相反，京極夏彥的書寫策略則是讓現實人物進入作品之中，混淆了「虛構」與「現實」之間的界線。

《虛實妖怪百物語》除了與荒俣宏小說相關，另一個更重要的特色，則是與兩部名為《妖怪大戰爭》的妖怪電影進行對話。

日本妖怪電影一開始時改編自文學名著，例如一九六四年的《怪談》取材自小泉八雲創作，第四代鶴屋南北撰寫的故事《東海道四谷怪談》更被改編為電影達三十次以上。在一連串的妖怪電影風潮之中，大映公司推出「大映妖怪三部曲」（註7），其中一部特攝電影《妖怪大戰爭》尤其膾炙人口，電影中的轆轤首、河童……眾多妖怪組成聯合軍，共同對抗古巴比倫的吸血魔戴蒙。而在二〇〇五年，三池崇史也執導了電影《妖怪大戰爭》（註8），不過並非翻拍舊版。京極夏彥在訪談中提及，之所以開始撰寫《虛實妖怪百物語》，就是受到新版《妖怪大戰爭》的影響，試圖擴大這種類型故事的世界觀，於是本作也被稱為「京極版《妖怪大戰爭》」。

《虛實妖怪百物語》是京極小說史上最長篇的作品，原稿用紙多達一千九百頁，而且與先前「妖怪推理」的風格截然不同，具有強烈的奇幻文學色彩。故事情節雖是主角群合力抗衡邪惡勢力的冒險物語，但小說中的潛在旋律，則是對於日本妖怪文化的全面回顧。

醍醐味。

因此，若能理解日本妖怪文化的發展脈絡，就可以更加體會《虛實妖怪百物語》深藏的醍醐味。

◎妖怪的歷史演變

日本妖怪文化淵遠流長，最古老的妖怪可追溯至《古事記》與《日本書紀》。例如，書中記載八俣遠呂智（八岐大蛇）是八頭、八尾的恐怖巨蛇，後來被須佐之男斬殺。或者是黃泉國的鬼女，被女神伊邪那美派遣去追捕其夫伊邪那岐，據說她腳程很快，一個跳躍就能橫跨四千公里。

對於許多臺灣人而言，可能認為日本人將妖異之物稱為「妖怪（ようかい）」的歷史非常久遠，但這是不太精確的認知。事實上，日文中指稱這一類「恐怖對象」的名詞，不同時代各自有不同的稱呼。

註7：大映妖怪三部曲：《妖怪百物語》（1968年）、《妖怪大戰爭》（1968年）、《東海道驚魂》（1969年）。

註8：角川映畫《妖怪大戰爭》：導演三池崇史，主角神木隆之介，水木茂負責電影中的妖怪角色設計。很特別的是，電影中有許多角色由知名作家擔任演員，例如京極夏彥就飾演其中一名妖怪「神野惡五郎」。

在平安時代，日本人認為讓人患病的附身魔物是「物怪（もののけ）」，需要請法師誦經驅趕，才能讓「物怪」離開。到了江戶時代，妖異之物常被稱為「化け物（ばけもの）」、「お化け（おばけ）」，這種妖物具有改變原有形態的變幻能力，不過詞義後來經過演變，就算沒有變化能力、具有怪異性質的生物也能用這些詞彙來稱呼。

日本近代之前，雖有「妖怪」一詞，但詞義卻等同「奇怪」、「怪異」，而且「妖」與「怪」也常常分開使用。

江戶時代末期，就有學者對妖異文化產生興趣，例如以天狗、異界為研究對象的國學家平田篤胤，他統整了十分著名的怪異體驗筆記《稻生物怪錄》。

到了明治時代，特別將「妖怪」一詞提出來的學者是井上円了（註9），他認為妖怪分為「虛怪」、「實怪」……等概念。井上円了研究妖怪，目標是打破迷信，推動日本文明發展。

不過，井上円了所謂的「妖怪」，仍包含「怪異、不可思議的現象」。真正讓「妖怪」的詞義更加傾向「怪異的存在或生物」的學者，則是民俗學家柳田國男（註10）。柳田國男將岩手縣居民的口述民間傳說故事，整理成《遠野物語》，是日本民俗學經典，更是研究日本妖怪文化的重要參考書。他在戰後出版的《妖怪談義》，則是他研究妖怪的集大成之作。

◎妖怪藝術與娛樂化

談及日本妖怪，許多人立刻會聯想起它們所擁有的詭異面目、張牙舞爪的外型。日本妖怪很早就在視覺藝術領域作品中出現，例如日本佛教的古老繪畫《辟邪繪》、《六道繪》就出現各種鬼怪，可以說是妖怪畫的始祖之一。另一種更有名的妖怪繪畫則是《百鬼夜行繪卷》，描繪器物妖怪「付喪神」一個接著一個現身遊行的畫面。

江戶時代是妖怪文化蓬勃發展的年代。戰爭結束之後，天下太平，中產階級崛起，娛樂業興旺發達，擁有趣味外貌、神奇特性的妖怪就成為娛樂文化喜愛使用的元素。例如，黃表紙（插圖小說）會描繪五花八門的妖怪造型，甚至還出現「妖怪魔術」（註11）的怪奇表演藝術。

註9：井上円了（井上圓了）：生於1858年，卒於1919年。他畢業於東京帝國大學哲學科，三次留學歐美，是日本知名佛教哲學家、教育家，創建哲學館（東洋大學前身）。井上円了名著《妖怪學講義》，試圖撲滅迷信，以科學角度研究妖怪現象。

註10：柳田國男：生於1875年，卒於1962年，是日本民俗學創立者，藉由鄉土田野調查，考察日本人的國族性格與信仰觀念的演變。

註11：妖怪魔術：以魔術手法製造出妖怪、幽靈等怪異現象的娛樂，是江戶時代開始發展的表演藝術，包含「歌舞伎演員的舞臺魔術」與「普通人在宴席表演的魔術」。例如，「變出轆轤首之術」利用燈籠光影變化，假造出轆轤首出現的幻影。

在江戶時代的妖怪繪畫中，最具代表性的就是鳥山石燕創作的《畫圖百鬼夜行》系列作品（註12），以圖鑑型錄的方式畫出兩百多種的日本妖怪。鳥山石燕的創作，影響後世深遠，後代畫家經常從他的作品中汲取靈感。

除此之外，江戶時代的浮世繪也大量出現妖怪繪畫，最知名的畫家例如葛飾北齋、歌川國芳、月岡芳年、河鍋曉齋……等人。

到了現代，家喻戶曉的妖怪畫家，莫過於漫畫家水木茂。他本名武良茂，小時候喜愛聆聽來家裡的幫傭婦人「儂儂婆」（註13）講鬼故事，於是對神祕的妖怪世界產生濃厚興趣。戰後，他從事連環畫劇的創作，後來改行做貸本漫畫家。他在一九六〇年代陸續發表包含鬼太郎與各種妖怪的漫畫作品，雖然一開始並不熱門，但他在雜誌連載漫畫之後，聲勢大漲，《鬼太郎》漫畫被改編為電視動畫，成為老少咸宜的通俗妖怪作品。

原本，「妖怪」這個詞彙較常流通於學術界而已，還未大規模擴及普羅大眾。但水木茂漫畫引發了妖怪熱潮，終於讓「妖怪」這個詞彙從此傳遍日本。

◎妖怪的當代

妖怪研究雖然歷經長久歲月，但許多理論並非牢不可破。例如，柳田國男認為「妖怪傳說是先民們信仰凋零的末期現象」、「妖怪是不再被信仰的神明」，但現代學者不完全贊同此論點，因為這類型的妖怪只占妖怪族群的一部分而已。

或者，柳田國男在《妖怪談義》論述妖怪與幽靈截然不同（註14）。不過這個說法已然過時，因為有很多例子不符合柳田國男的分類方式，目前學界還是會將幽靈納入妖怪的廣義範疇之中。例如，日本文化人類學家小松和彥（註15）。認為幽靈是超越人類認知範圍的「奇怪可疑」的事物，故也能稱為妖怪。村上健司也將幽靈視為妖怪的一種，舉例說明幽靈之於妖怪，如同長頸鹿之於動物。

所以，如同妖怪本身外形多變，「妖怪」這個詞彙也隨著時間不斷質變。就算是虛構的想像，也能一再與現實產生碰撞，互相激發出不可思議的光芒。當妖怪進入文學之中，更催生出許多新奇的觀看視角，如同京極夏彥的三部曲長篇小說《虛實妖怪百物語》為讀者帶來

註12：其作品共有：《畫圖百鬼夜行》、《今昔畫圖續百鬼》、《今昔百鬼拾遺》、《百器徒然袋》。

註13：在水木茂的家鄉境港，服務神佛之人會被稱為「儂儂（のんのん）」。中文翻譯通常將「儂儂婆」譯為「鬼婆婆」。

註14：柳田國男舉例，妖怪幾乎只出現於固定場所，任何人都有機會遇見，但幽靈則是天涯海角都能現身，而且只針對特定對象（例如復仇對象）。除此之外，妖怪能在任何時刻出現（尤其是黃昏與黎明），幽靈則是在陰氣最盛的「丑時三刻」現身。

註15：小松和彥：日本文化人類學家、民俗學家，國際日本文化研究中心所長。曾撰寫通俗易懂的妖怪介紹書《知識ゼロからの妖怪入門》（２０１５年），臺灣譯本為《日本妖怪的世界》（２０１７年）。小松和彥認為妖怪可分為三類：其一，因事件、現象而存在的妖怪；其二，本質存在的妖怪；其三，人們在繪本等媒介中創作的造型化妖怪。

了新鮮刺激的閱讀體驗。虛構與現實之間的戰爭，其實展現了人類對於未知世界的豐沛想像力。

翻讀這部奇趣橫生的妖怪小說之時，不妨試著思考，我們心目中不可思議的「妖怪」究竟是什麼？

導讀者／何敬堯

臺中人，小說家。畢業於臺大外文系、清大臺文所，創作包含歷史、奇幻、推理，也研究臺灣妖怪文化。著有《怪物們的迷宮》、《妖怪臺灣地圖》、《妖怪鳴歌錄》等書，編纂臺灣妖怪事典《妖怪臺灣》被選為金石堂年度十大影響力好書。

本故事純屬虛構。

因為是虛構，我相信書中登場的人物、團體與現實應無關係，但部分人物與現實的確極為相似，若強烈質疑，我沒有把握能堅決否定。但基本上，這仍是一則虛構故事，與現實並無關係。也請各位讀者也如此視之吧。

目錄

虛實妖怪百物語

一名男子立於沙塵之中。

塵埃如霧般覆蓋地表，亦似紗幕，即便天色尚明，仍難辨男子形影。

服裝打扮亦不明晰。

只知男子身形甚高。

是個瘦削而高大的男性。

沒人知道男子的雙眼凝視著什麼。

戰爭結束迄今仍未過多少年，這個國家的政局依然不穩。

放眼望去盡是荒蕪之地，這裡曾是戰時無數驚慌奔逃的難民、民兵，與難以計數的非法武器往來的要道。

然而，這些隊列如今也已徒絕。

亦不見偶爾行經的游牧民族。

沒人知道男子是跨越國境或者從何處來。

可以說是乍然現身於此。因為這幾天來，疑似這名男子的人物曾現身於鄰近多國。

由其行蹤看來，對這名男子而言，國境恐怕毫無意義，不過是地圖上的標線罷了。但在現代，縱使無法親眼看見，國境恐怕是最強的結界吧，能跨越國境的只有少數特定人士。

更何況此地還是危險的紛爭地帶。

絕不是能夠經由正規途徑輕鬆抵達的地方。

更遑論跨越國境，自由往來。能辦到這種事的這名男子絕非尋常人物。

此處的自然環境十分嚴苛，而男子所立足的地點，也不是獲得入境許可就能來觀光旅遊那樣的區域，自然也非能徒步到達的地帶。但男子身旁除了他自己以外，不見任何事物。

各種意義下，這名男子都不可能出現在此。

男子總是宛如神靈般現身，如鬼魅般消逝。

除此之外無法解釋。

一陣狂風呼嘯而過。

狂風捲起沙塵，陡然間，遮蔽了男子的姿影。

風止。

男子的輪廓變得明晰了些。

他身穿看似披風的服裝，腳穿長靴。

頭上端正佩戴著類似軍帽之物。

身形雖高大，但明顯是個東洋人。臉部一半被黑色皮製面罩遮住，但從顯露在外的眼睛可知男子既非阿拉伯人，亦非波斯人。他是一名東亞人——不，說得更精確一點，他是個日本人。

只是，雖是個日本人，打扮卻顯得有些搞錯時代。

那是一件軍服，而且樣式是日本軍在第一次世界大戰時期的軍服。階級難以確認，但由裝備看來，無疑是一件軍官制服。

倘若這是真品，少說有百年歷史吧。

百年前的日本軍人出現在遙遠異國的沙漠之中。

男子昂然挺立，長時間動也不動。

不久──

從他令人聯想到死者的凹陷眼窪中，燃起鬼火般的陰暗光芒。

男子凝視著的，並非現世的大地。他注視著這片幾千年來吸收無數人民與將士的鮮血，被罪業之火燒盡、鬼氣森然大地的遙遠往昔模樣。

男子一語不發，和亙古文明的亡靈進行交流。

突然──

男子右臂高舉向天，高喊：

「腐朽的太古睿智，被遺忘的怨念啊──聽吾號令！」

他所配戴的白手套的手背部分……

繪有五芒星圖案。

妖怪大翁深表憂慮

「這件事總覺得在哪聽過呢……」

但沒人理會榎木津平太郎的發言。

總編一語不發地望著車窗外飛逝而過的調布街景。

也許沒聽到吧。

要判斷總編是否心情不佳並不容易。聽說他以前的脾氣是出了名的火爆，現在或許年紀大了，個性變得圓滑，再不然就是終於領悟到秉持成熟風範處理事情比較輕鬆吧。

只不過，根據某人——小說家京極夏彥——所言，他多半只是耽溺杯中物，變得凡事都嫌麻煩罷了。但也有人認為他是因為世事艱難，才會沉浸於酒精之中。

總之，總編現在不會對人破口大罵。雖然不會，但他那雙細長鳳眼依然很有壓迫感，而鼓起的腮幫子也透露出他的不悅，這類不用言語表達的攻擊反而難搞。

心情好壞難辨的上司是最難應付的。不過，平太郎剛才的那句話其實是在討他歡心。

「不知道這是怎麼回事呢。」

「哪個？」

回答的嗓音格外低沉。

「就、就是那個出現在敘利亞沙漠，疑似舊日本兵的怪異男子啊。聽說那一帶最近挖到美索不達米亞文明遺跡？」

「嗯，好像是。那附近大概隨便挖都會找到遺跡吧。」

「聽說當地的軍隊在巡邏中發現可疑人影，還突然颳起一道龍捲風，在他們進退不得之際，怪人忽然消失了。他原本所站之處被龍捲風挖出一個大洞，露出底下過去未曾發現的遺跡。怎麼看都不像是一兩個人就可以挖出來的不是嗎？」

「只是碰巧吧。」

這段話非常具有說明風格，但也沒辦法，本來就是說明。

總編愛理不理。

「可是有日本兵耶。」

「現代沒有日本兵了。」

「我是指打扮啦，打扮。穿在他身上的服裝。」

「那又如何？我看八成是cosplay吧。」

「但是在伊拉克耶。」

「伊拉克人說不定也會cosplay啊。雖不敢肯定，但他們想cosplay也沒問題吧？」

「可以是可以……」

「那就好啦。」

話題被硬生生地結束了。

「可是是日本兵耶，陸軍軍官耶。」

平太郎不死心地反駁。

「搞不好他是個舊日本軍狂熱者。再不然，就是個愚蠢的日本人。」

「那裡怎麼可能有那種人？那套服裝和中東或近東一點關係也沒有。」

「日本人足跡遍及全世界。」

「話是沒錯……」

平太郎視線從手上的手機移開，窺探總編——郡司聰的表情。

果然難以判斷心情。

聽說他以前被稱做「邪惡的五月人偶（註1）」。會取這種似懂非懂的綽號者多半是京極吧，但待在總編身旁立刻能明白這個綽號的含意。不管是細長的鳳眼或者五官比例，整體給人一種金太郎的印象——很可怕。

如坐針氈。

平太郎決定繼續討論這個話題。

「總編，您不覺得這個日本兵……很像加藤保憲嗎？」

加藤保憲——

那是在荒俣宏的名著《帝都物語》中登場的魔人之名。

平太郎在國中一年級時看了這本小說。印象中看的是合訂本文庫版。他還記得當時一口氣將六本全部讀畢，結果害他期中考的成績慘不忍睹。

畢竟公立國中不會用奇門遁甲或腹中蟲當作考題。

他也看了電影版的ＤＶＤ。

平太郎發現電影版第一集的導演是實相寺昭雄的時候，感到很吃驚。

因為平太郎對實相寺的印象只有《超人七號》（註2）。

照理說，平成年間（註3）出生的平太郎沒理由迷上《超人七號》。但他先迷上平成時代拍攝的《平成超人七號》，接著看了《超人七號Ｘ》，最後連舊作也從影視出租店租來看完了。

由於《帝都》的關係，平太郎看了相當多實相寺的作品。著魔般地看過的許多作品當中，最喜歡的還是《怪奇大作戰》的《詛咒之壺》這一集。當然除了實相寺拍攝的那幾集以外，其他集數他也全部看完了，還看了《銀假面》，就這樣一股腦地栽進了昭和特攝的坑裡。

他的青春就在這種教人搞不清楚他是哪個年代出生的光景之中度過。

註1：日本於五月五日男兒節為祈祝孩子健壯成長而擺放的人偶。
註2：1967年上映的電視特攝作品，《超人力霸王》系列。
註3：日本自1989年1月8日至2019年4月30日間使用之年號，前一年號昭和為1926年12月25日至1989年1月7日之間。

國高中時期，常有人覺得他怎麼長這麼大了，還對怪獸影片著迷。但另一方面，重度特攝迷卻視他為半瓶水而瞧不起。

平太郎想，如果是關於昭和特攝的話，自己的確只是半瓶水，但我好歹也是從小就開始迷特攝了呢。每個人一開始都是半瓶水，沒必要排擠我吧？換成是自己，能多一個同好絕對很歡迎。

只是，平太郎的確算不上專注於特攝的愛好者。他迷上昭和特攝的同時，也不可免俗地一頭栽進以夢枕獏的《陰陽師》為開端的安倍晴明風潮。

不過這是他們這年代的人都經歷過的潮流，岡野玲子改編的漫畫版也很受女生歡迎，所以就算迷上陰陽師，在同儕之間也不算突兀。

仔細一想，國中女生喜歡陰陽師反而比較奇怪吧？至少平太郎如此認為。這就是風潮的力量吧。

也有人質疑，陰陽師跟怪獸根本不同，怎麼會同時迷上這兩者？

大部分的女生明明能接受鬼（註4）或怨靈，卻對怪獸毫無興趣。雖說最近的特攝片都找帥哥來擔任主角，但主打怪獸的昭和特攝只適合汗臭老爹，所以會被人這樣質疑也很正常。

但平太郎兩者都非常喜歡。

說他不挑食倒也沒錯，對平太郎而言，這兩者差距並不大。

回頭想起來，他的興趣從《帝都物語》朝往昭和特攝發展很自然，從《帝都物語》朝往陰陽師發展也是超自然。不，不是supernatural，是「超級」自然之意。總之，平太郎認為這一切都很順其自然，沒有特別不自然之處。條條大路通《帝都》。

對平太郎而言，《帝都》乃是一切的根源。

印象中，自己在還沒接觸《帝都》前，似乎都在看動畫。不，他現在也還是很愛看動畫。自出生至今一直都在看動畫，所以要他舉出喜歡的動畫，不僅掰手指頭不夠計算，就算用上雙手雙腳手指腳趾也還是不夠，甚至得跟別人借手指來才行。

事實上——儘管沒有自覺，平太郎是個不折不扣的御宅族。

雖然他自己並不認為。

他覺得所謂的御宅族，必須有明確的興趣對象。

諸如鐵道宅、模型宅、動畫宅、摔角宅、偶像宅、特攝宅……這些被稱為○○宅的人們，將自身的熱情投注在這些○○之中。

然而，平太郎卻沒有投注熱情的對象。

不是一片空白，而是模糊不明。

因為喜歡特攝，一般電影或怪獸電影很合他胃口，但喪屍片或災難片、動作片也同樣喜

註4：指日本傳說中頭上長角，口生獠牙，殘忍凶猛的妖怪。

歡。他也喜歡動畫。但若問是否只看動畫，倒也不見得如此，原作漫畫他一樣照單全收。沒被改編成動畫的漫畫亦是照看不誤。恐怖類、妖怪類、靈異類看似相仿，其實各有千秋。他不只愛看電視上的靈異特輯，怪談實話或實話怪談類——平太郎其實不太清楚哪個才是正確稱法——的作品也卯起來讀了。

此外，他也喜歡並非真實故事改編的創作故事，尤其對被歸類為奇幻文學的作品更是情有獨鍾。喜歡到產生閱讀原文的衝動，開始學起法語來，但很快就半途而廢。因為他的興趣轉向推理了。

關於推理小說，平太郎首先由日本作品入門，接著轉移目標到翻譯作品，後來果然也是想直接閱讀原文。但他的英文成績向來慘不忍睹，連教科書都看不懂的傢伙自然沒道理能理解複雜的詭計或不在場證明，在感到挫折之前就先放棄了。

總結來說，平太郎是個喜歡小說的人，因此高中的級任老師建議他去考文學系。但平太郎也覺得民俗學或文化人類學難以割捨，要說理由為何，畢竟他還是很喜歡妖怪。但被級任老師責備，說民俗學不是研究妖怪的學問。結果就這樣拖拖拉拉直到最後落得只能就讀二流大學的社會學部經濟學系。

像這樣。

平太郎的興趣是如此地混沌不明，以致於無法做出左右人生的選擇。對投注熱情的對象舉棋不定，若以御宅族自居，反而是對御宅族的侮辱。

但是，若問這些興趣的共通之處是什麼，果然還是位於最根源處的《帝都物語》吧。

另一點則是——這些興趣都很孩子氣。

他對此有自知之明。

平太郎是個很孩子氣的人。

因此，他的求職路並不順利。

去應徵過幾家大型出版社，全都被刷掉了。

對方對他根本瞧不上眼。

平太郎便這樣徹頭徹尾地成了應屆無職者。本來已經下定決心，要一面打工一面度過無所事事的空虛日子。反正小他一、二個年級的學弟妹們是寬鬆世代，就算能成功就職，撐不了多久就會離職，自己明年以後一定還有機會。就這樣，平太郎口中嘟囔著這些簡直無異於詛咒、沒有根據的囈語，到處尋找打工機會。

但是，他竟然連打工也找不到。

還被人譏諷：「你自己就已經是寬鬆世代啦。」

雖然平太郎沒有自覺。但被人問到圓周率只能回答「大約等於三」，背不出小數點以下二位是事實，一旦被人點出來，他反而惱羞成怒地回嘴：「寬鬆世代又錯了嗎？」真的是很任性的一個人。於是他開始主張因為腦子寬鬆，吸收力反而更好，但沒人理他。

一毛收入也沒有。

但就算如此，他不知為何並不想回故鄉。暗自決定要在這個大都會的靜僻角落裡，被內容可疑的書籍及DVD圍繞著，作為一名連興趣對象也模糊不明的御宅族終其一生，孤獨而死。不過就在這時，一位在大學時代很照顧他的副教授跟他聯絡，要他如果閒著沒事的話就去幫忙。

平太郎問：「要幫忙什麼？當研究助理還是幫忙打掃洗衣？」一問之下才知道，原來不是大學的工作，而是去副教授朋友上班的出版社幫忙打雜。

但平太郎竟還不知好歹地回答：「若是去當初把我刷下來的公司打工，有點討厭啊。」幸好缺雜工的那間公司平太郎沒去面試過。

是角川書店。

而且是《怪》編輯部。

《怪》是妖怪專門誌。雖然內容不太妖怪，主要是專欄作家個個是妖怪。領頭的作家正是那位妖怪大師——水木茂老師。

不僅如此，連《帝都物語》作者荒俣宏在《怪》裡也有專欄連載。

京極夏彥的小說又厚又長又重，平太郎向來敬而遠之，即使在沉迷推理小說的高中時代也沒讀過。但是他在大學時代閱讀《怪》的連載時認識了這位作家，讀了不少他較為輕薄短小的作品。

而村上健司的《妖怪事典》不知為何也買了兩本。沒有特別理由，多半只是一時昏了頭才重複購買的。這本工具書很好用，他反覆讀了好幾遍。說好用，其實書上也只有關於妖怪的解說。此外他還買了《妖怪Walker》和《京都妖怪紀行》，可說是個相當捧場的讀者。

多田克己的書他只聽過一本。原以為只是自己不熟，事實上並非如此，是真的只有一本，這令他很吃驚。而這唯一的一本他也收藏了，的確是個很捧場的讀者。

平太郎亦曾參加過三次世界妖怪會議。

仔細確認書架，發現架上有八本《怪》。印象中沒這麼少，不是弄丟了就是收到不知哪去了吧。至少他確定沒賣給二手書店book-off。但也可能只是他以為自己有買，其實根本沒買。由於經濟拮据，平太郎並未訂閱《怪》。

如此想來，或許也不算太捧場的讀者吧。不過……

不管如何，說不定有機會能和水木茂或荒俣宏共事，對平太郎而言具有難以取代的魅力。他真心認為《鬼太郎》是一部傑作。是國民漫畫。至於《帝都物語》，更是替平太郎開啟了曖昧模糊、無窮無盡的興趣入口。

就這樣。

平太郎二話不說答應了。

結果在板著一張臉的恐怖老爹、高瘦俊美風男子，以及粗壯且眼神凶惡、彷彿太空猿人奴僕風格的男人從頭到腳仔細打量後……

平太郎被《怪》編輯部僱用了。

當然，平太郎也不是沒有厚臉皮地想過要趁機構築人脈，不久後升等成約聘人員，最後再爬上正式員工的私心。但這個得意忘形的野心瞬間就被撲滅。

因為角川書店過去從未有過從打工人員升格成正式員工的例子，完全沒有。不是很少，而是「沒有」。

這世間果然沒那麼好混。只靠人脈就能通用的軟弱世界早在久遠以前就滅亡了，能讓人慢慢向上爬的一縷蜘蛛絲早在往昔就已斷裂。

而且，更令人吃驚的是……

連《怪》編輯部本身也「不存在」。

不是沒有辦公室的意思，而是根本沒有這個部門。只有一名總編在負責整個業務，而且這名總編是其他部門的部長。並非兼任，而是基於興趣自己成立的組織。不，或許不該說是興趣吧。

其他的業務則由負責水木、荒俣、京極等各作家的責任編輯心不甘情不願地義務幫忙。話雖如此，事實上責任編輯也只有一個人。各個作家的責編都是同一人。負責這些專欄作家的編輯只負責委託與回收原稿。至於頁面的編輯工作則基於總編命令，委由外部的綜合編輯公司進行製作。聽說在編輯公司加入前，都是由有空的人手有一搭沒一搭地一起幫忙編輯。什麼有一搭沒一搭嘛，什麼一起幫忙嘛，又不是在製作校內壁報。聽說現在姊妹誌《Comic怪》勉強成立了編輯部，但本誌這邊還是沒有。明明有定期出刊，卻沒有編輯部，怎麼想都覺得很瘋狂。

不。

據說，向來就沒有編輯部。

如此鬆散的雜誌竟然能存在二十年之久，不由得嘖嘖稱奇。

總之。

雖然繞了一大圈，總而言之就是《帝都物語》。

在平太郎的心中，出現在伊拉克的該名男子的模樣，與嶋田久作飾演的加藤保憲重疊為一了。

雖然只是平太郎自己的想像。

在網路上看到這篇報導時，平太郎想起的是第二部電影《帝都大戰》的開頭，加藤直挺挺站在電線桿上，宛如凶神惡煞的模樣。

然後——

聽說一旁板起臉孔的郡司總編原本是荒俣的責任編輯。

他和荒俣的交情極為深厚，所以也知道許多愉快或奇妙或辛辣的小插曲。《帝都物語》在雜誌《小說王》上發表時，平太郎尚未出生，但總編在那時就已認識荒俣宏與《帝都物語》了。

因此，為了打破這個難堪的沉默，平太郎才會提起這個話題——

「加藤穿的是風衣吧？」

總編說。

「啊？」

不明白對方的意思。

對平太郎而言，加藤保憲是個做像憲兵打扮的軍人。雖然原作中換過許多種打扮，但主要印象還是軍服而非風衣。

仔細思考後，平太郎發現總編指的是幾年前上映的《妖怪大戰爭》中的加藤。

那是久遠以前大映公司出品的妖怪三部曲（註5）中的第二作《妖怪大戰爭》這部電影的重製版——正確而言，是同名的新作而非重製。

大映妖怪三部曲在平太郎小學時，曾於深夜時段在電視上播映過，平太郎用錄影機錄下來看完了。第一作是《妖怪百物語》，第三作是《東海道鬼怪道中》。記得當年是和昭和時代的「卡美拉」（註6）同時上映，肯定是相當久以前的電影。畢竟有點歷史了，在現代人的眼裡看來，不管布偶裝或特效都很普通吧。不過平太郎不認為這是缺點，反而覺得很有韻味。

這也是平太郎被當成御宅族的理由。

舊作是講巴比倫吸血妖怪戴蒙飛來日本，被日本的妖怪軍團合力趕走的荒唐無稽故事。

新版電影的敵人則是機械和妖怪融合而成的機怪，它們以名為汙棄魔的太古邪靈作為根據地。全日本的妖怪誤以為要辦祭典，紛紛聚集而來，結果和麒麟送子之子一起解決敵人，故事可說更為荒唐無稽。

加藤保憲在這部新版《妖怪大戰爭》中客串演出。

導演是三池崇史，由荒俣宏和水木茂分別改編成小說與漫畫，登場妖怪則由京極夏彥挑選。以這三名《怪》的作家為中心，再加上宮部美幸，組成「怪團隊」來製作，陣容極度豪華。

豪華歸豪華，但也發生過被災厄大火襲擊的事件，攝影棚一度失火，試映會暨妖怪會議舉辦期間發生了地震——記得當時的加藤確實是如風衣的裝扮。

扮演加藤的是豐川悅司，平太郎覺得他的舉止動作很帥氣。

——不，不是這個。

「不，我是指以前的電影。《帝都物語》的電影版。」

「喔。」

聽到平太郎這麼講，總編只隨便應了一聲。

「沒什麼反應耶。」

註5：於1968年至1969年間製作，以妖怪為主題的三部特攝電影。

註6：大映公司製作的怪獸電影系列。

「因為伊拉克的遺跡和我又沒啥關係。」
「啊，是《大法師》吧。」
《大法師》日本版原聲帶第一首曲名就叫〈伊拉克的遺跡〉。
「話說回來，《妖怪大戰爭》舊作好像也是巴比倫的遺跡被盜挖，吸血妖怪戴蒙才會甦醒……」
「有完沒完啊？」總編不耐煩了，說：「早知道就不帶你來了。」
「別這樣嘛～我在《怪》編輯部工作已經三個月，卻一次也沒和水木老師見過面耶。」
「別說什麼在《怪》工作，你來之後啥都沒做吧？」
「是沒錯。」
頂多就是搬運貨物、發送宅配、在《怪》舉辦的「妖怪大學校」活動中陳列椅子、把CD-R送到編輯公司、打打掃，毫無意義地列席會議，順便參加會後的聚餐。
平太郎專幹肉體勞動類的工作。
作家群當中，他只見過京極夏彥、村上健司，以及多田克己三人。
他聽說京極夏彥是個很恐怖的人，實際上倒也不至於。的確，從外表來看他總是擺出一張臭臉，但意外地好相處。只是會一本正經地開玩笑，也會笑裡藏刀地挖苦人，明明在裝傻卻不會說半句樂觀的事，又愛吐嘈，似乎能一眼看透各種人事物，在這層意義下也許真的很恐怖吧。

多田克己則更恐怖。因為他真的讓人搞不懂到底在想什麼，有時連所說的話也令人一頭霧水。或許是所擁有的知識太豐富了，也可能是身為聽眾的平太郎腦子不靈光，總覺得他說話跳TONE，完全不知該如何回應。只能回答「嗯嗯」或「喔喔」，有時甚至不得已只能忽視他的發言。不知是否因為如此，多田克己總是板著一張臉，很不親切，看不出是否在生氣。但是當他和京極或村上在一起時，卻又顯得很愉快，不時發出咯咯笑聲——不，甚至會像個幼兒一般嘻嘻嘻嘻地笑著，或許不是真的很難相處吧。話又說回來，那兩人竟然聽得懂他在說什麼，太可怕了。

對平太郎最親切的是村上健司，感覺很平易近人，連平太郎這種打工人員也很照顧。是個很會罩人的大哥。

只是，平太郎一直以為村上健司剃光頭，實際見面發現是長髮時令他很驚訝。聽說是在客串演出前述那部《妖怪大戰爭》時，為了扮成河童而留長髮，再將頭頂剃光變成類似戰敗武士或西方行剪髮禮的修士的模樣。演完後就直接留長，直到現在。

話說回來。

——河童頭啊。

雖然這些人都不是壞人，但確實都是怪人。聽說多田、京極、村上三人組成「妖怪痴」團體。正確而言還有另一名成員。這個稱號來自一本叫《妖怪痴》的書，平太郎並沒看過，不甚明白。知道這本書的存在，想買來看時已經銷售一空，等復刊時又錯過時機，嫌訂書麻煩就這樣拖拖拉拉之際，不只店頭絕跡，連網路上都不見蹤影。

據說——唯有一天二十四小時只想著妖怪的人，才能獲得「妖怪痴」此一稱號。

雖然這麼說，但根據平太郎在一旁觀察的感想，這三人聚在一起時從不聊妖怪話題，看起來只像普通的白痴。

如果把這些話說出口，肯定會被總編揍吧。但就算是這位可怕的總編，跟這群人聚在一起時，看起來也像個白痴，真受不了。

明明在公司裡的地位那麼高。

不，明明在工作時不是這麼冷淡的人。

「算了，能和水木老師見面，任誰都會興奮過頭吧。」

總編說。

「我一開始也是這樣。總之，你今天去老師那邊別亂說話喔。」

平太郎被警告了。

「岡田去和荒俣老師接洽，及川也去和漫畫家老師討論，梅澤則是為了處理紀念館事宜去了境港。沒別的人在，迫不得已才帶你來的，我真的很怕你會捅出什麼簍子來。」

岡田是水木、荒俣、京極共通的責任編輯，及川是《Comic怪》的編輯，梅澤則是編輯公司那邊的人。

面試時岡田在現場，造型挺帥氣，頭髮柔順飄逸，皮膚白皙，身材細瘦，看似很受女性歡迎，但又有點像褪色的爬蟲類。在工作上似乎挺有一套。

及川面試時也在，是個膚色黝黑、身材矮壯，剛硬的頭髮理成平頭，儼然是阿富汗傭兵的男子。只不過為什麼是阿富汗，又哪裡像傭兵，平太郎自己也說不上來。總之和岡田站在一起時，一點也不像同一物種。

及川眼神凶惡，一笑起來卻又給人有些窩囊、體力虛弱的印象，和史瑞克簡直長得一模一樣。若瞇起眼來，則有點像仙台四郎（註7）。當聽說他的名字真的就叫史朗（註8），老家也在仙台時，平太郎不禁露出苦笑。

梅澤則是怎麼看都宛如一頭象，極為壯碩、肥胖，彷彿相撲力士一般巨大。體格巨大，心思卻很細膩，樂心助人，可惜就是說話有點下流。

以上就是參與《怪》製作的人馬，這些人在工作上十分幹練，工作外卻個個都像傻瓜——或許真的是吧。

其他也有來自角川社內的協助者，他們就很正常，也許是主犯和共犯的差別。換句話說，目前為止平太郎認識的《怪》雜誌相關人士全都是怪人。

註7：江戶時代末期至明治初期實際存在於仙台市的人物，患有智能障礙，常上街信步蹓躂，據說會給被他光顧的店家帶來財運，因此被奉為福神。

註8：與「四郎」同音。

然後——

剛剛突然接到水木製作公司的緊急召喚。

不久之前剛慶祝過米壽（註9），由夫人原案所改編的連續劇《鬼太郎之妻》大受歡迎，獲選為文化有功人士，接著慶祝金婚，受到外國表揚，確定出版水木茂漫畫大全集——水木老師這幾年可說喜事不斷，但今天似乎並非如此可喜可賀之事。

「不知道有什麼事……」

「就是不知道才要擔心。」

總編一副「你很蠢耶」的表情瞪了平太郎一眼。

總編肯定也很擔心吧。

圍繞在水木老師身邊的人，都是發自內心地敬愛著這位國寶級大師，這一點毫無懷疑的餘地。

就在兩人聊著這些事的當兒，計程車抵達水木製作公司了。

出現在該處的，是平太郎曾在漫畫中見過的一景。不是似曾相識，是真的見過。平太郎像個昭和初年時期剛來到大都市的鄉巴佬，形跡可疑地左顧右盼，不知為何走進房子時還躡手躡腳，搭上電梯……回過神來已經來到了曾經見過的客廳。這裡在漫畫中曾出現過。平太郎看過照片，也看過電視上的介紹。《星艦迷航記》迷們在參觀USS企業號NCC—1701的艦橋布景時，心情恐怕也和我現在一樣吧——平太郎在心中產生一般人難有共鳴的感想。

當然，他沒說出口。

當他猶豫是否要喝招待的茶水時，兩名人士從內部房間裡現身了。

同樣是曾經見過的人物。

漫畫和現實交融合一。

這位女性是——小悅。不是姓猿飛的那位（註10），而是經常在水木漫畫中登場的悅子——水木老師的次女，散文作家水木悅子小姐。

另一名則是水木老師的長女，同時也是水木製作公司社長尚子小姐。平太郎覺得自己的心跳次數加快了。

總編起身向兩位女士打招呼，平太郎有樣學樣地模仿起來。

如同古典落語《本膳》（註11）一樣。換言之，萬一總編出錯，平太郎也同樣免不了失禮。但總比只有自己做錯了來得好。

註9：八十八歲。
註10：出自石之森章太郎的漫畫《猿飛小悅》。
註11：落語為日本傳統表演藝術。《本膳》講述村長家辦喜事，村民合送禮物而受村長招待大餐，村民不懂用餐禮節，只有教人習字的老師知道。於是決定由他帶頭，村民則有樣學樣，結果鬧出笑話。

「爸爸最近老說一些令人擔心的話。」

悅子小姐說。

平太郎默默地在總編一旁坐了下來。

一來由於總編也回座了。原本就是總編雖不知發生什麼事，但有不祥預感才被找來壯膽，身為打雜工的平太郎沒資格插嘴。更何況平太郎自己也很緊張，一面注意總編的舉手投足，注意力卻又被擺飾在桌上等處的眼珠老爹周邊商品所吸引。數量驚人，放眼望去不是眼珠眼珠眼珠眼珠眼珠眼珠眼珠眼珠眼珠眼珠眼珠眼珠，就是老爹老爹老爹老爹老爹老爹老爹，究竟有幾人份的眼珠子啊？

「請看這個。」

悅子小姐將一張像是圖畫紙的物品遞給總編。

「水木老師——貼了這個嗎？和平常一樣？」

平太郎側眼偷瞄了內容。

用紅色奇異筆大大地寫著底下這段話：

——鬼會殺死妖怪！

看起來應該是這個意思。

總編的表情變得像是自暴自棄的五月人偶，果然不像鍾馗而是像金太郎。京極說得一點也沒錯。

「不過老師從以前就不怎麼喜歡鬼。記得他某一場妖怪會議上曾說：鬼啊，實在不〜怎麼有趣吶。」

最後那句話的語氣微妙地有所變化。

彷彿在叨叨絮語，很獨特的聲調。總編在模仿水木老師。不知為何，大部分與水木老師有往來的人在引用水木語錄時，總會不自覺地模仿起來。不管像不像，總之就不肯正常地說出口。彷彿約定俗成，每個人不約而同都會模仿。就像法律規定如此似地。

「鬼的類型已經僵化，不太有變化，個性又只有殘忍一種，所以不合老師的胃口吧。如果讓這種鬼怪太出風頭，會搶了妖怪的舞台，所以他老人家才要警告大家。」

的確，妖怪玩偶琳瑯滿目，鬼的玩偶卻不多見。

「應該是這麼一回事吧？」

總編說。

「若是如此的話就好了。」

尚子端出點心招待客人。

平太郎想：「吃，當然要吃。」

「家母也有點擔心他。」

「水木老師最近狀況不太好嗎？」

「與其說狀況不好，比較像總是在生氣。對吧？」

「沒錯沒錯。」

悅子也點頭同意。

「很常發飆呢。」

「發飆？慢著，水木老師很少發飆吧？水木老師在工作上是很嚴格……但很少在人前發飆啊。當然，遇到態度不佳的編輯還是會生氣，不過他最近已懂得轉移自己的怒氣了不是嗎？」

「以前倒是一天到頭老是在發飆喔。」尚子小姐說道。

「只是最近似乎沒什麼發飆的理由，忙歸忙，但也不會不耐煩。」

「嗯嗯，那就好。」

總編伸手想端起茶杯時……

「不行！」

突然傳來一聲怒吼。

平太郎嚇了一跳，轉頭一看。

——水木茂大師出現了。

平太郎忍不住再看一眼，又吃了一驚。豈有不吃驚的道理。是真貨啊。是正版的啊。是本人啊。

——是水木茂老師本人耶。

平太郎的緊張攀上了最高峰。

「你啊，現在不是能悠哉的時刻了。這可是妖怪的危機吶！」

「啊？」

水木老師說完大步走向前，一把抓起桌上原本要招待平太郎的茶水，大口喝下。平太郎正打算喝呢。

「這樣下去絕對不行。」

「請問是什麼不行？」

總編怯怯地問。至於平太郎，則是在這位將會名留青史的偉人面前徹底當機了。

「有誰對您做出什麼失禮行為嗎？」

「感覺不到了！」

水木老師邊說邊在總編的正對面坐下。平太郎的緊張達到了極限，全然不敢直視。

「你最近怎樣？還有荒俣呢？」

「怎樣是指？」

「當然是妖怪啊，妖怪。」

大師響亮地拍了一下自己的膝蓋。

「老實說，我不太明白老師您的意思……」

「你不懂！就是這樣才不行啊。難怪《怪》的銷量那麼差！怎樣？還是感覺不到嗎？角川最近怎樣？」

「好像也不太行耶。」總編苦笑地說。

「不行！豈只一句『不行』就能了事！這樣下去，等於是送上斷頭台了。你啊，《怪》都辦這麼久了，感應力還是從沒提升過。」

「對不起。」

總編低頭致歉，平太郎也有樣學樣地低頭。

「水木先生九十多年來都感覺得到。打出生以來感應力都很好。託此之福才不至於餓死，並獲得了幸福。是的，水木先生得到了幸福。在戰爭中雖然有點低落，但是在南方的叢林裡的那片黑暗之中，靠著大鼓的聲音相助，反而變得更敏銳了。」

「就是這裡。」水木老師指著自己的額頭說。

平太郎早就聽說過水木老師的自稱詞是「水木先生」，今天第一次證實了這個說法，覺得有些感動。

「溫度一高啊，腦子就會膨脹。」

「腦子嗎！」

「感應力也會提升，能見到肉眼不可見的事物，或許該稱為妖怪力吧。腦子一膨脹，那種感應就會增強。而且你知道嗎？叢林很黑，什麼燈光也沒有。在南方啊，不管草或樹木或岩石，還有動物、野豬等等，都跟鬼怪一樣巨大。」

「爸爸，你岔題了啦。」

悅子小姐在水木老師耳邊這麼說，水木老師一張臉變得更臭，回答：

「並沒有！這很重要。」

「嗯嗯，很重要。」

總編也以難以言喻的態度答腔，但不單只是為了迎合老師。

他似乎也察覺有點不對勁。

「老師是想說生活在當今的日本，我們的妖怪感應力總免不了愈來愈低，對吧？」

「你啊，從以前就沒高過吧。」

水木老師得意地上半身後仰，說：

「你的感應力一直很低，而且還不斷退步中，隨著時代演變。」

「呃，的確如此。」

「所以說，電燈就是不行。」

「嗯嗯。」

「只有燈籠的亮度才是恰到好處，頂多油燈。電燈絕對不行！」

老師又重複了一次，然後說：「都是電燈害妖怪減少的。」

接著拍桌怒吼：

「到處都太明亮了，才會看不見那些不明就裡的東西。只能看見實際存在的事物的話，感應不存在的事物的感性就會衰退。具有感應力的人愈來愈少，害妖怪也變得愈來愈少。劇烈減少！」

說到「劇烈減少」時，老師又重重拍了一下桌子。

「不過，如果是像水木先生這種被妖怪選上的人，或說被妖怪使喚的人，依然還是能感應到。」

「嗯嗯，相信老師您的感應力還是很敏銳吧。托您的福我們才能認知到如此豐富而多樣的妖怪。若不是您感受到妖怪，將牠們的身影捕捉下來，繪成圖畫，妖怪文化恐怕早已滅絕了。我們也是透過您的圖畫，才重新認識到原來日本還有這樣的風景，還有這麼多樣化的妖怪存在。喂，你說對吧？」

「是、是的！」

話題突然帶到平太郎身上，他不禁緊張得嗓音拉高八度回答。

這不是只為了應和才這麼說。平太郎自己也很認同總編所言。透過使用「妖怪」此一關鍵字，使許多不明就裡的文化被人們認知的，正是水木茂本人。

「正、正因為有水、水木老師的感、感應力，我們才能……」

「問題就是這裡！」

水木老師強而有力地打斷平太郎的話，指著總編說：

「『感覺不到』！」

「啊？」

「感覺不到！」

「您說我嗎？」

總編睜圓了眼，指著自己說。

「你啊，完全不行。聽說戰爭期間老是揍水木先生出氣的長官，和你的祖先是同鄉是吧？」

「您、您真清楚。」

總編的祖先……故鄉是哪裡啊？

「難怪你的感應力那～麼差。而且似乎愈來愈低落。你該不會因為貧窮所以愈來愈沒耐性吧？」

「嗯，是這樣……沒錯。」

「出版界人人都不行嗎？這樣？」

水木老師指著下方。

「呃，應該都不太行吧。」

「哼哈！」老師從鼻孔出氣，說：「景氣害的？還是一點也不有趣？」

「那是……嗯……」

連總編也欲言又止，窮於言詞。

「不有趣就不行。就是這樣才賣不好。如果賣不好，心靈就難以充裕。如此一來，就益發感覺不到了。」

「益發？」

「就這點來說，水木先生的年紀已過九十了。九十好幾還要勞動的人恐怕不多，但水木先生已經掌握金塊了，所以和年輕時不一樣，心靈很充裕。即使只有一點點動靜，也能感覺得到，懂嗎？真的是天才。就算只有一絲幽幽的氣息也能……」

啪！

「像這樣逮住！」

啪的時候，平太郎嚇了一跳，一瞬間屁股離座。

水木老師的妖怪選定眼光，或說審美眼光，是超一流的。這是水木的門生們的一致見解。老師總是能一眼看出什麼是以妖怪而言很棒的形狀、很棒的場所，或者彷彿能看見妖怪的構圖等等。這些事物一般人從來不曾在意。應該說，就算對一般人說明就是這個或就是這裡，他們恐怕也同樣看不出來吧。

沒錯，看不出來。

平太郎也覺得自己看不出來。

不過，即使是看不出來的一般人，在看到水木老師把妖怪轉化而成的圖畫後，便會恍然大悟地點頭說：原來就是這個啊！這就是水木老師捕捉眼睛所看不見的事物的能力。

「水木先生是這方面的達人吶。」水木老師說。

「但是你啊，知道最近怎樣嗎？想捕捉也捕捉不了。你啊，沒有的東西就是捕捉不了。就像在捕捉空氣一樣。從來沒發生過這麼可笑的事。這是危機！」

說到這裡，水木老師整個上半身大幅度往前傾，接著說：

「你啊，看不見的事物從日本消失了！」

「消、消失了？老師的意思是說，您自己變得感覺不到了嗎？」

「是減少了！」

「呃……所以說……」

「有感應力的人愈來愈少，這從以前就是這樣，沒有辦法。文明會使人變得遲鈍，和土人一起生活過就知道。」

附帶一提，雖然「土人」在現代被當成一種不宜於公共場所使用的歧視用語，但對水木老師而言，那是表示敬愛之情的最高級敬稱。

「所以水木先生認為，平安時代有感應力的人肯定比江戶時代更多。若是繩文時代，更是充滿鬼怪吧。不知道神武天皇時有怎樣的鬼怪呢？一想到這些，就覺得有趣得睡不著。但現在重點不是這個！」老師又拍了一下膝蓋，接著說：

「就算人們感覺不到，那些眼睛看不見的事物還是存在。現在卻『消失不見了』。不是水木先生的感應能力下滑，是牠們根本不在了！水木先生這樣感應力很強的人類都感覺不到，就表示牠們一定是消失了。」

「因、因為電燈嗎？」

「不是。電燈只會鈍化人們的感覺。感覺不到，便不知道牠們存在。然而，即便人們不知道，該存在的還是存在。唉，應該說『曾經』存在吧。」

老師強調「曾經」兩字。

「鬼怪——消失了嗎？」

「我爸爸很奇怪對吧？」悅子小姐說：「他呀，最近老是在說這些事。」

「一點也不奇怪！」

老師用拳頭敲膝蓋。

「你啊，這可是很大的問題吶！這種事連在那場愚蠢的戰爭中都沒有發生過！聽好，戰爭是這世上最無意義、最惡劣的事。但是在那場戰爭之中，那些眼睛看不見的事物還是存在！」

水木老師用拳頭重重地敲了桌子。

茶杯從茶托上跳起，發出清脆的聲音。

總結來說，是這麼回事吧。

雖然平太郎這種平凡人無法明白眼睛看不見的事物是什麼，假設那是能用量來計算的事物……

老師想說的是，從太古到現在，那種事物維持一定數量存在於這個世間。

絕對量雖不變，但隨著時代演進，能感應到的人逐漸減少。有感應力的人減少，所以量也被認為減少了，但那只是誤解，總量並沒有變化。像水木老師這樣的人依然能感應到便是最好的證據。

然而——

現在總量卻減少了……

「這樣下去，你啊，日本會出問題的。一旦鬼怪們消失了，人類也——活不下去喔！」

水木老師怒吼。

女童現身於鸚鵡石

雷歐☆若葉正在奔跑。

腳步踉蹌，好幾次差點跌倒。不，實際上已跌倒了兩次。

雷歐從沒走過這麼寸步難行、到處是樹根石塊的崎嶇路。在這樣的道路上奔跑，不跌倒也難。

不，這壓根算不上道路。

「等一等啦～」

明知沒用，雷歐還是忍不住訴苦。雖然如果喊一喊對方就肯停下來等他，就不必那麼辛苦了。不過辛苦這種東西，還是沒有比較好。

雷歐是個剛起步的作家。

剛起步不代表正在跑步。

但現在豈只剛起步，根本是跑個不停的作家。繼續跑下去若變成拋棄式打火機（註12）就討厭了。那種打火機很危險，所以被禁售了。但百圓打火機更討厭。就算剛起步，酬勞當然是多多益善。

——開玩笑的。

雷歐想，就是因為自己老是在想這些無聊的冷笑話，才會接不到好工作吧。一個分神，又跌倒了。

「好痛，好痛！跌倒了啦。」

「你很煩欸！」

村上健司站在他前方幾步處，俯視盯著他看。不，該說是蔑視著他吧。

「你到底在搞什麼，真受不了。」

「我跌倒了。跌倒ＮＯＷ。」

村上是雷歐很尊敬的作家前輩。不是奉承，是發自內心尊敬他，但就算雷歐說出口，也只會得到「你白痴喔？」的冷漠回應。

「你白痴喔？」

居然還沒說出口就被這麼說了。

「我是真的很笨啊。但我又不是因為笨才跌倒的。對我更關心一點嘛。」

「你白痴喔？」

好冷漠。

「我說啊，雷歐，你為啥要用跑的？」

「我只是想追上你嘛。假如在這深山窮谷中迷了路，肯定會餓死的。」

註12：日文中「作家」和「打火機」同音。

「你白痴喔？」

第三次了。

「並肩走不就好了？我又沒跑。」

「可是你走路很快啊。」

「這只是正常速度吧？那是你老是東張西望，一下子突然停下，一下子又突然跳起舞來，才會愈離愈遠吧？就算要東張西望，只要正常跑步也還是追得上，結果又老是跌跤。」

「我沒有跳舞啦，這裡是不舞之森。」

「明明跳了。」

「那是對信州（註13）山岳表示敬意之舞。是表明『我要登頂！』的意志之舞。」

「你白痴喔？真受不了。不是我愛說，我現在超後悔帶你來的，已經進入了大後悔時代（註14）了。如果你現在肯乖乖回去，作為答謝，我願意跟你絕交。」

「那一點也不是道謝。況且就算我想回去，也不知道該怎麼走，會餓死的啦。」

「怎麼這麼快就肚子餓了？你中午不是才剛吃過竹簍蕎麥麵？記得你整整吃了三大盤哩。」

「那也是四小時前的事了。」

「好吧，那你就繼續坐在這裡休息，我要先走了。真是的，只會添麻煩，對採訪根本沒幫助。三腳架還我。」

「不要，揹這個是我的使命。」

「明明就是我要你幫忙揹行李，你才挑了那個最輕鬆的。拿來啦，反正平時我本來就都自己揹的。」

「不行，我要跟村上大哥一起走。我想成為優秀的妖怪作家。」

「沒這種類型的作家啦。」

「明明就有。」

雷歐宣稱自己喜歡妖怪，想靠妖怪闖出一片天。但聽到他這麼說時……

「你白痴喔？」

只得到慣例的那句話作為回應。

「妖怪沒辦法當飯吃。能靠妖怪賺錢的，恐怕只有水木老師一人。水木老師算是鬼怪界的大頭目，所以不能相提並論，就算如此他也是靠不斷努力畫漫畫才掙得財富。而且是非常非常努力，吃了非常非常多的苦，花上極為漫長的時間才獲取這份盛名，不是嗎？」

「喔，我在晨間連續劇（註15）裡看過了。」

註13：即長野縣。
註14：日文中，「航海」和「後悔」同音。
註15：指以水木茂之妻為主角之連續劇《鬼太郎之妻》。

「荒俣先生也不是靠妖怪賺錢的。他做了很多工作。像是上電視、寫書，如此辛勤工作。而京極兄也是靠寫小說為生，不是靠妖怪。反而是為了撐起對妖怪的興趣，只能拚命寫小說賺錢。我也是勉勉強強幹著作家這行。大家都只是單純地喜歡著妖怪罷了。」

「那，多田先生呢？」

「多田仔的情況不太一樣。」

村上說。

聽說多田和村上算是多年的損友。

「他呀，不是靠妖怪，而是靠當妖怪研究家餬口。」

「這算靠妖怪吧？」

「不是靠妖怪，是靠當妖怪研究家。你耳朵聾了嗎？」

「聽不懂。」

雷歐說。

「聽好了，雖然多田仔老是那副德性，但是他也開發了一門所謂『妖怪研究家』的生意。是的，那是他發明的。雖然總是那副死樣子，他可是這世上，不，這宇宙中獨一無二的妖怪研究家。不同於其他大學教授或策展人那樣體面的人，是為了自己原本的學術或立場才來研究妖怪這個題材。他那個就是如此獨門的生意，別人學不來的。」

「嗯，反正也不想學。」

各種意義下都辦不到。

村上一臉受不了似地說：

「所以說，光憑喜歡妖怪是沒辦法過活的。而是相反。妖怪這興趣很花錢，每個妖怪迷都是努力工作，努力生活，再想辦法讓工作能加入一點妖怪要素，畢竟就是喜歡啊。就連這次採訪的旅費，也比車馬費更高了些，徹底是赤字，加上稿費才勉強打平而已。」

「噫！」

好可怕的事實。

「但就算不為了工作，自己還是會來這種窮鄉僻壤。肯定會來的，沒辦法，誰教自己就是喜歡呢？若是自己主動來的，就只是興趣，得完全由自己來負擔這筆費用。別說打平，整筆花費會直接變成家計的負擔哩。」

「噫噫～！」

「所以才得動腦筋想出各種方法，到處拜託，爭取妖怪相關的工作。倘若這類工作俯拾即是，不用擔心就自己上門的話，我們也用不著那麼辛苦了。想靠妖怪討生活的話，就得在本業先獲得信賴才行。即使和妖怪毫無瓜葛的題材，也要交出亮眼的成績，才能一點一滴地在工作中加入妖怪要素。這個業界就是這麼一回事。」

「哎呀呀……」

雷歐真的只是剛起步的作家，除了《怪》的連載以外，只接過零星的工作。

「所以說，你有時間跟我亂跑，還不如去多多宣傳自己。」村上說：「人啊，很快就會老了喔。會愈來愈辛苦喔。會全身關節痠痛得不得了，一步也走不動喔。我前陣子因為膝蓋痠痛去看醫生，被說是退化性關節炎哩。因此，你還是坐在那裡好好想一想吧。」

「才不要。」

「那還賴著幹嘛？起來啊。」村上略顯惱火地說。

因為雷歐一直賴坐在地上抬頭看他。

雷歐才剛說出「拉我一把」，立刻被回一句「休想」。不過村上揹了太多行李，想幫也幫不了。

「不是我愛說你，你就算走不動，明明喊個一聲我就會停下來等你，結果你硬要摔倒，害我得走回頭路，把我人生寶貴的光陰還來。」

「原來村上大哥願意等我啊？」

「不等你的話我早就到終點啦。」

「所以我們還沒到嗎？我無法想像終點站長怎樣耶！從剛才就一直在爬山，放眼望去淨是山，就算終點也還是山吧？」

「這裡就山上啊，當然都是山。」

「為什麼要來深山裡？這裡沒人會來耶。」

「以前這裡有村莊。」

「是廢村嗎？那應該變成靈異地點了吧？我們迅速前往，迅速解決靈異事件這樣的事態吧。」

「你真的很煩欸。」

村上漸行漸遠。

「光是認為廢村就等於靈異這個觀念就不行。你啊，在京極兄面前說這些事的話會被罵的。」

「京極先生會罵人嗎？」

「我是不清楚啦，不過那個人生起氣來一定很恐怖。」村上望著前方說。

「我沒看過他生氣耶。」

「所以才說『假如生氣的話』。唉，你真的很煩欸。我採訪向來是獨來獨往，也覺得旅行是自個兒走比較愜意自在。在陌生土地上徘徊，碰上很有妖怪感的地方或未曾聽聞的傳說，能帶來無法言喻的喜悅，所以我才一直維持這個興趣。但這次有雷歐你這樣的傢伙在，亂了我的興致。可以的話我還是想追求一個人的孤獨之旅。」

「咦～可是你不是經常跟一群人旅行嗎？總是排擠我，跟妖怪推進委員會的成員們租輛巴士四處亂逛，和一群痴傻之人去露營或泡溫泉！」

「那是要慶功或年終尾牙的時候才會去吧。那種的另當別論。像是為了慰勞在鬼怪大學校的活動中努力奉獻的人們之類。」

「那也慰勞我一下嘛。」

「你又沒在工作，哪來的苦勞必須撫慰？你只是隨處撿幾條軟便題材罷了吧？」

「軟便？」

「『柔軟的妖怪音信』（註16）啦。」村上不屑地說。

那是雷歐在《怪》裡唯一負責的連載單元。說是連載單元，其實也只是用來填補頁數用的企劃，總是等到最後才決定頁數。

「沒想到那個單元能撐這麼久。」

「承蒙總編大人厚愛，大概怕我餓死吧。」

「又提餓死，你肚子真有這麼餓嗎？」

「沒辦法，我就愛廁所啊。」雷歐說出不明所以的辯解：「一拉就出。」

「噢，拜託，可以麻煩你閉嘴一下嗎？再吵下去，就算碰到目標也會錯失。」

「可是這裡是山上耶。放眼望去，只有樹啦草啦石子啦而已耶。還是村上大哥，你擔心沒看到地上的大便，一腳踩上去？」

「你不拉就沒機會踩到。慢著，你剛剛該不會真的偷拉了吧？聽好，草就算了，別小看這些樹木和岩石，它們很重要。」

「當然重要，能防止地球暖化對吧。」

「不是在講環保問題。」前輩作家村上說：「我又不是自命為環保人員來這裡勘查的。

我來是為了尋找傳說地點。所謂的傳說地點，就是現在看似空無一物，但過去曾發生過傳說故事的地點。」

「呃，不懂村上大哥的重點。」

「我們是來找那些『看不見的事物』。」說完，村上總算把頭轉向雷歐，接著說：「要尋找這些最好是去有鄉土傳承的土地。不同於民間故事，這類鄉土傳承地點一向很明確。」

「地點很明確？」

「就是明確，才能成為傳說。」村上又轉頭回去繼續往前走，接著說：「傳說是有證據的。例如祠堂、岩石、松木……總會留點什麼痕跡。很可惜地，這些曾經存在的事物，現在很多早已亡佚或被忘卻。但就算什麼都沒有，至少土地會留下來。雖說也有山地被開鑿，連同村子沉入水壩的例子……」

「村上大哥是在講亞特蘭提斯？」

「明知故問的裝傻一點也不有趣。」

「喔～」

「證據一定存在，卻不見得能發現。因為地圖上並不會標示出來。」

「也沒有路標嗎？」

註16：音信在日文中是「便り」，故簡稱為「軟便」。

「那種東西當然沒有。如果是觀光地點，或許會豎立告示牌或傳說導覽地圖吧，但大部分都沒有。長野縣有許多關於樹木或岩石的傳說，可是數量過多，早就被遺忘了。若是在村鎮鄉里，通常是與傳說有關之物本身消失了。若是在山上的，則是地點被人們忘卻。這也沒辦法。畢竟和生活並不那麼息息相關。」

「和生活無關嗎？」

「畢竟只是石頭嘛。」村上說：「倘若是類似袂石（註17）那種無法挪動的大型物體就算了，假如體積不大，和普通石頭無甚差別的話，留在原處通常會被嫌礙事。」

「最近連做醬菜也沒人用石頭壓漬了呢。」

「如果是像墳墓或石碑或石像那種的，即使遷移後還是會保留下來，但自然界的石頭的話，頂多只是被取名的石子。」

普通的石頭連名字都沒有。

反過來說，石頭沒有名字，就毫無疑問只是顆普通石頭。

村上說得沒錯，石頭就只是石頭。

「那麼，那個廢村裡也有傳說的石頭嗎？」

「有那個可能性。古書上有記載，但村莊不在描述的位置上，對照地圖也見不到類似的村落。受到町村合併政策的影響，許多村落都改過名字，但不是消失了。既然找不到這個地址，不是地址錯了，就是這段記載是假的。於是，我調查之後發現……」

「廢村了！」

「嗯，廢村了。在明治時期就已經廢村了，難怪連昭和初期的地圖也沒有登載。看起來並沒有開發成道路，那麼應該還保留在原處吧。」

「村子嗎？可是不是廢了？」

「村子早就沒了，我是指石頭。」

原來是石頭。

「建築物會毀壞，放著不顧便會風化。但石頭只要沒人動過，反而不易消失。雖說一樣會風化，短短百年程度尚不至於磨損得那麼厲害。」

畢竟是石頭。

「那麼，那是什麼石頭？孤獨嗎？還是親子瀧呢？」

「那是拓殖義春（註18）用的哏吧？《無能之人》。」

「老爸，我來接你了～」雷歐說著除了拓殖迷以外沒人聽得懂的笑話。

「不是那種石頭。文獻上記載村外有一種石頭叫鸚鵡（註19）石。」

註17：傳說中從歷史人物的衣袖之中掉落，逐漸成長變大的石頭。
註18：日本漫畫家、隨筆家。
註19：音同歐姆。

「歐姆？是電阻的那個？還是法則的那個？腐海之蟲（註20）？或者水中停息法（註21）？」

這次沒被說「你白痴喔」。

村上索性不甩他。

「鸚鵡啦，鳥類的那個。」

「喔喔，原來是鳥啊～所以那顆石頭是怎樣？從前從前有隻妖怪鸚鵡，會吃掉從牠面前走過的人，後來被德高望重的和尚收服，變成了石頭？會發出笑氣嗎？」

「才不是咧。哪來的鬼怪鸚鵡，找遍全球都沒聽過這種東西。雖然我沒調查過。而且你跟殺生石的傳說搞混了吧？就算是，石頭噴發出來的也是二氧化硫而不是笑氣。」

「對喔對喔。」雷歐笑著回答。

「你就是老是這種樣子才會被討厭的，早點認清這個事實吧，真是的。」村上說。

「話說回來，那個石頭會像鸚鵡一樣飛起來嗎？會振翅嗎？雖然是石頭，展翅高飛，迎向世界。」

「就說不是那樣，為何老是要亂編故事？別編造傳說，你隨便捏造我可不饒你喔。創作和捏造不可混為一談。」

「才不會呢。我只是徹徹底底地搞錯了而已。我的人生為了搞錯而活。」

「不覺得自己講話顛三倒四嗎？是會鸚鵡學舌的石頭啦。」

「佐佐木小次郎！（註22）」

「你白痴喔？」

總算說了。

雷歐沒被吼這句話就靜不下心來。

「不要一直打斷我的話。話說回來，你剛剛說啥？不是河童，不是老鷹，而是燕子啊白痴。雖然沒立刻聽出來的我也很蠢。」村上嘆氣，接著說：「話說，河童歸巢又是什麼鬼招式？」

「來開發嘛。」

「才不要咧白痴。可惡，跟你在一起，一路白痴白痴白痴白痴喊個不停，害我覺得自己個性變得很暴戾。我才不是那麼刻薄的傢伙咧。」

「哎呀哎呀，看在軟便作家之名原諒我吧。所以說，那個石頭會喊『阿竹小姐，早安』（註23）嗎？」

「你很內行嘛，就是如此。」

註20：動畫電影《風之谷》的王蟲，發音也是歐姆。
註21：奧姆真理教的修行方式。奧姆的日文發音也是歐姆。
註22：小次郎的招式「燕返し（燕子歸巢）」和「鸊鵜返し（鸊鵜學舌）」相似。
註23：日本人通常會教九官鳥或鸊鵜說的一句話。

「真的嗎！說中了！」

「聽說廢村裡有顆鳥型岩石，對它說山就答山，說河就答河。」

「如果我說豬它會答豬，說放屁就回答放屁嗎？」

「應該會吧，我也不知道。自己試吧，要說猴子或屁股都隨便你。反正那就像回聲（木靈）之類的效果，要說什麼請自便。」

「兒玉（註24）嗎？清先生嗎？攻擊機～會！墨田區的金田先生請作答，噗噗～答錯了。請起立。」

「滾啦。」

「可是兒玉……」

「只允許你喊『呀～呵～』。我的忍耐快到極限了，白痴。」

「不是寫成那兩個字嗎？」

「上伊那的鸚鵡石又名木靈石，漢字有時也會寫做『兒玉石』，所以你的說法也不能說是錯的。」

「我就知道。」

「只有名字啦，剩下的大錯特錯。其他地方也有這種稱法，說和『攻擊機會』的那位人物的名字寫法相同並沒有錯。」

「欸～」

雷歐說完，突然打住。

「怎了？」

「被我發現了，村上大哥，你說其他地方是什麼意思？這麼神奇的石頭，不可能有很多顆吧？長得像鸚鵡，還會學人說話耶。不不，這太扯了。就算有，這世上應該只有一顆。是舉世無雙的奇石。更何況正常說來，石頭是不會說話的。就算真的有能說話的石頭，至多至多只能有一顆。」

「你說的那種石頭一顆也沒有啦。能說話的石頭根本不存在。我們要找的那顆那麼不可思議是有理由的。同樣能學人說話的石頭，光上伊那村就有四顆，千曲市和下水內郡也有。」

「哇，真的很多。長野原來是鸚鵡石的名產地啊？」

「這種叫鸚鵡石的石頭在青森、愛知及兵庫都有。記得岡山也有一顆。算不上什麼稀奇事物。」

「什麼嘛……」

在雷歐開口說出「那我們白找了」之前，被村上一句「閉嘴」打斷。

「為什麼？」

註24：兒玉與回聲之意的「木靈」同音。兒玉清為日本知名主持人。

「我不是因為稀奇才找的。喔？」

村上突然喊了一聲。

「怎麼了？」

「這應該是地藏吧？」

看起來只像長滿青苔的團塊。

「連是不是石頭都看不出來。」

「沒那麼誇張吧？」村上答完，從肩上取下巨大背包，把手持的行李堆在上頭。除此之外，他還揹著其他背包，相當辛苦。

村上蹲下，開始仔細確認長滿青苔的團塊。

「村上大哥，這麼做很有趣嗎？」

「雷歐，你真的喜歡妖怪？」

「算是啊。我喜歡的東西很多，像是廁所和蚱蜢，妖怪算其中之一。」

「那你應該不懂我的心情。」村上抬起頭來，失望地垂下眉稍。

「可是那顆是石頭，我們在找的也是石頭啊。如果有塗壁或切株小僧的話，我就會跑著去找了。雖然頂多小跑步。」

「原來如此，你是那種人。」

「哪種？」

「你喜歡的是角色。」

「角色！」

「我沒說錯吧？」

「倒也不見得。切株小僧會端給人茶水，我現在口很渴。如果是塗壁，就可以擋住我們，不必繼續前進。」

村上視線移回青苔團塊上，將它整個抓著拉起，泥土和腐葉也跟著被拉了上來。

「啊，似乎是塞神（註25）。」

村上用手拍掉泥土。

「哇，有點像人臉耶。」

「本來就是長這樣。」村上將團塊豎起，換個方向，說：「喏。」

「啊，真的耶，這是神明嗎？」

「應該是道祖神之類的。我不是石佛狂熱者，所以看不出名堂。背後也有刻字，肯定是人造品吧。」

「字！」

雷歐定睛確認。

註25：又名道祖神。為了守護村民或行人，設於村境、十字路口上的石像。

「看不懂！」

「就說看不出名堂了。」

「唔～可是這看起來不像鸚鵡那類的形狀啊。」

「當然不像。你覺得這個怎樣？」

「怎樣是什麼意思？」

「沒有感覺到什麼嗎？」

「討厭啦，我又不是變態，死相～……咦？村上大哥，你怎麼不吐嘈我『你白痴喔』啦！」

一陣涼風吹過信州山中。

「不，你本來就是變態。」

「說得也是，對不起。總之偶啊……想知道村上大哥的真正意思。」

「你剛才的『我啊』寫成『偶啊』了吧？你的文章有很多這類錯別字，校稿人員肯定看得很痛苦。分不清那是對的還是錯的，或是故意要做效果的。算了，這不重要。你看到這種長青苔的石像孤獨矗立在山中，難道什麼感覺也沒有嗎？」

「嗯～」

雷歐仔細地端詳了一會。

「啊，看起來好像有點像水木老師的圖。」

「沒錯，在這些不經意看過的地方裡。日常風景中到處都有這種事物，將它獨立出來的話，就很有妖怪感。」

「喔～似乎是耶。」

「水木老師肯定一瞬間就能找出這個吧。這些日常中帶有妖怪感的角度，水木老師一看就很清楚。換成是我，就總是找不到，只能像這樣到處走，憑著氣氛或情景，朝那種方向尋找。帶著一種情懷。我想，這就是妖怪吧。畢竟妖怪並不存在於現實。」

「真的幾乎不存在呢。只能在動畫或漫畫中見到。」

「能見到的只有角色吧？」村上說。

「哎呀呀，的確如此。」

「但是，妖怪還是存在的。面對這片風景，難道你都不會湧現某種情懷嗎？覺得妖怪彷佛會現身一般。你不是喜歡妖怪？」村上說。

「呃～類似情緒突然湧現，或覺得心頭一緊的那種感覺？」

「對，就是那樣。」

村上拍拍石佛的頭部後，站起身來。

「這種無用感才棒。這尊石像設置在這片深山曠野之中，對任何人恐怕都派不上用場。」

「派不上用場就像站不起來……」雷歐說：「簡直像出版業界中的我，什麼忙也幫不上……唉，愈說自己愈悲傷。」

「所以說。」

村上從多種角度拍攝了多張照片後，拿起行李。

「所謂的鬼怪，就是誕生於這種無用之中。鬼怪的本質就是無用啊。我們沒辦法見到鬼怪本身。想見牠們，但見不著。可是，彷彿會有鬼怪出現的氣氛確實存在，對吧？雖然不是鬼怪『本身』。」

「就是所謂的妖怪周遭呢。」

「那是『怪Radio』的副標題吧？」

《怪Radio～妖怪周遭～》是以前村上和京極、郡司總編輯擔任主持人的廣播節目名稱。每個星期以甜點麵包、時代劇、老爺爺或傳統牌戲等作為討論主題，無意義地高談闊論，直到最後都沒提到妖怪的傳說級廣播節目。

「雖然我覺得那個節目的內容太偏離主題，不過京極兄說那樣才好，真不知道他是認真的還開玩笑的……或許他說得沒錯吧。妖怪的魅力並不在於角色之上，而是在寺廟或神社或墳墓中這些……啊，不過這些又太明確了，並不是這麼直接的感覺。總之，妖怪最重要的，就是這種看似有用卻又無用的感覺。就這層意義說來，《怪》也許需要雷歐你這種人吧。」

村上說完，邁出步伐。

「這算是在誇我嗎？是在安慰我？還是在要弄我呢？」

「沒在誇你也沒在安慰你，耍弄倒是有吧。」

「欸～」

村上繼續快步向前。

為了不被拋下，雷歐拚命追趕。

說真的，雷歐已經相當累了。下巴士後走了一個小時的柏油路面，進入山區後又走了近二小時。

「我是無用廢柴又窩囊嗎？」

「我剛剛在講的明明是即使無用廢柴又窩囊，也是有必要的。軟便的內容沒特定類型，也沒有愛好者，但有這個單元還是不錯。」

「所以說，村上大哥也認同我囉？」

「並沒有。」村上瞪了雷歐一眼，接著說「想被人認同就多努力一點吧。這個世界很嚴苛的，不努力的話我就要搶了你的頁數喔。就算內容窮極無聊，我其實也躍躍欲試哩。」

「求求你別這樣～」雷歐哭喊：「這樣我會失去飯碗啦～比起廁所，我更愛吃飯。我想繼續在這行混飯吃。請讓我修行吧。我會去印度深山裡修行，雖然這裡是長野。請收我為徒吧。」

村上露出厭煩的表情，說：

「笨蛋，我沒偉大到能收徒弟。求求你行行好，別妨礙我調查吧。」

「咦？還要去哪？石頭不是已經找到了嗎？」

「那不是鸚鵡石。」

「啊，對喔。可是不能把那個當成是鸚鵡石嗎？」

「喂喂，作家是不能寫謊話的，一旦內容有錯就完了。雖然有時會因一時差錯，日後才發現所寫的內容有誤。但這種錯誤有時會作繭自縛，反過來害死自己。我向來很小心，但還是難以避免，所以我也很怕，有我名義的稿子絕不隨便亂寫的。」

「你好嚴格耶，這種事沒人事後還來確認的啦。」

「不，你太樂觀了。你不明白一旦訊息流傳給不特定多數時有多麼可怕。就算你很無用或廢柴，這條原則務必嚴格遵守，懂了嗎？不認真幹的話，要再多白痴也不有趣。」

「好的。我會謹祭在心的。在heart裡恭謹祭拜。」

「什麼跟什麼嘛，你想說謹記在心嗎？還有，雖然你已經累趴了，但真正的田野調查可沒那麼輕鬆喔。文化人類學的調查得花上好幾個月，甚至幾年，而且會調查得更專注、更仔細。有時還會和當地居民打成一片，收集必須資訊，是非常辛苦的工作。我現在做的不過是普通的採訪。頂多到現場走一趟，好好地找個一回罷了。」

「可是，地點在哪也有差吧？」

「這裡算很輕鬆的。作家最重要的就是體力。雖然不僅限於作家。就算要我去人跡罕至的祕境採訪，只要酬勞豐厚便在所不辭。這裡標高不高，前半段還能搭車，根本很輕鬆好不好。總之，如果剛才的是塞神，代表那邊是某種界線。我猜從剛剛那裡到這邊應該是村莊。」

「是山上。」

是山上沒錯。

「山村本來就在山上。」村上說。

「這裡似乎在町村制導入前就荒蕪了，所以正確而言不應該叫廢村，而是廢棄聚落……啊，找到了。」

村上指向某處，但雷歐不明白那是什麼。

「那是？」

「看起來有房子地基的感覺。」

「我懂我懂，我最擅長這類感覺問題了！換句話說，那裡就是疑似房子的地基，對吧！」

「你很煩欸。」

村上左右張望。

「雖然被你這麼一鬧，我有點懶得說明了，不過這一帶地勢平坦，應該是村落吧。現在已經看不出田地在哪，不過你看，那個看起來像是房子那類的痕跡吧？」

連廢墟也「不存在」。

「我是有感覺到疑似廢屋的痕跡，但這樣子沒辦法在這裡休息耶。似乎連靈異現象也沒有，也沒便當可以吃。」

「本來就沒有便當。不趕緊採訪完畢，回程天色會很暗。這個村莊似乎不怎麼寬廣，呃……」

村上快步前進。

「這裡根本不像村子，完全是山上嘛。」雷歐跟著走，說：「好歹說是舊村莊或前村莊或村落遺跡吧，村上大哥。」

「幹嘛拘泥在這種小事上？現場只有我們兩個，不重要吧？」

「可是你不是說作家要留心字詞準確嗎？立正，敬禮！」

「你肯定沒女人緣。」

「呀啊啊啊！」

被村上看穿不受異性歡迎的事實，雷歐發出哀號。

哀號在山中迴盪。

「在、在回聲了耶。」

「你的文法真的有問題，回聲不是動詞啦。不過，回聲似乎是從那邊傳來的。」

雷歐朝村上所指的方向前進，坡度突然變陡，視野頓時開闊。

「哇，這是什麼？好像是懸崖？」

「是山谷。底下似乎有河流，但被樹木遮住，看不清楚。地圖上沒顯示這裡有山谷，應該不是什麼大河，也就是說山谷應該也不大。」

的確，地形陡急向下。

對岸——或說另一邊也是山，樹木茂密。不過兩人所在的這一側的斜面岩層裸露，到處可見碩大的岩石。

「喔喔？」

村上瞇細眼鏡背後的雙眸，努起下巴，眺望山谷。

「好壯闊的景觀，簡直像四國的深山。」

村上拿起相機。

「要拍照嗎？我也想去學攝影，學了應該能接到比較多工作吧？」

「我們又不是攝影師。我是本來就喜歡拍照，不然正常說來會找攝影師同行。」

「可是多田先生也隨身攜帶相機呢。他總會選擇最佳地點拍照。在絕佳的位置上狂拍猛照。前陣子我看到他像個鐵匠一般，用螺絲起子和鐵鎚修理撞歪的遮光罩，結果反而敲壞了。」

雷歐也搞不懂那是在幹嘛。

「多田仔那是個人興趣。雖然他只是在做個人紀錄，他真的很擅長找最佳地點。但是，我頂多看過他去沖洗照片一次吧。他最近好不容易換成數位相機，以前一直都是用底片式的，他真的有在沖洗嗎？」

邊說邊連續拍了好幾張照片。

這個地方雖小，景色意外地不錯，類似小庭院的感覺反而增添妖怪氛圍。

「喔！」

村上停了下來。

「怎麼了？放屁了嗎？」

「我一路上早就放了一堆屁。先別管屁了，你看那個，像不像鳥？喏，就是那塊突出的岩石。」

「真的嗎？在這裡放個響屁的話，應該能得到不錯的屁回聲吧。噗噗噗噗。好棒。哎呀。」

的確，看起來很像鸚哥或鸚鵡的形狀。

村上確認地面。

「啊，有路通往下面。原來如此，行經那塊岩石，拐個彎就能走到下面，以前的人應該就是這樣去底下的吧。」

「咦～這是路嗎？」

「看，這邊不是有條線狀痕跡？很明顯吧？」

村上說完，從雷歐手中搶走三腳架，把行李放在原地，開始往下走。

「要去嗎？」

「不去的話，千里迢迢來這裡幹嘛？」

看起來應該不至於有失足墜落那種程度的危險。

但是，如果在途中跌倒的話，倒是有可能一路滾落山谷。這一側幾乎沒有樹木花草，如果滾落的話，肯定相當痛吧。不，甚至會受傷。

「會骨折喔！」雷歐冷不防喊出來。

「啊？」

「啊，抱歉，我省略太多語句。我是指，如果不小心滑倒的話，會受傷喔，一個不幸甚至會骨折喔！」

在說著這些事的時候，村上走到那顆奇妙岩石附近了，讚嘆：「這裡的景色真好！」

雷歐迫不得已，只能心驚膽顫地慢慢踏出步伐。村上的巨大行李沒人看管，就這樣拋在上頭。反正很重，應該不會有人偷走吧。這附近一個人也沒有。沒有狗也沒有貓。就算有猴子，這麼重大概也拿不走。

說是道路的話，是道路沒錯，但不自我催眠的話，很難說服自己是道路。雖不至於寸步難行，但不鼓起勇氣也難以踏上這條路。正常人沒人想走在這種地方吧。

「喏，從這邊看起來，完全是鸚鵡的形狀。」

村上說。

「咦？鸚鵡從那麼久以前就傳來日本了嗎？我還以為牠是最近才回國的日僑子女那樣的感覺呢。印象中沒在時代劇裡看過牠。」

「不，沒那麼晚。我記得以前看過的書中曾提到，鸚鵡在江戶時代以前就輸入日本了。江戶時代也有見世物小屋展示鸚鵡，聽說將軍家也有養過。」

「哇呀，所以是暴坊飼主。」

「什麼跟什麼嘛。」村上邊說邊在狹小的地面架設三腳架。

是岩石向外突出，類似露台狀的較平坦處。

「沒、沒問題吧？」

「其實手持直接拍攝也沒關係。岩石後方的凹穴有祠堂。」

雷歐轉過上半身，抬頭確認。

比起從上俯視，這個角度看起來更像鸚鵡了。

後方有個類似骯髒鳥巢箱的物體。

「那個就是祠堂？」

這麼說來，的確是有那種感覺。

「沒錯。我現在就在祠堂旁拍照。這個祠堂運氣真好，能保留下來。上頭的民宅都已經風化了，這邊剛好有石頭遮住，沒有直接受到日曬雨淋。」

「唔～」

雷歐扭轉身體，欣賞鸚鵡石。

如同村上所言，總覺得有種難以言喻的氣勢。

到底是哪裡好他說不上來，但就是覺得很棒。

而且。

徹底地無意義。

在人跡罕至之處，被棄置了上百年的祠堂。

如果村上不來，接下來的幾年間、幾百年間也許都不會有人發現吧。

但祠堂還是會存在於這裡，持續地存在於這裡。

單單只是存在著。

這個事實有什麼意義嗎？

與無意義邂逅了。

雷歐覺得自己似乎多少能懂村上的心情了。

假如說。

在找到上面的青苔石時就折返的話，恐怕就不會和這個無意義邂逅了吧。如此一來，這個無意義甚至沒有機會作為無意義而存在。等同於未曾存在。因為存在的事實無人知曉，這也沒辦法。即便如此，這個祠堂依然持續存在於此地。這般無視於人類的感覺，到底是什麼？

「總覺得……超級有妖怪感的耶。」

「對吧？」村上回答，接著喃喃自語：「若從這個角度，就能全部入鏡，也看得出形狀是鸚鵡。所以說——得從更後面一點拍攝才行……」村上走下山谷。

「危險。」

「危險。」

「幹嘛說兩次。」

「幹嘛說兩次。」

「別模仿我。」

「別模仿我。」

「我沒模仿啊。」

「我沒模仿啊。」

「是誰的聲音！」

「不是我的。」

四周歸於寂靜。

傳來潺潺溪流聲。

「回……回聲？」

「回……回聲？」

「呀啊啊啊啊啊啊！」

「吵死了！原來如此，無法一次模仿兩個人嗎？慢著，到底是誰在模仿？」

村上眼睛貼在觀景窗上問。

「是我。」

「明明不是你。」

這時，雷歐望向祠堂。

一名小女孩站在那裡。

瘋狂與妖氣交錯

那時，小說家黑史郎正感到困惑。

不，與其說困惑，說他覺得有點不妙比較正確。

比起困惑更是在擔心。要說他擔心著什麼的話，目前正在他面前激烈主張某事的女子的未來，以及他自身的安全這兩方面。他不討厭這樣的立場，但這麼激動的話反而使人困惑。

「今天也有跟來。」

又開始了。

「喔……」

只能如此回答。

碰到這種情況，黑往往會不小心笑出來。

並非瞧不起對方。

他不會做出那麼失禮的事，絕不可能。光嘲笑他人就不可能。不管對方是怎樣的人，黑都不可能藐視對方。

基本上，黑喜歡人類。

因此他不會輕蔑或嘲笑他人。不論何種身分、性格或能力，他都會給予尊敬、同情或幫助，就算偶爾會看不慣某些行為，也絕不會高高在上地看扁他人。

正因如此，他和任何人都能保持良好關係。

略嫌膽小的性格也有助於維持人際關係。他自認自己並沒偉大到能批判或責難對方。準確來說，比起擺出高高在上的態度，黑怕的就是被人誤以為他自視甚高。

因此，除了在相知相惜的好友面前，偶爾會故意搞笑以外，他盡量讓自己別做出會被誤解的行動。

但是。

若宏觀地確認自己與對方的情況。

有時還是免不了覺得可笑。不，應該說經常如此。當黑覺得包括自己在內的整個情況顯得很瘋狂時，他總會不由自主地笑了起來。

換句話說，有一半是自嘲。

現在就是這種狀況。

時刻是傍晚。

地點是位於鶴見的某間家庭餐廳。

餐桌上有冰淇淋汽水、咖啡、發票與菜單。到此為止都還好。很正常。沒什麼不對勁的。

黑坐在座位上。

這也沒什麼不對的。他不是上班族。許多作家會在餐廳思考作品內容或確認校樣。身為自由業的他不管何時出現在此都不奇怪。

不過，黑目前只帶了掌上型遊戲機和像是小孩用的雜記簿與原子筆。他喜歡原子筆。

接著。

問題在於對面的座位。

對面坐著一名表情認真的女性，她的眼睛焦點集中在黑的鼻子上。她的視線毫無飄移，緊緊鎖定黑的鼻頭。

光這樣的場景就十分可笑。

假如說，這是戀愛諮商，或者債務談判、遺產繼承糾紛的話，雖然不怎麼有趣，倒也還算正常。

然而，女子在談的並非這類現實問題。

女子年紀約二十來歲後半，在法律事務所上班，頭腦明晰，算得上是社會的中堅份子。比起黑身旁那群彷彿永遠長不大的老頑童，女子正經、認真得多。

女子名叫鴨下沙季。

因緣際會下，鴨下在高中時代對密克羅尼西亞文化產生興趣。隨著這個興趣逐漸提升——或說「惡化」，她開始接觸密克羅尼西亞的神話傳說、環太平洋的民間信仰，以及世界各地的妖怪，最後竟然令人遺憾地去參加世界妖怪會議了。

畢竟只是興趣，那也就罷了。

就視為好事吧。

世界妖怪會議是水木茂成立的世界妖怪協會所舉辦的活動。肇始於平成八年（一九九六年），之後十三年間在日本各地舉辦過好幾次。

黑也參加過不少次。說是會議，其實只是討論者們漫無止境地聊著鬼怪類話題，議題模糊不清，永遠得不出結論。但至少一年肯定能親眼瞻仰水木茂的尊容一次，還有幸能聽他本人演講。對於喜歡鬼怪的人們而言，算是一年一度附有特典的盛會吧。

黑喜歡妖怪。

他也喜歡靈異、怪談、科幻故事、變態殺人魔傳記、都市傳說或驚悚故事，以及《金肉人》和喪屍和空洞電影和劣質遊戲或明顯造假的靈異照片。上述這些都和妖怪微妙地有所關聯，所以他無疑是個妖怪迷吧。應該說，只要是不怎麼出色的事物他都喜歡，妖怪通常也不怎麼出色，因此對黑而言，把妖怪從喜歡事物的列表中剔除是不可能的。

和鴨下也是在妖怪會議上認識的。

記得是在東京舉辦時認識的。不過，東京不只辦過一次，記得辦了好幾回，黑已不記得是在哪次會議上和她認識。反正每次內容都相差無幾，會搞混也很正常。

在妖怪會議上相識，之後繼續深化交流，進而成為朋友或熟人的情況意外地多。

妖怪會議剛開始的那時，恰好是網路逐漸普及的年代。

夠過網路和同好相識的情況意外地多。說是相識，不見得要實際碰面，在現實進行交流。單純只是找到分散於全國，有著類似嗜好的人物變得意外地簡單而已。

就算曾經流行過，妖怪依然只是種毫無意義的事物。以妖怪為興趣很丟臉，絕不值得自豪。但是，喜歡妖怪的人終究難以割捨這個興趣，所以只能偷偷將之藏在內心深處，彷彿戰爭時期的和平主義者般畏畏縮縮地過生活。

就連水木茂大師也不例外。

就在這個時期，妖怪會議開始了。

基本上是在日本各地區舉辦，想要每場都參加很困難，但還是有人想盡辦法前往赴會。隨著一次次的舉辦，這種傾向愈來愈強，換句話說，來自全日本、懷有不可告人興趣的人在現實中集合，舉行祭典。

說穿了，就是大規模的網路線下聚會。

就這樣，黑和為數眾多的鬼怪迷相遇。黑以小說家身份正式在商業市場出道前就有在經營網站，時常在站上發表個人創作——在妖怪會議上認識的鬼怪迷之中，也有他的忠實讀者。

這對黑來說，無疑是種激勵。

鴨下亦是其中之一。

鴨下喜歡一種名叫卡波・曼達拉特的非主流妖怪，兩人對於這種妖怪聊得很開心。黑是在水木茂的《妖怪圖鑑》中得知這種妖怪，鴨下則是由密克羅尼西亞的相關文獻中得知。

在那之後，又過了十年。不，也許更久。

兩人現在一年偶爾會透過郵件聯絡一、二次。黑正式出道以及結婚時，曾收到來自鴨下的賀禮。

然後——

她現在似乎碰上某種緊迫的煩惱，無論如何都想找人商量。

雖然黑覺得自己就算傾聽她的煩惱，也無法幫忙解決問題。

如果她想問的是金肉人橡皮擦的種類，黑倒是能回答。

鴨下住在川崎。某天她捎來一封郵件，說兩人住得很近，希望能見個面，有件事想當面商量。

從文章看來，狀況似乎非比尋常。

黑想，這情況看起來……

多半和靈異體驗有關吧？

黑在怪談專門誌《幽》主辦的《幽》怪談文學獎中獲獎，以此為契機作為小說家出道。

在《幽》業界之中，有大名鼎鼎的平山夢明、福澤徹三、加門七海，以及《新耳袋》的木原浩勝或中山市朗等人，除此之外還有許多人，個個都是「那方面」的佼佼者。

若問是「哪方面」——是的，他們是撰寫怪談實話的高手。

所謂「實話」，即真的有這麼一回事。既然真的有這麼一回事，當然就是某人的親身經歷。至於為何會演變成那樣，故事是否經得起驗證則另當別論。只要體驗者深信不移，那就是事實。

他們真心覺得如此。

不是謊言。

所謂的怪談實話，就是把這種感受改寫而成的故事。

只是，人類是種曖昧不確定的、容易崩壞的事物，就算是親身經歷，大多都很可疑。不是真假令人懷疑的意思，而是包括真假難辨這點，整體給人詭譎可疑的印象。

若是可疑，就會變得恐怖。

令人感到恐怖的故事，便是怪談。

只是，就算是自己的親身經歷，也難以完整傳達給他人。這不是能輕易讓他人理解的。為了傳達，必須將體驗轉化為語言，透過口述或書寫的方式傳播出去。然而，有時愈是想要傳達得完整，就愈容易偏離本意。

因此，改成只傳達重點是個好方法。為達此一目的，調整一下內容會更有效率。不是改編事實，而是讓想傳達的部分變得明確的演出方式。

這種部分的調整並不容易，和電視的紀實節目有異曲同工之妙。

既然是紀實，自然不能造假。但就算不造假，至少得進行編輯吧？因為不可能把所拍到的全部畫面直接播映出來。必須加以剪輯，調整順序，加上音樂、旁白與字幕。即使實際畫面相當呆板，靠著感人的音樂與旁白，便能使觀眾感動落淚。

這不是欺騙。頂多為了讓影片有高潮而加工，但沒有造假。

即使顯示的畫面很呆板，在現實之中，也許那是令人感動且興奮的場景。

不，即便不是如此，至少紀實節目的編輯者本身受到感動了。那麼，這樣的調整也只是用來傳達感動的演出罷了。

這樣的調整，頂多算加工，不是造假。

但是，假如實際在現場的人們在看過成品之後，覺得和當天感受完全不同的話——這樣果然還是有問題吧。明明是眾人悲傷痛哭的場面，卻被剪輯成爆笑大集合並播出的話——即便對製作方而言那是真實——這樣果然還是不對吧。

不過，攝影機畢竟只能拍下某個方向的畫面，儘管有好幾台攝影機在拍攝，終究難以完整呈現現實。沒被攝影機拍攝到的部分，就算在現場的人看得很清楚，也無法傳達那裡發生了什麼事。因此，不管再怎樣想把現實發生的事不加油添醋，不刪減節略，不加上演出地播出，影像終究不會是真實，頂多只能說是實錄影像，不會是現場發生的事件本身。

更不用說口述或文章了。言語有諸多缺陷，且是一種曖昧模糊的事物。儘管努力想描寫事實，在轉化為言語後所能保留下來的事物，遠比流失的事物更多。不僅如此，言詞並不一定特定只指涉某一事物，所以被傳達的事物很容易因聽眾讀者不同而有重大歧異。即便表達者很慎重，依舊難以避免接收者自行透過想像填補沒被描述到的空白之處。比起影像，語言變質的危險性更高。

因此，在處理親身經歷的怪談時，不確實釐清哪裡可怕、體驗者害怕著什麼的話，會變得散漫無趣，看不見重點。

什麼也傳達不了。

不是有鬼魂出現作祟就好。

擅長撰寫怪談實話的達人，通常也是擅長找出這些重點的高手。

不，這只是黑的猜想。

黑自己並不是撰寫怪談實話的作家。

雖然他也會受到自己的親身經歷或他人口述的靈異體驗影響，基本上他的作品是以創作為主。

只不過，創作與實話之間的界線是如此模糊，黑愈深入去思考就愈不明白。他想，應該只有重心擺在哪一邊的差別吧。

不過黑也是前述平山夢明監修的ＦＫＢ企劃的成員之一。

ＦＫＢ系列——這是由平山夢明所主導，將怪談實話的老字號「『超』恐怖故事」系列執筆者之一松村進吉、在《幽》怪談實話競賽中受到矚目的黑木主，以及黑史郎這三名作家培育成為獨當一面的怪談作家的獨特企劃。

基本上採取怪談實話的形式。

企劃名稱「ＦＫＢ」來自不可思議（Fushigi）、可怕（Kowai）、毛骨悚然（Bukimi）三個詞的拼音字首，不過畢竟命名者是平山夢明，沒人確定他有幾分是認真的。雖然平山對作品的完成度很嚴格，對命名卻向來不怎麼在乎。

參加此一企劃後，黑開始書寫不知該說是感到困擾還是碰上麻煩，總之在內心的某些部分變得扭曲的人們的故事。

是否算是怪談姑且不論，至少是實話。

黑目前完成了三部作品，還是覺得這種題材十分棘手。不管事件多麼奇特，若只是平鋪直敘，終究難以令讀者感受到特異性。但愈是修改，奇特性也會跟著變質，勢必得煞費一番苦心進行調整。

於是，又回到原本的「該怎麼料理」的問題上，但事情並不是「反正都改那麼多了，乾脆直接自己創作也沒差吧？」那麼簡單。就算是創作，也不見得能想到那麼奇特的故事。現實的扭曲往往比小說更神奇，所以採訪是有必要的。只要跟那些深陷怪談實話泥淖中的人們打過交道便明白，上面提起的高手們，無一不是卯足全力到處採訪的。儘管每個人料理素材的手法或風格不同，但在仔細聆聽他人的親身經歷這點上，是全體共通的。

黑也喜歡聽別人談這類親身經歷。因為很奇怪。雖然黑沒特別進行採訪，卻有不少機會聽到這類體驗談，他都會靜心傾聽。他喜歡奇怪的故事。

然後——

或許是因為聽多了，被以為他很擅長解決這類問題，或是產生其他的誤會……開始有人來找他諮商。

聽說其他怪談作家也常碰上這種事。

簡單說，就是想說出奇特的靈異體驗，需要聽眾；碰上難以置信的體驗，需要有人幫忙判斷；希望有人來告訴自己，這些事只是稀鬆平常；希望有人來分擔悶在心中的恐懼；碰上鬼怪作祟，希望有人為自己驅魔；被詛咒了，希望有人拯救自己；不管怎樣都行啦，總之救救我吧，好可怕啊……等等，諸如此類的諮商。

碰上這類諮商要求時——縱使某些怪談作家會因為寫作題材主動上門而喜出望外——對黑來說要說是哪種的話，通常會感到困惑。

因為基本上他只能當個聽眾，無法解決他們的煩惱。

能幫得上他們忙的，通常是其他種類的人。倘若他們碰上的是犯罪行為，就該找警察。碰上靈異事件，就該找驅魔師。小說家這類人啊，很多連如何大掃除都不懂呢。

假如對方只是想找個聽眾，那倒還沒問題，問題是上門求助的人大多認真想尋求幫助。

就是這點令人困擾。

就算有人真心認為自己的疾病是被鬼魂纏身造成，來找黑諮商如何治好，黑也只能勸對方去醫院。但對方最不想聽到的，恐怕就是這類平凡建議吧。

正因為對方非常認真，所以黑也不敢隨便提出建言。

不僅如此。

當中也有狀態真的很不妙的人。不是指生理狀態，而是在心理方面。這種情況也很困擾。但會來找黑諮商的人，後者意外的多。

不過。

在這層意義下，黑一開始認為鴨下的話應該是不用擔心。因為她具有常識，又是法律工作者，是個聰慧而正常的社會人士。

然而，再精密的機器，終究有齒輪壞掉的一天。

沒人能知道哪顆齒輪會在何時如何出錯。

愈有常識的人，在碰上常識難以解釋的現象時會愈脆弱。就算是法界人士，仍舊會被作祟。作祟不受法院判決影響，詛咒也不受法律審判。說不定光是紀念照中拍到不明光球，就能造成精神衰弱呢。

但黑和鴨下畢竟也是相識多年的朋友，就算她真的心靈耗弱，也只能陪她一起想辦法解決。就這樣，黑史郎下定決心，答應了見面的要求。沒想到對方一開口，問的問題竟是——

「百里婆婆（註26）會走路嗎？」

黑差點笑了出來，但對方明顯不是在開玩笑，立刻收起笑容，強忍笑意。

註26：都市傳說中，在高速公路飛馳時，會從後方以猛烈速度追趕上來的老婆婆。

黑喜歡都市傳說，鴨下也知道他有在收集相關故事。

不，黑甚至出版過《追蹤百里婆婆》的單行本，的確是最恰當的諮商人選。

雖說如此。

「不知道是否也有百里爺爺……」

在聽到接下來的這句話時，黑終於忍不住笑出聲來了。

即使被笑，鴨下臉頰仍然動也不動，態度依舊認真。黑也趕緊自我約束，嚴肅地聆聽她的說法。

鴨下一開始以為是跟蹤狂。

「夜晚走路時，總覺得有人在跟蹤我。明明路上走路的人只有我一個，卻總是能聽到另一道腳步聲。」

差點說出「那是妖怪啪噠啪噠（註27）」，黑趕緊忍住。

「不是我的錯覺。每天都會聽見。我跑牠就跑，我停牠就停。後來覺得實在很恐怖，便請同事陪我回家。只要有其他人在，腳步聲便不出現，一旦落單，腳步聲就又登場。」

黑想，如果是啪噠啪噠，只要對牠說「您先請」就好。不過他還是先忍住，因為也有可能是妖怪嗶嚓嗶嚓（註28）。

「於是，我前幾天請上司從在遠處替我確認。就算結果只是我多心或誤會也好。但是，這次就聽到了腳步聲，我忍著懼怕的心情，直接回家。不久，上司上門來找我，說真的有東西跟著我……只是難以看清跟蹤的是什麼。」

——模樣看起來像個人。

上司說。

像個人，換句話說，不是人。

「上司說無論怎麼睜大雙眼，就是看不清楚。看起來一團黑，只看得出動作像在走路，不像女性，不知為何就是無法判別服裝或年齡特徵等。」

在那之後，同事開始輪流護送她回家。

某天工作得比較晚，上司主動說今天開車送她回家。

在各種意義下，車子是最安全的。鴨下放心地搭上車。

然而——

上車的瞬間，發現上司臉色發青。

因為那個人形物體……

就跟在車後。

不管加速或減速，都維持相同速度跟著走。

註27：奈良縣等地的傳說中，會跟在人背後的妖怪，只聞腳步聲不見其影。

註28：福井縣傳說中的妖怪，冬天下霙的時候，會跟在人的背後發出嗶嚓、嗶嚓腳步聲的妖怪。

「我很害怕所以不敢看，只知上司滿臉鐵青，試圖想把牠甩開，卻怎樣也辦不到。市區有速限，沒辦法開太快，所以即使方向不對，上司還是從鄰近的交流道開上高速公路了。」

「高速公路！」

「是的，車子加速到近一百公里。」

「真的衝到一百公里啊？」

「但還是跟來了。」鴨下說。

「還真的是……百里爺爺啊。」

黑只能這麼回答了。

「是啊。不過，這類都市傳說通常不都是老婆婆嗎？沒想到也有男性版。而且……」

「也會走路。」

「嗯，也會走路。」

「嗯……」

從沒聽過這種故事。應該不是人類吧，但也不像一般都市傳說。正常猜測的話，大概是被奇特的幽靈纏上了。

「那個百里爺爺，今天是否……」

「今天也有跟來。」

「喔……」

黑忍不住發笑的老毛病又開始了。他想，在這種場所認真討論百里爺爺的他們兩人，在世人眼中肯定很滑稽。

「然後，關於……水木老師畫的卡波．曼達拉特……」

「啊？卡波？」

話題突然改變。

「是那種很像蝦子的？」

「是的，就是那種全身烏漆抹黑、從水裡現身的妖怪。那個造型有什麼典故嗎？」

「這我也不清楚。文章的出處大致知道，但圖畫應該是水木老師原創的吧。」

「真的嗎？」

鴨下低頭。

「卡波怎麼了嗎？」

「我覺得……那個怪物或許是卡波……」鴨下輕聲說道。

「請等一下。」

黑有點慌了。

「雖然卡波．曼達拉特在水木先生的圖裡無異於怪物，但在當地傳說中應該是女神吧？記得祂是住在巨大貝殼裡，模樣是腳和椰子樹一樣粗的寄居蟹，但性別是女的，而且是司掌象皮病之類怪病的神。」

像這樣把卡波．曼達拉特的特徵羅列出來，黑覺得祂真的是很不得了的神祇，根本無法想像會是怎樣的形象。就算不同於原典，能輕易賦予祂形象的水木老師果然很厲害。

「我知道。」鴨下說：「我的意思不是原典，而是水木老師的插圖和那個怪物很相似。」

「那張插圖真的不錯。」

黑也很喜歡。但是……

「妳說那種模樣的怪物跟來了？記得那種怪物身形頗為巨大。不對，圖中好像沒有可對比的事物，所以很難說。但那張圖應該沒畫下半身吧？能跑嗎？」

「這個嘛……」

鴨下頭壓得更低了。

「跟蹤我的或許不是，但在偷窺的應該是卡波。」

「偷窺？」

「是的。最近有東西一直在偷窺我。大小與個子嬌小的人類相近，所以我以為跟蹤我的也是牠。」

「呃……」

黑開始覺得超過他能理解的範疇了。

「現在應該也在偷窺我吧，我很害怕，不敢確認。」

黑望向家庭餐廳的落地窗。

在窗戶的上方。

「存在」著某種物體。

那個物體貼在玻璃窗上。

大小……難以判斷，應該不怎麼大。

似乎比貓狗更大一點。

不，或許更大。

大約跟矮個子的成人差不多。

但是，黑史郎從來沒看過有人能像隻壁虎一般貼在落地窗上頭，把頭伸出來偷窺，所以也很難說。完全失去了比例感。如果自己也貼在那裡做出相同動作，看起來或許就那麼大吧。

黑不禁看得目瞪口呆。

鴨下的視線動也不動，執拗地凝視著黑的臉。

「牠在嗎？」

她怯怯地問。

這種情況該冷靜回答「真的在呢」？還是該興奮地說「在！在！妳說的是真的！」？或者乾脆陷入恐慌？

黑凝視著那個好一陣子後，佩服般地發出感嘆。

對象如此「明確」存在的話，連恐懼感也難以湧現。

「應該是……那個吧？」

「嗯，我想就是。」

「那個的話……呃，雖然有點相近，不過那個不是卡波喔。」

「竟然不是？」

「嗯，我想應該不是。」

雖然在內心深處覺得，在家庭餐廳一本正經地討論這些事的自己恐怕早就瘋了，但是對鴨下而言，這的確是很嚴重的問題。一想到這點，黑重新振作精神，開始用原子筆在雜記簿上素描「那個」。

要她直接確認一定很可怕。

不知其他客人是否也看得見那個。

——恐怕連看也不會看吧。

沒人會去注意那個。就算不經意望向窗戶，也不會抬頭確認上方。況且，更應該擔心的是街道上的行人會不會注意。

——不，行人也不會注意。

除非想確認餐廳裡是否客滿，沒人會特別注意家庭餐廳的落地窗。即使注意了，也只會看向店內，不會確認窗簷底下。

——不。

說不定其他人根本看不見。

因為那種東西正常而言根本不可能存在。

可以肯定不是動物。整體很黑，有斑紋，腹部是白色的，類似蛇的……不，更像怪獸會有的蛇腹。不知該算手還是腳的上肢爪子很銳利，半開的口中長滿利牙，頭上也有類似落難武士的稀疏白髮——或許該算鬃毛——聳立著。眼睛圓睜，臉部和水木茂筆下的卡波・曼達拉特的確有幾分神似。

但是。

——卡波的手部是鉗子。

黑用原子筆速寫，將貼在窗上的怪物描繪下來。一張似曾相識的圖畫完成了。理所當然。

「妳看到的……就是這個？」

「嗯……似乎是。因為我很害怕，所以從沒仔細確認過。」

「這種妖怪……其實叫做『精螻蛄』。」

「精……什麼？」

「這是日本產的鬼怪，與密克羅尼西亞無關。這個……算是一種妖怪吧。」

黑只能這麼說。

「是日本的妖怪嗎？」

「是的。鴨下小姐，妳絕對看過。例如在鳥山石燕或水木老師的圖裡，或者其他模仿畫之中。」

「這算是種……不好的妖怪嗎？」

「這個嘛……」

其實黑並不認為那是邪惡的妖怪。

精螻蛄是和庚申信仰（註29）有關的妖怪。

根據道教的說法，人的體內有三尸蟲，會在庚申日將宿主犯下的壞事稟告天帝。精螻蛄就是一種與三尸性質很類似的妖怪，也有人認為牠就是三尸本身。

總而言之，精螻蛄是一種會告狀的妖怪。倘若睡著，這隻告密者就會溜出去，因此不希望壞事被天帝得知的人們便在庚申日保持清醒，並呼朋引伴，提醒彼此別睡著。

這種守夜集會就是所謂的庚申講。

至於這種會告狀的蟲後來是怎麼和精螻蛄混同的，黑並不清楚。不，知道是知道，但他不是專家。各種說法細部錯綜複雜，缺乏定論……畢竟，本來就沒有定論。

因為每一種說法都出於想像。關於鬼怪的議論，有八成都從想像而來。畢竟本來就是針對幻想事物所進行的討論，這也沒辦法。因此，聽到這類關於鬼怪的冷知識，沒什麼人會覺得興奮，實際上也不怎麼有趣。所以即使知道，黑也不想說。

話又說回來，只要是聽過精螻蛄的人，大多都知道這些事，而不知道的人，對他們說明也沒用，所以也少有機會展露這些知識。

而且，那隻妖怪怎麼看都不像蟲。

如字面所示，那個或許是種螻蛄。但是，把那種宛如杜爾凱魔人（註30）的怪物叫做蟲子，恐怕能接受的人也不多。

不……就算喜歡妖怪的朋友聚集在一起，也幾乎不聊妖怪話題。

黑有許多像村上健司、京極夏彥、多田克己這類彷彿純釀濃縮妖怪精華般的重度妖怪迷朋友，但他和這些人從來沒有正經八百地討論過妖怪。也許覺得討論沒啥意義，或是覺得特地提起妖怪反而有點不好意思，在聊到妖怪前，時間幾乎都浪費在毫無意義的事上，一天到晚講著幼稚園水準的下流話題或蠢話。

就算偶爾聊鬼怪話題聊得很起勁，也是用鬼怪當引子去聊蠢事而已，幾乎未曾認真地討論鬼怪本身。

因為鬼怪這種東西，本來就不是該認真面對的。

註29：道教的三尸說加上佛教及日本民間信仰或習俗糅合而成的綜合信仰。
註30：特攝影集《超人巴隆一號》中登場的敵人，造型以奇形怪狀的動物為主題。

所以現在這種局面，可說是極為異常的事態吧。

在一臉嚴肅的社會中堅分子面前，認真討論起精螻蛄，背後還有正牌的精螻蛄在……

唉——

——那真的是正牌的妖怪嗎？

黑這時不禁懷疑自己該不會是被耍了。妖怪不可能存在，這一定是整人節目。妖怪迷朋友之中有很多人愛耍無聊的惡作劇，說不定等黑開始認真解說起精螻蛄的時候，就會有帶著裝上「整人大爆笑」告示牌的安全帽的傢伙現身，扛著攝影機的傢伙也隨之登場……

——不可能。

那個怎麼看都不是假的。

比一般特攝節目的道具更真實、更有生物感。妖怪迷大多是窮鬼，做不出那麼精緻的東西。雖然也有人明明很窮，卻喜歡把錢花在無聊事物上，但就算如此，還是不可能只為了整人一次就如此大費周章。

「精螻蛄基本上不會害人，但如果在鬼太郎裡登場，應該會被設定為壞人。」

黑回答。

「那種妖怪有在鬼太郎裡登場嗎？」

「記得在《Comic BomBom》中連載的最新版漫畫裡有登場。至於動畫版第五部……我沒全部看過，不敢確定。」

「喔……」

結果這段解說不僅沒解釋到什麼，只讓氣氛變得更宅而已。換成是京極，一定會詳實豐富、鞭辟入裡地說明那個正確而言是水木製作公司作品，收錄於漫畫版第三集，在作品中的設定是極惡妖怪吧。但要說明這些，與其說很麻煩，事實上正牌的精螻蛄就在眼前，說再多創作中的設定也沒有意義。

那只是漫畫版的內容。

而且如果說牠是極惡妖怪，僅會徒增鴨下的恐懼。

因為實際就在窗外。

「只是……呃……」

真傷腦筋。

「可以肯定的是，牠不會咬人，不會吃人或吞人，也不會作祟或詛咒。」

「真的嗎？」

「真的，因為牠是妖怪。」

說妖怪會吃人或殺人的，主要是妖怪圖鑑類的書籍。

在文章最後添上一句「若不小心就會被吃掉」等毫無根據的話，是兒童取向妖怪圖鑑的慣例。雖然黑覺得其實沒必要不管三七二十一都把妖怪描述成會吃人，但也覺得這種可疑的描述反而別有韻味。

黑最喜歡這些可疑的東西了。

不是只有某本特定的圖鑑這麼寫，大部分妖怪圖鑑都喜歡信筆寫些有的沒的，回去查詢原始出處的話，大多沒有這些記載。

所以有些人很生氣。

畢竟這些圖鑑不忠於原著，會生氣很正常。

但黑認為這樣也不錯。不只是黑，他身旁的妖怪迷朋友們也和他持相同意見。因為這不算謊言。雖然有加工的部分，但不是謊言。畢竟連原始作品也只是一種創作，實體並不存在，自然沒有所謂的謊言或真實。

這點和怪談實話完全不同。

妖怪就是歷經各種時代，基於許多人的幻想，花了漫長時間雕琢，努力塑造出來的事物。即使佐藤有文或中岡俊哉寫了些荒誕的內容，也頂多讓這個幻想堆砌而成的團塊略為膨脹而已。過去有以鳥山石燕為首的畫家，最近則是水木大師，他們賦予了這個幻想團塊適合的模樣，這些模樣很有說服力，所以妖怪才被以為原本就是這個模樣。

由於沒有實體，故沒有謊言與真實之分。

正因沒有，只要「有說服力」，就會變成真的。

——不對。

實體是存在的。

黑再次望向窗外。

——如果那是真貨，應該真的就長那副德性吧……不不，這是不可能的。

黑在心中吐嘈自己後，再次確認鴨下的臉。

他平常很少盯著別人的臉看，他覺得那樣做很失禮。

鴨下表情依舊認真。

「那個……只會偷窺人而已。」

「真的？但是，總有處理方法吧？」

「這個嘛……對了，跟蹤妳的應該是其他的傢伙。」

「是另一種幽靈？」

「不……那不是幽靈。」

畢竟實際存在。

「妖怪不是幽靈嗎？」

「我覺得應該差很多。呃……或許沒差那麼多，算親戚吧。就跟卡波在日本雖被當成妖怪，但在當地卻是神的情況類似……要將兩者歸為同類也不是不可，但妖怪應該沒辦法靠驅邪作法趕走。」

「驅邪沒有效嗎？」鴨下說出和《怪談新耳袋》中某則故事標題相同的話。

「呃……我也不確定，但是跟蹤妳的那隻……」

——一定是啪噠啪噠。

不知為何，黑確信如此。

如果是嗶嚓嗶嚓的話，應該有踏在液體上的「嗶嚓嗶嚓」聲。如果是後送雀（註31）則會有啾啾聲。只有腳步聲的話，應該就是啪噠啪噠。

「呃，如果是啪噠啪噠的話，只要對牠說『您先請』，牠就會超越妳離開了。」

「咦……」

「妖怪就只是這樣的東西啊。我還是要再強調一次，不會作祟或詛咒的。大部分的妖怪啊，腦子都不太靈光。」

——啊。

總覺得精螻蛄在瞪自己。

「啪、啪噠啪噠長這樣。」

黑拿起原子筆，開始在精螻蛄的素描旁邊畫起啪噠啪噠。

畢竟是憑著記憶畫的，畫得比實際更噁心，變得彷彿克蘇魯神話中的邪神，隨時會伸出觸手一般。

只不過。

原本說來，啪噠啪噠是種「看不見」的妖怪。

換句話說，牠沒有形狀，只有聲音和氣息。不是這隻妖怪發出聲音，而是由聲音和氣氛感受起來，推測牠長成這樣。

就連水木畫的啪噠啪噠，也不是只有一種。

根據京極的研究，水木啪噠啪噠共有四種造型。

一種是彷彿長了腳的炸雞，一種是被拔光羽毛的雞身體加上眼睛和嘴巴，一種是類似栗子餅的模樣——這種有好幾種衍生類型——最有名的則是半透明，張開一張大嘴，彷彿一顆圓球的模樣。

黑最喜歡的是第二種，他所畫的圖便是以此為藍本加上個人詮釋。

「雖然看不見，基本上像這種感覺。」

「好可怕。」鴨下說。

「在我筆下，什麼東西都很可怕。覺得噁心是我的畫風害的。反正基本上看不見，長怎樣都無所謂。」

「我上司看到的……真的是這種妖怪嗎？」

「正常而言看不見，如果看見了，就會受到見者的個人判斷或解釋影響……」

——慢著。

「鴨下小姐，妳對日本的妖怪不是很熟，對吧？」

註31：和歌山縣的妖怪，會發出叫聲警告人將有妖怪狼出現。

「是的，你也知道，我比較熟悉的是密克羅尼西亞文化——其他的話，大概是凱爾特文化吧。不過那邊的與其說是妖怪，比較像是妖精。水木老師的書，我最先接觸的是《妖精綜合入門》，但圖鑑就沒有接觸過了……不過，我小時候看過鬼太郎，若是像木棉妖那麼有名的妖怪就知道。」

「妳以前沒看過這隻妖怪——啪噠啪噠嗎？」

「不，名字本身有聽過。記得在《鬼太郎之妻》裡也有登場？」

「抱歉，我完全沒看《鬼太郎之妻》。」

「電視裡似乎更可愛一點耶。」

「那邊才是原版啦。」黑說：「我的畫風比較恐怖。不過精螻蛄是素描，所以……」

黑再次和精螻蛄比較，相當神似。

「嗯……真的就是長這樣。對了，鴨下小姐，所以妳以前沒聽過精螻蛄囉？」

「是的。真是抱歉，我知識淺薄。」

「別在意，這種冷知識不知道也沒關係啦。但是，妳以前真的完全沒聽說過嗎？精螻蛄比卡波曼更有名呢。」

「嗯，密克羅尼西亞的精靈、神靈這類非主流的知道得很清楚。我對外國的妖怪……是這樣說嗎？比較有興趣……對了，我去二手書店找過黑先生之前告訴我的那本書，叫做——」

「水木老師的《東西妖怪圖繪》？」

「是的。我找到那本書，看到卡波．曼達拉特真的被畫成圖畫，感到很驚奇呢。因此，那本書上有的妖怪我都知道，例如恩浦薩（註32）。」

「或者赫爾辛基（註33）？」

「還有凱斯曼特爾（註34）。但日本妖怪就不怎麼熟，那本書裡似乎只收錄了赤頭（註35）或石妖（註36）？」

——又是一些非主流妖怪。

黑心中這麼想，但沒有開口。

黑告訴鴨下的《東西妖怪圖繪》是本名著。

這本書於三十多年前出版，是能盡情欣賞水木茂大師繪製的日本與海外妖怪的大開本，目前已找不到新品。

黑史郎最初接觸的水木茂作品是小學館入門百科《妖怪猜謎百科事典》。當然，在這之前就已經接觸過水木角色，不過印象中最早接觸到的書籍是這本。這是一本東西方各式各樣

註32：希臘神話中的食人女魔。
註33：不列顛傳說中的狩獵集團。
註34：奧地利的乳酪小矮人。
註35：鳥取縣的大力妖怪。
註36：靜岡縣的妖怪，由石頭變成的女人。

的妖怪角色摻雜在一起登場，提出滑稽猜謎的有趣書籍，到現在黑還是很喜歡，只是對象年齡層較低。

另一方面，《東西妖怪圖繪》不僅開本大，通常一個跨頁只介紹一隻或兩隻妖怪，說明簡短，以圖畫為主軸，主要對象是成年人。雖然是妖怪書，但質感高雅，收錄了五十隻日本妖怪，五十隻海外妖怪，共一百隻。

只是，書中收錄的日本妖怪並非只挑選主流的妖怪，或許是為了不和其他圖鑑重複吧，選了一些不怎麼起眼的妖怪。

但關於海外的妖怪，由於當時相關書籍不多，所以收錄了許多有趣妖怪。黑在購買的時候，覺得妖怪的選擇標準正好搔到癢處，感到很興奮。

精螻蛄在日本妖怪中算是介於主流和非主流之間，所以這本圖鑑裡並沒有收錄。

「真的沒看過這種形狀的妖怪嗎？」

「應該沒有……」

現存的幾張精螻蛄圖當中，最有名的是收錄於鳥山石燕《畫圖百鬼夜行》之中的圖。水木版也是沿用石燕的設計，看起來跟現在貼在窗戶上的那隻完全相同。

——這就表示……

呃……

並非基於想像而畫的？

還是說，現實中的妖怪湊巧和想像的模樣完全相同？

「不可能不可能……」

不小心說出聲來。

「怎麼了嗎？」

「沒事。我原本是想，妳會不會把其他東西和精螻蛄搞混了？但是妳之前沒看過精螻蛄，所以這是不可能的。不過，既然妳會覺得那個和卡波曼相似，就表示妳有看過那個對吧？鴨下小姐。因此，那個東西確實存在。如此說來，我看到的那個，和妳感覺到的那個，以及江戶時代的圖畫的對象，應該都是相同事物……」

到底是……怎麼回事？

「有什麼奇怪之處嗎？不對，這整件事都很奇怪。」

「不，問題是我自己正在看著呢……」

——我瘋了嗎？

黑揉揉眼睛。

不管確認多少次——那個都存在。

不可能是特大型玩偶，太栩栩如生了。假如是生物，肯定是種珍禽異獸。從來不曾在動物圖鑑裡看過那種東西。最近常出現在超商裡的怪奇生物特集類書籍裡也沒有提到那個。如果把那個拍攝下來，上傳到網路的話，應該能賺得不少點閱數吧。不過底下的留言應該會被狂轟是偽造、捏造、加工或合成的吧。不，重點是，妖怪居然有實體，這太莫名其妙了。妖怪不是UMA（未確認生物）啊。可是，既然都真實存在了，或許是種UMA吧。

——能捕捉嗎？

呃……

至少應該無法用捕蟲網捕捉。或許只能用拋網。從家庭餐廳的停車場，朝店家方向拋出。該找動保隊的人來處理嗎？

「對了，這個……」

鴨下指著黑畫的圖。

「這種叫精螻蛄的妖怪，能驅走嗎？」

「呃，我想想……不清楚是否有驅除精螻蛄的咒語耶……」

黑有點心不在焉。

記得似乎有驅走三尸蟲的咒語。但三尸蟲和這種模樣的精螻蛄也沒有關聯。記得那是別讓三尸蟲去天上告狀的咒語，不是讓牠別偷窺的咒語。

比起這個，民間……

並沒有關於這種……不，關於「那個」的傳說。

黑又觀察了一次。

乾脆直接走出店門，仔細確認算了。不知道能不能觸摸。既然都能看得這麼清楚，也許摸得到。不知道摸起來感覺如何。黑的身旁有多不勝數的妖怪迷，但沒人真的摸過妖怪的吧。不同於幽靈，從來沒有人宣稱親眼見到妖怪。連水木老師也沒摸過。水木老師宣稱妖怪是看不見的事物，但現在卻活生生地出現在黑的眼前。真的看得見啊。

呵呵呵呵。

糟糕，或許因為每天和那群痴狂之人深入交流，自己似乎也跨過那道橋了。那道一旦度過，就再也無法回歸的橋。總覺得對老婆與孩子很抱歉。

黑又搖頭。

自、自己到底在想什麼？

——不是這樣的。

「鴨下小姐。」

黑重新坐正。

不是的，不是那麼一回事。

總之，先把那個定義為妖怪，再來考慮解決方法吧。

「請仔細聽好，鴨下小姐，我想啪噠啪噠只要唸咒語就能擺脫。即使坐在車中也一樣。」

如果跟蹤鴨下的是啪噠啪噠，只要唸咒語就會超越她離去。

話說回來……最近的啪噠啪噠得奔馳到時速一百公里追人嗎？真辛苦。說不定還會罰超速……啊，應該不會。

「然後關於精螻蛄，雖然令人很不舒服，但請放心，牠不會加害人。牠頂多和內向的變態偷窺狂一樣，只敢躲在遠處偷看而已。」

既然外型和插圖一樣，性質應該也類似吧。

雖然沒有證據，假如牠會襲擊人，應該早就襲擊了。

「目前為止，妳應該沒有被作祟或詛咒吧？妳的家人也沒有生病或不舒服吧？」

「只覺得一直被人偷窺很噁心而已。」

「既然如此……麻煩妳再忍耐個幾天。」

「忍、忍耐嗎？」

「是的。那不是人類，不會偷拍妳的私生活上傳到網路，並藉此威脅妳。如我剛才所說的，牠不會咬人或攻擊人，不會造成實際的傷害。因此請妳再稍微忍耐一下。對了，那個怪物會像現在這樣，不管妳到哪裡都跟來嗎？」

「嗯，似乎是如此。」

——好。

「那麼，我們改天請專家確認吧。」

「是……靈媒或高僧嗎？」

「不，牠不是幽靈。而且以那種為職業的人有很高的機率是騙徒，沒有用的。」

「不然是……警界人士？」

「如果那是變態，當然報警最好。但我覺得真是變態的話，應該不會穿著像蜘蛛人那樣的服裝緊貼在玻璃上才是。不過能做出這種行為的只有發明神祕道具的高科技變態。問題是，既然都費盡心血發明這個了，應該會去做更變態的行為吧。」

「說得也是……」

「再來，如果我和妳腦子都出問題，我們該去的是醫院。但並非如此，是吧？我雖是個怪胎，卻不是瘋子。」

應該。希望如此。

「至於鴨下小姐妳，更是個正常人。」

「那麼……要請誰確認呢？」

「妖怪專家。」

「民俗學者嗎？」

「不，這不是民間故事，所以不是找民俗學者。我說的是真正的妖怪專家。先告訴我妳哪幾天比較方便，由我負責聯絡吧。」

黑史郎說完，合上筆記本。

妖怪研究家咆嘯於黃昏時刻

「去跟多田仔拿稿子啦……」

大象開口了。

「我嗎？」

平太郎站著回答，心想：我正在跟大象對話呢。

「你發什麼呆啊～」

「啊。」

剛剛似乎神遊世外桃源了。這個房間雖顯得雜亂而狹小，卻意外地井然有序。明明連立足之地也沒有，卻不覺得侷促壓迫，甚至能放鬆心情。也許反應了這裡的主人的特質吧。

擠滿書架的書籍只有粗略分類，不僅順序不對，書本高度也沒調整，雜誌和ＭＯＯＫ堆在一起，卻不是隨便亂擺。雖然常用資料堆在外頭，但用完的立刻會收回書架。

一點也不散漫。

不，甚至可說是有條有理。

哪像《怪》總編的桌子，彷彿無間地獄的正中間，張開一張通往異次元的血盆大口，十幾萬上不了「天堂」的僻地居民在裡面萬頭攢動，慘烈的景況可說日西合璧，古今未見。那種才叫散漫。

關於僻地，請參考諸星大二郎的《生命之樹》。平太郎也很喜歡拍成電影的《奇談》。雖然這部毀譽參半，但平太郎只要書中的「地獄」場景被影像化就很滿足了。

不過這些和現在完全沒有關係。

總之，這裡的確不是「地獄」。雖然也算不上「天堂」。

這間辦公室的主人雖然大而化之，卻很有條理。

身軀龐大，心思卻很細膩。

是個心思縝密的魔鬼。他在工作和賭博方面極為嚴格。據說讓他打起麻將的話，會變成面帶笑容的魔鬼，強悍而且殘忍。

「喂喂，阿平，聽到了嗎？」

「啊。」

又去了一趟世外桃源。

「振作一點啊。」大象——不，梅澤一孔說。

好巨大。

聽說梅澤年輕時有相撲部屋想招募他，但他嫌練習太麻煩便拒絕了。連續一個禮拜一天三餐都吃豬排飯也沒問題。少女團體Candies解散演唱會、長嶋茂雄選手退休比賽，以及力石徹的喪禮，他都有出席。由於他的身軀太龐大，在紀錄影片中都能找到他的身影，不，聽說連中津川民謠祭的紀錄照片裡也能發現他的蹤跡。此外還做過許多事，是位充滿各種口頭上不方便說出的插曲與難以置信傳說的神奇人物。

他就是角川委託製作《怪》的編輯公司「FALSTAFF」的負責人。

說是負責人，其實FALSTAFF也不是什麼大公司。員工人數寥寥可數。公司內協助《怪》編輯工作的，只有一位名叫本田的嬌小女性，其他社員忙著做其他正常公司的工作。

本田外表細瘦而溫順，但傳說她還參加過山伏修行，即使是現在，有空還是會入山修行。本田在梅澤加入前就在角川以打工人員身分參加《怪》的編輯工作，貌似在《怪》是資歷比梅澤更久的強者。

聽說梅澤原本就很喜歡水木老師，在其他公司任職時在水木相關工作中擔任企劃，經常進出水木製作公司，後來被選為世界妖怪會議商品銷售負責人，參加各地巡迴之旅，接著他編輯的實力被相中，正式參與《怪》的編輯工作。

平太郎沒聽得很仔細，細節也許有所出入，但大致上應該沒錯。梅澤現在也和京極夏彥與村上健司等人一起被選為《水木茂漫畫大全集》的編輯委員會成員，想必相當忙碌吧。但是，即使在這種嚴苛的狀況下……

似乎沒因而變瘦。

身軀仍舊龐大。

他本人宣稱被醫生禁止吃豬排蓋飯後瘦了好幾公斤，村上和京極也說他變瘦、變嬌小了，但對於相識時日尚短的平太郎來說，完全看不出來。考慮原本的體重，正負十公斤以內都只是誤差範圍。

總而言之，這個人乃是所謂《怪》團隊中的影子主力成員。手指雖粗，做事卻很纖細；肚子雖大，卻很照顧人。

但是，性格就……

「再發呆的話，我就要放屁在你臉上喔～」

有點下流。

聽村上或京極說，他的下流性格在禁豬排蓋飯後也收斂不少，但平太郎覺得現在的程度就已經讓人難以消受。

「對不起。」平太郎低頭致歉。

「沒關係沒關係，別杵在那裡，坐下來說話嘛，站著很讓人靜不下心啊。」

「好的，坐這裡可以嗎？然後，這是下一期的誌面照片資料。」

「好，辛苦了，我確認一下。鳥井，拿去。」

「是。」

好瘦小。

接過資料的是這間編輯公司的外包人員鳥井龍一。

以前似乎是這間公司的員工，現在獨立出來當自由編輯，一樣很喜歡水木茂，所以也參與全集的製作。

鳥井年齡比平太郎大了不少，但外表完全看不出來。和梅澤相反，他的個頭小小的。不是個子矮，而是整體瘦小而纖細，因此比實際身高看起來更小一些。話說這個公司的人每個人都相當細瘦，應該不是因為和梅澤對比之下才顯得如此。說不定是這樣才能平衡吧。

寧靜而拘謹的態度，也讓鳥井看起來更矮小。

平時嚴肅認真，但聽說他超愛搞笑。

先前……有個女性妖怪迷說他很像日本猴的幼猴。這番評論很失禮，但絕不是壞話，而且是當著他的面說，所以也不是背地裡說壞話，但還是很失禮。妖怪迷大多是這類口無遮攔的人。

在那之後，每當平太郎看到鳥井，就只聯想到幼猴。他膚色白皙，一雙大眼骨碌碌地轉動著，真的愈看愈像。繼續討論這個話題對前輩鳥井很不尊重，但平太郎實在很想看他依偎在母猴懷抱裡的模樣……

「又來了。」

「啊。」

梅澤傻眼地望著平太郎。

姿勢彷彿有點疲累的熊貓。

「阿平，你怎麼又在發呆啊。及川也是這樣，你們角川怎麼老愛用一些有幻想癖的人。」

「幻、幻想癖？」

「難道不是嗎？我看你就真的心不在焉。認真一點嘛。」

「資料能正常開啟。」鳥井說。

「能開啟嗎？我看看。喂喂～這是什麼鬼，要從這堆來選？這太花時間了吧，數量多到爆耶。」

「呃，總編說乾脆全都交給你們，由你們來選。」

「你們的乾脆也太多了點。算了，也罷。」

梅澤嫌麻煩似地挪動龐大身軀，從鳥井手中接過剛由電腦退出的光碟，在碟面寫下內容名稱。

「然後，關於剛剛的……」

「還想躲啊？我已經通知郡司兄了，你就去跑這趟吧。我得去水木製作公司，本田要去大學教授那裡拿原稿，鳥井也有急件要修改，總之我們都很忙。」

「喔，可是……」

「就說沒什麼可是了。我再說一次，你去一趟淺草，跟多田仔拿稿子。」

「淺、淺草？為什麼是淺草？」

記得多田並不住在淺草。

「聽說他今天帶著學生們去探訪淺草的妖怪景點。我是不知道那裡有啥景點可看，如果有祭典還沒話說，平日去那裡也頂多只能逛逛仲見世大街，啥都不買，吃點試吃的雷米香就回家而已。」

「喔……」

「快開天窗囉。」梅澤說：「截稿日是前天，本以為他最近洗心革面，總算會遵守截稿日了，一不留神又捅出這個婁子。」

「這個婁子？」

「就是這種事啊。真是的，就算打電話去催稿也不接，說啥今早完成了，我就說我要去拿，居然拒絕我。到底在玩什麼把戲，我也看不懂。」

「喔……」

「於是我說，不然你送過來啊，他也說不行。就算稿子寫好了，不肯交出來的話，跟交白卷有什麼不同？於是我就激他說你其實根本還沒寫吧，結果他就生氣了。」

「生氣了嗎？」

「很氣喔，氣呼呼呢。明明該發飆的人是我，真傷腦筋。他呀，原稿是用手寫的，所以處理起來比別人更花時間，因為必須先打成電腦稿。其實獨立一個字一個字看的話是不難辨識，但密密麻麻寫在稿紙上的話，讓人看得眼花撩亂。他的字啊，實在不知道該說是規矩還是隨便。」

平太郎沒看過，無從答腔。

「於是，我就說總之給我交出來就對了，他居然回我說要出門了以後在說耶，那個妖怪大師。然後我啊，就說在乾脆外頭找個地方碰面吧。結果他居然說他也不知道會去哪，我便叫他把原稿帶著出門就對了。接著，我打電話向他的學生問他的去向。」

「問學生嗎！」

「學生比他可靠多了。」

梅澤這一連串囉哩叭唆抱怨的對象是妖怪研究家多田克己。多田長期在文化中心舉辦妖怪講座，剛才提到的學生，指的就是這個講座的參加者。這個講座持續辦了很多年，許多學生成了老面孔。

除了定期講課以外，也經常舉辦史蹟尋訪類的休閒活動。

「所以才派我去？」

「不然還有誰？」

「多田先生在淺草哪裡呢？」

「不知道。」梅澤直截了當地說。

「這樣怎麼找？」

「就真的不知道，我也沒辦法。」

「可是淺草很大耶。」

「很小啦很小啦。」梅澤打發似地說。「總之我要去向水木老師借用圖畫。聽說老師最近很常發飆？」

「嗯……」

與其說在發飆，更像是在擔心。水木老師對日本的未來有深刻的懸念，所以顯得有些焦慮感吧。

「水木老師好像說……鬼會殺死妖怪。」

「有聽說了。」梅澤回答：「郡司兄似乎挺擔心的，不過我想應該沒事啦。老師不是在開玩笑，對吧？」

「這個嘛……」

像平太郎這種晚輩，難以揣測水木大師的真正想法。更何況當時是初次見面，緊張到什麼話也說不出來。

「鬼嗎？不知道老師是什麼意思。還能生氣就代表還很硬朗。或許他老人家有什麼打算吧。」

「水木老師有說，眼睛看不見的事物的絕對數量減少了。」

「減少！唔唔……」

梅澤試著將雙手盤在胸前，低聲悶哼。

不過似乎有點困難，主要是會卡到肚子。

「唉，到底是怎麼回事呢？不管是錢還是啥，只要減少就讓人討厭。工作減少、存款減少也很討厭。胃裡的東西減少是最討厭的。我的豬排蓋飯係數也減少了。只有體重減少不了。」

「真的減少不了呢。」平太郎說。

「囉唆。」梅澤沒好氣地回答。

「水木老師也許因為妖怪係數減少才精神不佳，但健康狀態應該還好吧？」

「嗯，他還拍桌子呢。」

「這樣？」梅澤說完，模仿水木大師。

雖然有點浮誇，大致一模一樣。

「對對對。」

「既然如此，大概還是很有精神吧，這樣的話我就放心了。沒拿到多田仔的原稿很傷腦筋，但水木老師那邊對我更重要。」

「喔……」

「我會去看看的。」

「去淺草嗎？」

「就說不是了。當然是水木老師那裡啊。阿平，你都沒在聽別人說話嗎？」

「可是……」

「別可是了。我有點擔心老師的狀況，得去一趟。現在不走時間就來不及了。所以多田仔那邊就拜託你啦，阿平。」

「可是，就算要我去……」

梅澤搖晃著龐大身軀起立。

「請等一等，我……」

「放心啦，我只是去方便。」

梅澤說完，逕自走向廁所。FALSTAFF的廁所很狹窄，真的能容納龐大的梅澤嗎？平太郎一直很懷疑，現在看來似乎是沒問題。

雖說如此，聽說梅澤常去附近公司借用廁所，因為比較寬敞舒服。平太郎以為他是擅闖別人的廁所，後來聽說他總是趁著洽商之便盡情借用。平太郎感到不解，難道是忍到去洽商時才上嗎？梅澤本人宣稱他的大便收放自如，但平太郎總覺得沒回答到問題。

不管如何，這裡的廁所還是太窄了。

看著廁所門，平太郎想：在裡頭一定擠得很難受吧。這時有人戳了戳他的背。

「榎木津，這個給你。」

背後的鳥井遞出某種東西。

「嗯？」

「這是多田先生的手機號碼。不敢保證他會接聽，所以為防萬一，底下我順便寫上同行學生的手機號碼。前陣子的古典遊戲研究會上你跟他打過照面，應該認識吧？」

對紙條上的名字有印象。

但長相有點模糊。

「大概認識。」

「對方還記得你的名字，我先跟他提過你可能會打電話。」

「真、真的嗎！太謝謝你了……」

「然後……」

鳥井翻開筆記本。

「聽說他們今天是去探訪安政時期（註37）撰寫的《俳諧淺草名所一覽》書中提到的淺草八景。」

「不是金澤八景嗎？」

「哪有可能去那麼遠。」鳥井苦笑回答。

「原來淺草也有八景啊？」

「是否有名我不清楚。其實我之前也沒聽說過。總之有這種說法。」

鳥井將類似一覽表的東西遞給平太郎。分別是：

註37：日本於1855~1860年間的年號。

首尾松夜雨
駒形歸帆
淺草寺晚鐘
千東落雁
大川橋夕照
真土山秋月
日本堤暮雪
淺茅原晴嵐

「啊哈哈，各是指哪裡根本不清不楚。」

「真的。現在去駒形看不見帆船，也不確定千束是否還有雁飛過。」

「可是落雁不是一種和菓子嗎？」

「那是指鳥類的雁啦。」從廁所出來的龐然巨物說：「那個和近江八景一模一樣，多半是模仿來的吧。」

「模仿啊。」

「堅田落雁沒聽過？你好歹看過廣重（註38）的畫吧？」

「完全沒有。」平太郎很乾脆地回答。

「去接觸一下啦。像是三井晚鐘、瀨田夕照等等。近江八景的格調較高，那邊才是本家。淺草版怎麼唸怎麼不順。」

「真的嗎?不過對我來說,誰學誰並不重要。所以說,多田先生可能在這八個地方,我該去哪找才好?」

「嗯……首尾松可以剔除,那個應該早就不在了吧?」

「不確定耶。」鳥井說。

平太郎更不可能知道了。他甚至連那個指的是地名還是建築,是實際存在的還是不存在的都不曉得,根本無從發言。

「那是以前長在藏前的老松樹,屹立在隅田川旁,算是搭船前往新吉原(註39)的一個地標吧。大批色鬼搭著小舟,划呀划呀划呀地,然後某處就昂然屹立起來——」

果然很下流。

「等等,這是什麼時代的事?」

「當然是江戶時代。」梅澤回答。

「梅澤先生從那個時候就知道了嗎?」

「什麼時候啊,笨蛋,就說早就沒了。」

註38:歌川廣重,江戶時代末期的浮世繪畫家。
註39:幕府認可的青樓,原本設在日本橋,明曆大火災後移到淺草。

「秋月和暮雪現在的季節也看不到。」鳥井接著說：「如果有去，應該只是去那個地點繞繞吧……真土山上有聖天宮，比較有看頭。」

「所謂的有看頭是看什麼呢？話又說回來，這些景色和妖怪有關嗎？」

「當然沒有。」

梅澤不假思索地回答。

「原來沒有啊。」

「不，要說有也算有吧。妖怪和任何事物都有關係，想找出無關的事物反而困難。連放屁、廁所或內褲都有關係。只是，若問去了是否就能感覺到妖怪，我也只能回答人各不同。如果是跟多田仔去，他本身就很像妖怪，說不定還挺有氣氛的。」

「喔……」

的確，多田克己給人感覺很像妖怪。平太郎現在還是覺得他有點恐怖。完全無法分辨他的心情是好是壞。

「應該是在淺草寺吧。」

梅澤隨口猜測。

「去淺草當然是去淺草寺吧？」

「是去觀光的話或許是。」

「他們不會去花屋敷。多田仔去年玩遍那裡所有的遊樂設施，短時間內不會想再去了。」

「淺草花屋敷遊樂園嗎？遊樂園和妖怪也有關係？」

「就說不是那了。不過，要說有也勉強算有吧。」

「晚鐘是指夜晚的吊鐘嘛？」

幸好鳥井很認真，真令人感激。

「晚鐘？米勒（註40）的作品嗎？」

但平太郎很不認真。雖然他自己毫無自覺。

「說米勒也沒錯。與其說是吊鐘，更應該說是指鐘聲這回事吧。現在出發的話，我看看……恰好能趕上敲鐘的時間。既然如此，他們肯定在淺草寺的鐘樓附近。聽完鐘聲後，多半會一起去吃點什麼。有學生在，不會選太貴的東西，所以不會去吃牛肉鍋，而是居酒屋。」

「啊，居酒屋的話我也想參加。」

「參加個屁。」龐然巨物不高興地說：「你可別厚臉皮地留在那裡喔。別忘記你去那裡的目的。拿到原稿立刻折返，這是理所當然的吧。不管是暫定還是怎樣都好，我想要在今天內就入稿。我回來之後會確認，所以在那之前務必送回來。」

註40：尚・法蘭索瓦・米勒，十九世紀法國畫家。他知名作品《晚禱》的日文標題是《晚鐘》。

「我留下來等。」鳥井說。

「等到你回來為止。」

「要等啊……」

「沒錯。」

「給我用飛的回來喔。視情況要搭計程車也行，他們有可能去了交通不方便的地方。」

「喔……」

「懂了嗎？一定要帶原稿回來。」

「多田先生真的帶在身上嗎？」

「他一定帶著。」

梅澤昂然站立，看起來有點像在耍威風。

「多田仔一定會回應我的催促。」

「若真的如此，他早就主動把稿子送來了……」

「不，他會回應，但是用出乎意料的方式。別小看多田仔，那傢伙作風向來特立獨行。」

雖說和一般人不同也沒啥不好的。」

梅澤以彷彿愛奴民族英雄沙牟奢允般威風凜凜的架勢嘿嘿大笑，說了聲「那麼，我先走了」，拎了個側背包就出發了。

「鳥井先生，計程車錢用收據報就好嗎？抬頭寫這裡嗎？」

「梅澤先生吩咐說要你向角川請款。」

「是喔……」

——這樣的話。

或許領不到了。

因為總編很小氣。

平太郎心不甘情不願地，真正是心不甘情不願地離開了FALSTAFF。

太陽逐漸西斜。

神保町的街道依舊明亮。

平太郎聽說他的叔公以前有棟大樓在此，現在不知怎麼了。如果賣掉的話，應該賺了不少吧。平太郎想著這些不重要的事，朝車站前進。

不知道從哪個車站搭車最適當，總之往最近的車站走去。

結果他搭錯地鐵，又搞錯該下車的車站，在東繞西繞之中浪費了許多時間。正常移動的話，恐怕早就到了。

登上樓梯，來到地上，景色業已染上紅霞。

淺草他只來過兩次，都是來觀光的。

這裡雖然成了東京名勝，成了鄉巴佬或外國觀光客絡繹不絕參訪的人氣觀光景點，但平太郎還是覺得不怎麼有東京味。

若問是否有江戶之感，他會覺得或許有。但相對之下，上野或神田更有江戶味。若單論下町味，柴又則更強烈。

當然，這一切都是基於平太郎個人基準而來的感想，沒什麼了不得的根據。

不，也許這裡才是東京原本的模樣吧。只不過，平太郎剛搬來東京時住的是高圓寺，所以才有這種刻板印象。

後來搬到四谷，現在則住在椎名町。

因此，對平太郎而言的淺草，是既不像東京，也沒有江戶味的場所……雖然如此，他也承認淺草有種令人舒暢的獨特魅力。

他覺得，淺草具有能讓平太郎這種外地人放鬆的景觀。類似鄉下觀光地的氣氛。

當然，這裡有雷門、淺草寺和花屋敷遊樂園，還有說書場，這些都是鄉下沒有的，但不知為何，卻給人一種懷舊感。

只是，無法讓人靜下心來。

人潮太洶湧了。

當地民眾與觀光客與路過者交錯混雜難以辨別。有小孩，有年輕人，但中年老爹或老年人也多。熙來攘往的人們當中，有錢與貧窮、高雅與低俗難以分辨，渾然一體。換成澀谷或新宿，即便人多，也不至於如此凌亂。

在這裡，連外國人也不怎麼醒目。

即使山門和大燈籠徹底和風，但不管哪一國人都能融入這裡的景觀，不帶一絲突兀。彷彿海納百川，包容萬物。

包容萬物，但沒有一項特別醒目。

——接下來。

該怎麼辦？

參觀了風神像，參觀了雷神像，也看過了金龍山匾額。

一邊抬頭看著大燈籠，從底下穿過，直接走進仲見世商店街。

簡直像個一般觀光客。

不，不一樣。平太郎身懷搜尋被認為潛伏於淺草寺境內的多田克己的任務。無須從背後迂迴，直接正面突破即可。雖然只是個打工人員，平太郎好歹也是《怪》編輯部的成員，現在只是在執行比平時被帶著到處打雜更複雜一點的任務罷了。從非正規場所回收多田老師的玉稿此一不可能的任務。

這是一場大作戰。

走了一陣子後，平太郎又陷入奇妙的思緒裡。

——這裡不像江戶。

的確，雖然「也是」江戶，比如扇子、法披（註41）或燈籠，明顯是江戶人的喜好。但這裡並非只有江戶時代。

也摻入了明治、大正與昭和。

大量昭和懷舊感的精華被加了進來。櫥窗裡裝飾著模造刀，因為刀所以是江戶這毫不迂迴的概念，反而給人更早期的大正時代之感。仔細看還裝飾著軍服，顯然又不是江戶。不知該說是懷舊或是廉價或是迎合特定小眾族群——也許已不算小眾，但重點是，只要有往昔情懷就沒問題。

聽到淺草，只要是《帝都物語》愛好者必然會想起在關東大地震倒塌的淺草十二層高樓——凌雲閣吧。該棟凌雲閣無疑是象徵大正時代的建築，甚至還帶著些許明治感。但不管是昭和、大正、明治或江戶，只要不是現在，在此就會被混為一談。

無數往昔在此交會、融合。

就算基於地域將淺草分類為江戶，恐怕也無法成立。因為這裡常見的新撰組來自京都，坂本龍馬則來自土佐，甚至還有販賣民族風商品。

江戶風情早已淡薄。

平太郎不認為這樣不好。即使如此也無妨。

這裡是在土生土長的下町人或江戶人的框架下，把具有古今東西特徵的物品全部拋入，重新洗牌形構而成的幻想日本。

——這就是所謂的妖怪感嗎？

平太郎覺得自己似乎能明白了。

所謂的妖怪，最重要的是「有那個味道」。

明明混雜各種風格，卻不可思議地具有統一感。即使鑲入紅色、金色、綠色，配色上已分不清是中國還是印度風格，卻仍能歸於和風的範圍內。

電影《銀翼殺手》中呈現出深具未來感的東洋風味，但還是跟和風不大相同，只是籠統印象的東洋。但仲見世徹底是日本，是不屬於任何時代，不屬於任何地方的日本。

這部分很有妖怪感。

——多田先生的確很適合這裡。

平太郎心想。

或許真正籠統的是平太郎的思考吧。

想吃人形燒，想買T恤，他茫然思考著這些無意義的事，糊里糊塗地前進。

暮色漸濃。

夜晚將近。

從深濃的藍灰色到靛紫色，呈現出玄妙漸層的天空裡，開始有星辰閃爍發亮。

而地上，則宛如龍宮一般輝耀。

人潮毫無減少的趨勢。

註41：印有家紋的日式短袖外套。

——明明是平日。

有人說世間愈不景氣，這類場所就愈熱鬧。或許沒說錯。

一名肢體動作誇大的貌似義大利人的開朗男性，一面用拙劣日文隻言片語地交談著，滿臉笑容地朝平太郎方向走來。他身旁有個怎麼看都是土生土長、滿臉鬍鬚的矮壯日本人夥伴，不知為何，卻用流暢英語回應他。究竟是哪國人？

疑似義大利人的男子所有反應都很浮誇，明明是義大利人，卻說著美國風格笑話，拍膝大笑。而他的夥伴則穿著藍白紅三色襯衫，說不定是法國人。

這種情景若出現在其他地方，肯定會廣受注目吧。但淺草連這些國籍難辨的人士也能輕鬆包容，真是厲害。

淺草，太厲害了。

一名推著廉價塑膠購物車代替手推車，步履蹣跚的老婆婆走了過來。老婆婆從紙袋中取出鹽味煎餅，用不清楚還有沒有牙齒的嘴喀哩喀哩地邊走邊吃，看來一點也不美味，似乎也不覺得愉快，但就算是這樣，也一樣融入淺草。

老嫗背後有對依偎在一起的現代風情侶——情侶這個詞本身有點過時，但平太郎不知道有什麼詞能代替——總比叫愛侶好吧——總之，就是有一對年輕男女，邊打情罵俏地跟在背後。

一名從事肉體勞動類工作、酒喝得臉頰紅咚咚的古銅色老爹推開那對情侶，從叼著牙籤的嘴裡明顯飄散出酒臭味，取下夾在耳朵上的紅鉛筆，用鉛筆搔搔斑白的電燙捲髮，心情很好地大步向前，超越老婆婆而去。

這樣也無妨。

兩名年輕人似乎對老爹沒什麼感覺。

老婆婆也絲毫沒有改變步調。

以許多張開的色彩絢爛的油紙傘作為背景，這裡已是彼岸。

燈光開始閃爍亮起，部分店家提早打烊，就像兒時期待的祭典的前夜祭，也如固定營業的夜市。

不。

——這裡本來就是固定營業的夜市。

應該是吧。

路上仍有不少孩子。

被父母牽著手的應該是觀光客，成群結隊一起行動的多半是當地小孩。

不同於鄉下小孩，身上打扮從上到下都時尚有型，頭髮還用定型噴霧做出造形，手上拿著平太郎沒有的最新型攜帶式遊戲機，實在很囂張。

平太郎沒那個力氣去排隊購買，為什麼這群小鬼能買到？唉，好想要。

小鬼們孩子氣地咯咯笑著。

熱烈討論著最近剛完結的深夜動畫，他們背後是髮簪店。

不只街景，人群也混雜在一起了。

走著走著，見到左前方不遠處的傳法院。

來到這裡，氣氛逐漸產生變化。雖然構成要素沒有太大差別，來到寺廟附近的話，氣氛果然就是不一樣。

雖然到處依然是外國人和老婆婆和老爹和情侶和孩子們，比例沒有太大變化，看起來莫名就是沉穩許多。

穿過寶藏門，來到寺廟境內。

寺廟很了不起。

這樣講或許有點迷信，但結界畢竟是存在的吧，平太郎想。

不知為何，寺廟境內總能維持一種靜謐的氣氛。這種說法雖然有點奇妙，明明只是畫出界線，卻和公園不同，明確顯現出寺院的氛圍。明明寺廟的庭園在構造上與公園差異不大，不知為何，氣氛就是截然不同。

而這種氣氛，又不同於清淨、肅穆、神聖或莊嚴，不是那種超凡入聖的氣氛，那種感覺屬於神社。會有這種差異，或許是神和佛的差別吧。某些寺廟也有這類神聖性，但不會有令人想正襟危坐的氛圍。

平太郎想，嗯，不會有。

類似走進平時溫和寡言，一旦生起氣來會很可怕的老爺爺房間的感覺——平太郎想。

當然，這只是平太郎的感想。

在儼然矗立的氣派本堂前方，有個總是插滿線香、煙霧繚繞的巨大香爐。平太郎不知道那個的正式名稱是什麼。

之前只在白天看過，這次入夜之後看起來的感覺又不大相同。

有種昂然而立、威風凜凜的氣派感。

年齡介於大嬸與老太婆中間的三人組用雙手拚命收攏煙霧，撲在自己臉上。

那是一種能讓接觸煙的部位變好的儀式嗎？

所以說，她們是想讓容貌變得更姣好嗎？

在那些婦人的身旁，或說下方，有個孩子孤零零站著。

他接觸不到煙霧。

踮起腳尖也辦不到。

不像是婦人們帶來的。

……不知為何，孩子穿著像是浴衣的服裝。不，這個季節穿浴衣也不奇怪，而這個時間帶也不算不對，一切都很正常。只是，沒有祭典時，會穿浴衣的人並不多。

——不，不見得。

沒這回事。

平太郎喜歡穿浴衣的女生，也聽說某個遊樂園有穿浴衣入園就能打折的活動。

更何況，這裡畢竟是淺草。

浴衣徹底融入景色，不會格格不入。

平太郎決定不去在意，卻又停下腳步。

——但是。

只有小孩穿浴衣，總覺得怪怪的。

如果是父母與小孩一家三口都穿浴衣的話，看起來很溫馨。

若是母親和孩子，或父親和孩子穿的話，也沒什麼問題。

孤零零地，只有小孩自己穿浴衣……

這副光景，說奇怪倒也挺奇怪的。

眼前視野範圍內，沒有其他人穿浴衣，也沒有人穿和服。

聽說京極自年輕起就總是穿和服，但以這孩子的年紀而言，未免太年輕了，根本還沒到會講求穿搭品味的年齡。

——大約十歲左右吧。

婦人們拚命地掬煙撲臉，絲毫沒注意到那名小孩。就那麼想讓臉蛋變漂亮嗎？

——也許和家人走失了。

孩子沒有哭鬧。

——等等。

那似乎不是浴衣。

和浴衣或許不太一樣。

而且他理了個光頭。不是剪的，是整個剃掉。雖然看起來倒也還算自然，但平太郎就是看不習慣。只不過，小孩子剃光頭也沒什麼好奇怪的。

——我懂了。

看起來很像往昔的孩子。

平太郎莫名覺得如此。

反正淺草是古代與現代兼容並蓄的神奇樂園，所以也沒關係吧。

平太郎走過香爐，來到本堂前。

該參拜一下嗎？

本堂閉門時間似乎快到了，要參拜的話得趕快了。身上有當作香油錢的零錢嗎？

「呃……」

「嗯？」

耳旁傳來聲音。

「你不是？」

「啊。」

見到四、五張似曾相識的臉孔。

「你、你們該不會是多、多田先生的學生吧？」

「是的。你是那個……《怪》的？」

「對對，我是前陣子一起玩花牌八八時慘敗的角川打工人員。」

「你來這邊做什麼呢？」

「我來……啊！」

想起來了。

他正在執行任務。

「多、多田先生呢？他沒跟你們在一起嗎？他不是帶你們來看……呃，八景島海洋樂園？」

「啊？」

「抱歉，是近江。」

「這裡是淺草耶。」

「說得也是。請問多田先生現在在哪？」

「老師他啊……」

學生們互看一眼。

「發生什麼事了嗎？」

「老師他無論何時都很有事啊。像是忘記帶相機，搞丟車票。」

「穿錯鞋子。」

「被人穿走鞋子。」

「這些事蹟我有聽說過，可是他、他現在人呢？」

「應該在錢塚地藏堂後面吧。如果沒離開的話。」

「怎麼走？」

「從那裡往側邊出去……」

多田教室的親切學生們非常仔細地說明位置。離這裡很近。

「送亡魂時會把祭品與火把丟進那邊的洞中埋起來。距離這裡只有幾分鐘路程吧。」

「我有聽過送亡魂這個儀式。」

雖然也只是聽過。

「就是一月舉行的溫座密法陀羅尼會。在結願之日驅趕鬼的那個儀式。」

「啊，是那個多田先生拿著相機一路追著鬼跑，結果每張照片都拍到多田先生身影的那個祭典嗎！」

平太郎忘了是誰告訴他這件事。

多半是梅澤吧。

「呃……我們不在現場所以也不清楚真假，不過照老師的個性看來，的確很有可能這麼做。」

學生們彼此點頭。

「很有可能。」

原來是真的啊，還以為是梅澤在開玩笑。

「對了，各位怎麼會和老師分頭行動呢？」

「我們在找某種東西。」其中一名學生回答。

「找什麼？有人的錢包掉了嗎？」

「不，不是那種。」

學生們又互看一眼。

「其實……我們在找一目小僧。」有人回答。

「哈哈，一目小僧嗎……要找什麼一目小僧？是遊戲嗎？類似AR遊戲那種？」

平太郎想，如果有人開發出用手機進行的擴增實境定位遊戲，一定會大受歡迎。雖然這麼想，但應該沒辦法吧。即便目前規模還太小，時機也太早，無法廣為流傳，但總有一天一定會流行的。

但目前遊戲尚未問世。所以不是一目小僧GO。

「不是那個的話，是尋找威利嗎？或者在尋寶？找出藏在仲見世商店街裡的物品。再不然是定向運動？」

「不是的。」

學生們又互看一眼。

「我懂了，是角色商品。這裡的確很有可能在賣。是順帶在等待時間進行『限制時間內找出一目小僧商品！』遊戲吧？」

「不是這樣的，我們看到了。」

「看到什麼？」

「一目小僧啊。」

「啊？」

「總之就是這樣，我們該去尋找了，老師就在附近，詳細情形請直接問他吧。」

說完，學生們三三兩兩離去了。

本堂樓梯前只剩平太郎一人。

——他們沒事吧？

那些人。

不，平太郎覺得自己也怪怪的。

愣了好一陣子，平太郎重新打起精神，前往那個叫什麼地藏堂的地方。

反正自己的任務是來拿原稿，只要從多田克己手中奪得稿子，立刻搭計程車回FALSTAFF就好。

雖然可能得自費。

——什麼一目小僧嘛。

老說什麼妖怪痴，過度沉迷某種事物的話，真的會變成傻瓜吧。成天想著鬼怪的事，腦子都融化了。

平太郎又往前走了一小段路，發現路上人潮明顯變少。

往來行人化為一抹抹深濃的陰影。

道路幽暗，看不清擦身而過的行人面貌，難怪古人稱黃昏時刻為「彼誰之刻」。

同時，這也是鬼怪出沒的時刻。

不湊近瞧，難以辨別是外國人或老婆婆或年輕人或老爹。

頂多能分辨大人或小孩。

小孩……

往昔的孩子。

——咦？

那個在香爐附近的，彷彿來自往昔的孩子。

陡然間，不寒而慄。

為何自己那時就這麼接受了？

往昔的孩子怎麼可能「存在於現代」呢？

的確，淺草是將過去與現在、江戶與東京混為一談之地。是將彷彿實際存在，卻又到處都找不著的幻想日本化為現實之處。

儘管如此。

往昔的人也不可能存在於現代。

——那個孩子……

只是個穿和服、剃光頭的小孩。

「咦咦？」

平太郎回頭。

繞了一大圈，本堂背後什麼也沒看到。

「那個孩子……」

沒看到臉。

——應該不可能吧？

不可能不可能不可能。平太郎搖頭，趕走腦中的幻想。

拋棄掉臉部正中央有顆巨大眼睛，伸出長長舌頭，非常寫實的一目小僧的幻影。

——就是因為這樣。

才會被人說有幻想癖吧。

平太郎繼續沿著本堂後面的小徑走。比起商店街，街燈少了許多，自然有點昏暗。

覺得心裡不踏實。

路上人影也漸趨稀疏。

畢竟是本堂背後。

學生們說沿著直立旗走很快就到了。確實如此。

平太郎見到多田克己站在直立旗前挺胸後仰的模樣。

沒錯，看人影就知道是他。

「多、多、多田老師！」

平太郎顧不得丟臉，大聲呼喚。

平太郎自認喊得很大聲，多田卻沒注意到。平太郎邊喊邊跑，就這樣一路喊到他的身邊。

「多、多……」

「幹嘛？」

被瞪了一眼。

「你是誰？」

「是我啊。《怪》的打工人員。」

「啊？」

「您不記得了嗎？我是榎木津平太郎啊。」

「喔。」

反應只有這麼多。

多田瞥了他一眼，又轉頭回去。

「呃，多田老師。」

「幹嘛？」

「那個，原、原……」

「我現在很忙。」

「啊？」

「你應該知道吧？關於一目小僧有很多種學說。例如牠與製鐵的關聯，或是活人獻祭等等。」

「啊？抱歉，我是來……」

「中國大陸也有單眼的妖怪。叫做一眼一腳。如名所示，只有一顆眼珠子一隻腳。其實，這是針的象徵喔。」

「啊？」

「就是那個啊，縫衣針，尖尖刺刺的。」

「刺刺的？」

「那根針啊，就是獨腳的由來。」

「針是……腳嗎？」

「雖然不是腳，但共通點是一根。眼也是一顆。」

「咦？」

「就是眼睛啊，眼珠子。」

「針有眼睛嗎？」

「就針上面的孔啊，孔。」多田氣憤地說：「喂喂……你叫什麼來著？你這傢伙很沒想像力耶。沒有想像力就什麼也不懂。若是沒想像力，無法補足對妖怪的理解吧？」

「喔……」

幻想力倒是挺強的。

所以是用針眼來比喻眼睛嗎？

「就是孔，一孔之見的孔。」

「呃，但那不是比喻見識淺薄的意思嗎？」

「是沒錯，這又不重要，抓我語病幹嘛？總之孔就是眼，針是腿。就跟一本蹈鞴（註42）是一樣的。而一目小僧也是陰莖的比喻。」

「根莖類？」

「不是啦。」多田又生氣了，怒問：「故意的？喂，你是故意的吧？故意講錯的對吧？」

「什麼故意的？」

「告訴你，我最討厭像雷歐☆若葉那種愛插科打諢的傢伙。雖然他和村上看起來交情不錯，但一點也不好笑。」

「我和雷歐先生沒有關係。」

「你們兩個都一樣。」

多田斷然地說。

「只會抓別人的語病開玩笑，那些枝微末節一點也不重要吧？理解本質的部分就夠了，名詞一點也不必在乎，完全不需要。」

「名詞不重要嗎？」

「那只是符號，是可置換的。自行在腦中替換就夠了。挑那種瑣碎部分來批評論點根本莫名其妙。不覺得很可笑嗎？」

「是的，很可笑。」平太郎回答。

「喂，你在耍我嗎？」

「沒這回事。話說回來，原……」

在說出那兩字前。

註42：和歌山縣山中的一眼一腳妖怪。

「所以說，你有聽過針供養（註43）吧？那個是把針插在豆腐上，懂嗎？豆腐。方形、白白的豆腐。涼拌豆腐或湯豆腐的豆腐。」

「呃……」

「豆腐和一目小僧這兩種屬性結合在一起就是豆腐小僧（註44）。不，其實拿著豆腐就是豆腐小僧了。這個豆腐小僧啊，和種類繁多的小僧妖怪……小僧妖怪有很多種類。」

「這我知道。」

「這些小僧妖怪都有共通特徵，但就是沒有豆腐這種屬性。豆腐跟小僧，無關！」

「無關嗎？」

「過去從來沒有小僧和豆腐有關聯性，對吧？完全沒有啊。所以豆腐出現得很突然啊。」

「所以說？」

「就～說～了～！連結小僧和豆腐的線，只有一目小僧和針和針供養和豆腐而已，這就是我的學說。」

「啊，原來如此。」

「雖然和亞當・卡巴特先生的學說不同，京極也不怎麼贊同我的看法。」

「咦？所以這個學說不正確嗎？」

「沒什麼對或不對的。這只是種學說，沒人能證明對錯。我認為豆腐小僧源自一目小僧，卡巴特先生則是二目派。」

「忘了是哪一次鬼怪大學校的定期講座，京極先生和香川老師曾說在熱潮過了之後，殘留豆腐小僧其名的河童和一目小僧融合而成的變種豆腐小僧圖畫宛如雨後春筍般冒了出來。」

「那也只是種學說罷了。」多田皺眉，表情困惑地說：「既有他們那樣的看法，也有我的看法，這有什麼不行？」

「當然可以。」

「對吧？」

「嗯。」

「吶。」

「總之我完全同意您的看法。話說回來，多田老師，您的學生說……」

「對了！」多田大聲地喊。

路上的婦人回頭。

平太郎不好意思地對她陪笑。只是夜色陰暗，對方大概也看不見平太郎的表情。

註43：將不再使用的縫衣針送去神社祭拜，或插在豆腐等軟物上，祈求裁縫技術提升的儀式。

註44：用盤子端著豆腐，貌似童子的妖怪。

「有個大問題。」

「什麼事?」

「我見到一目小僧了。」

「哎呀。」

「問題很大,對吧?」

「嗯,如果真的存在的話。」

「我保證沒看走眼,但你不信吧?」

「呃……嗯。」

「牠呀,還端著托盤,請我喝茶水呢,茶水!」

「喔喔。」

「我那時在附近的地藏堂參拜,一目小僧突然從背後靠近,奉上茶水。」

呃,說不定不拿原稿比較好。

「您、您喝了嗎?」

「誰敢喝啊,白痴。」多田憤憤地說:「不認識的陌生人突然端出茶水來,正常說來不會喝吧。難道你會喝嗎?誰知道有沒有被下毒,茶杯說不定不乾淨,茶水也可能冷掉了。換成是你會喝嗎?會嗎?會嗎?」

「唔……」

平太郎認為自己也不會，便回答：「不，我不會喝。」

「對吧，正常人都會這麼判斷。我還是很正常的，所以嚇了一跳，望了牠的臉。發現像這樣……」

多田用雙手比出一個圓形。

「什麼？」

「牠的眼。」

好大，約有ＣＤ唱片那麼大。

「如果只有這樣我也不會嚇到。」

「剛才不是嚇到了？」

「那是因為突然有人端茶給我才嚇到，但眼睛只是眼睛啊。」

慢著，看到巨大獨眼的怪物，反而應該嚇到吧？——平太郎想。

「說不定只是眼罩啊，或者特殊化妝，再不然是面具。」

「那些應該都看得出來吧？」

「當然。雖然那顆眼怎麼看都很真實，但也不能否定是做得非常精巧的人造物的可能性。」

「是沒錯。」

「不管看起來多麼像真的，不先試著懷疑很容易被牽著走喔。」

「然後呢？老師怎麼做？拉看看嗎？」

「怎麼可能。哪有人會突然摸莫名其妙的東西。當然是先觀察啊。」

「所以老師在仔細觀察後，認為那是真貨？」

「不是。」被直接否定了。

「不是嗎？」

「牠把舌頭啊，像這樣伸長了。跟長頸鹿一樣。」

多田讓手指，不，讓併攏的手掌微顫扭動，表現出舌頭的模樣。

約有十五公分長。

「接著，在我想說點什麼的時候，牠居然對我說『閉嘴』。吶，是『閉嘴』。『閉嘴』耶！」

說「閉嘴」有什麼問題嗎？

「閉嘴！」

「知道了知道了，所以老師真的閉嘴了嗎？」

「不覺得很奇怪嗎？」

「啊？」

平太郎自己才覺得奇怪呢。

「這個典故出自《怪談老之杖》耶？是平秩東作（註45）的作品耶不知道嗎？你聽過

嗎？應該聽過吧？你有聽過對吧？」

「呃……」

有聽過。

這麼說來，平太郎對這個故事發展的確有印象。

「應該是那個對吧，記得故事是發生在四谷某間破爛房子裡……」

「沒錯，就是四谷的一目小僧。你果然知道，不是嗎？」多田說。

「嗯嗯。然後，有個十歲左右的小孩在對掛畫惡作劇，主角責備他別這麼做的時候，對方回頭說……」

「閉嘴！」多田和平太郎異口同聲地喊。

這個故事經常在妖怪圖鑑的說明裡被提起。水木老師的書中也有引用。

很遺憾地，平太郎不是一般人，而是輕度的妖怪痴。

而且，他還是任職於世界唯一的妖怪專門誌《怪》編輯部的打工人員。

雖然編輯部實際並不存在。

「原來如此，老師碰到的一目小僧也喊了閉嘴啊？」

「所以錯不了，對吧？」

註45：日本江戶時代後期的劇作家、詩人。

「真的是……正牌的嗎？」

十歲左右的……小孩。

「那孩子——穿傳統的日式服裝嗎？不是較正式的和服，而是類似浴衣……呃，類似《天才妙老爹》（註46）那種的。」

「是穿那種，怎麼了嗎？」

「剃光頭，光溜溜的？」

「是光頭沒錯。」

「服裝的顏色是……」

顏色是什麼？

明明直盯著看了好幾眼，卻記不得。

明明剛看過，明明在腦中能鮮明地浮現那個形象，只有顏色和圖案記不得。不是記憶模糊，也不是沒看清楚，更不是忘了。

儘管記憶很明確，與其是無法將之化成言語，不如說是無法重現出來。

「顏色是……」

「聽說妖怪的服裝花色沒辦法記住。」

「原……原來如此。」

「我也記不得。很可惜，我沒隨身帶著木工的墨斗，也不懂得驅走一目小僧的咒語或儀式。真傷腦筋。」

「傷腦筋？」

「如果牠想要墨斗，就更能確定了。」

「啊？」

「結果逃掉了。」

「多田老師您嗎？」

「我才不逃！」多田又怒吼：「我幹嘛逃？你問這個根本莫名其妙。他又不會吃我，我也不覺得可怕，我幹嘛要逃？說啊？」

「所以是小僧逃了嗎？」

幹嘛嚇走妖怪。

「有學生看見在逃的他，所以我派學生們去追。」

「想抓住他嗎？」

「你想想，如果那是真正的一目小僧的話，不管是我的假說還是別人的假說，或者民俗學上公認的理論，全部都會被推翻耶。都沒用了，失去意義了。」

嗯，確實是如此。

註46：赤塚不二夫的搞笑漫畫。

「其實我這次寫的，就是關於一目小僧的文章。」

多田從放在地上的背包中撈出微微沾濕的牛皮紙袋，用指尖拎著搖了搖。

「啊、那是……」

是原稿，把原稿拿來。

「請把那個……」

「我拚命地寫完了。今天早上完成的。我還沒睡呢。」

「您辛苦了，那麼……」

只要能拿到原稿。

多田眉頭一皺，在偏長的額頭擠出眉間紋來。

「明明那麼努力。」

「咦？」

「如果一目小僧真的存在，不就非得重寫不可了嗎！」

「什麼？」

「很造成困擾啊，困擾！」

妖怪研究家對著夜空咆嘯。

「不不，多田老師，這兩者完全無關吧？我不在今天之內把原稿交給梅澤先生的話，事態似乎會變得很嚴重。」

「咦？」

咦什麼咦啊。

「你在說啥蠢話？這篇稿子有可能通篇錯誤耶？若不知道也罷，因為是真的不知道。或者已經交稿的話，我也會放棄。可是，明明知道可能有錯卻又不改，這說不過去吧？當然要改吧？」

「嗯……」

「校樣發現有錯不也會訂正嗎？有錯就該改。就算進入二校或藍圖輸出階段，發現有錯也會修改。如果是沒發現就算了，不知道有錯當然沒得改。人人都有可能犯下粗心大意的過錯。然而，明知有錯不改還讓它出版的話，分明是大有問題。」

雖然這番話很有道理。

「所以我沒辦法把《怪》的連載集結成書。因為一直都有新發現。不斷更新，不斷更新，永遠改不完，一直有新想法。」

「難道不能先出版嗎？」

「就出不了啊。出版作業的過程中就一直想改啊。總之，我現在得先逮住那個一目小僧，進行確認才行。」

「確認嗎……可是確認後，也有可能不用更改吧？」

「如果那個一目小僧是假的就不用改。」多田說。

「既然如此，請把稿子交給我。為防萬一，先讓編輯公司那邊開始作業嘛。」

「我要先確認再說。」多田凶巴巴地說。

也不是真的很凶，但就是給人這種印象。

「不，現在先交給編輯部作業的話，一旦確認是假的，就來得及印校樣了。」

「問題是，假如他是真貨，這些努力都將失去意義。」

「不，應該不至於……無意義吧？」

「完全無意義啊，一切努力都會白費。」

「真的嗎……」

傷腦筋。

也許該打電話給郡司總編或梅澤先生，請求指示。

那樣比較聰明，也比較合乎社會常識。雖然總覺得這個問題不是在社會或者常識這些上頭。

「多田先生……」

「幹嘛？很煩耶。」

「沒有啦，我只是在想，假如真的逮到一目小僧，而且是真貨的話，您打算怎麼辦？」

「什麼怎麼辦？」

「就是，假如他真的是妖怪的話。」

「什麼也不做吧。不然還能怎麼辦？抓來做成妖怪熱狗嗎？不可能吧？我又不是蛭族。」

那是《鬼太郎》裡的妖怪天敵。很少人聽過。

「為、為什麼非做成料理不可呢。」

「如果是真貨，當然是妖怪，我能對他做什麼？頂多修改原稿而已。」

「所以捉了就放嗎？不會吧？」

「廢話。」

嘻嘻嘻，一陣高亢笑聲響起。

是多田的笑聲。表示他現在並非在生氣，也不是心情不好。

「至少拍張照片嘛。」

「照片當然要拍。」

「啊。」

對了，這個……不就是……

——所謂的獨家新聞？

「如、如果拍到照片，我們刊在《怪》上面好不好？也可以賣給《東京體育報》，順便上電視。」

「咦？」

「就這麼做嘛。這可是超級頭條呢。」

「你真的很失禮耶，你叫啥？榎、榎本？」

「我是榎木津。為什麼說我失禮？」

「牠可是妖怪啊，不能這麼做這種事的。」

「可是……」

「只要能確認我的看法哪裡有錯就夠了，只要能修正原稿就好。畢竟，牠可是妖怪啊！」

多田再次咆嘯。

獵奇侵蝕日常

那時，及川史朗正感到緊張。

現場沒幾個他認識的人。不，並非沒半個熟人，但大多交情沒好到能聊開。現場氣氛融洽，輕鬆而自然，完全不像工作場合，及川卻難以融入。

這並不奇怪。

坐在排列在現場的折疊椅上的人們都是常客，只有及川是第一次參加。

說參加，更近乎是來參觀的。

及川個性怕生，又愛裝酷。他明白自己外表粗獷，所以總是打扮成彷彿廟會攤販老闆的野性調調，但其實這是一種防衛本能。只要超乎必要地讓自己顯得凶猛，並保持沉默寡言，就沒人敢對他吐嘈。

他其實是隻軟腳蝦，是個膽小鬼。

而且還是玻璃心。

及川是《Comic怪》的編輯部成員。

《Comic怪》是源自妖怪專門誌《怪》的漫畫雜誌。《怪》不是文藝誌也不是學術誌。只要合乎水木大師或荒俣老師的眼光，什麼文章都能登。不管是論文或隨筆或漫畫或小說都行。

總編的方針唯獨一條——別賠錢即可。

就這麼多。

換言之，無須追求賣座的目標強求銷售量。當然能暢銷更好，但不是只求暢銷，其他什麼都不管；或者只重視內容，即使銷售慘澹也沒關係。大前提當然必須是妖怪迷們會喜歡的內容，但說是妖怪迷，其實也千差萬別，範圍廣闊，不可能做到所有妖怪迷都會喜歡，而且太限制內容，使得創作者們處處掣肘的話，做起來也沒有意思，這部分的平衡性必須拿捏得恰到好處才行。只不過，身為企業當然不允許賠錢，只要能嚴守這點……

算了，其實及川也不懂。

至少他覺得維持不賠錢的方針很厲害。

很了不起。

事實上，《怪》的確不怎麼賺錢，跟這個企劃有關的所有人都是苦撐過來的。但就是沒有賠錢，所以才能持續二十年。

畢竟這本雜誌的構想是由水木大師所提出。

因此盡可能地持續下去，就是對水木老師報恩。

京極或村上這些作家班底也很清楚這點，即便或多或少得自掏腰包，也二話不說地默默協助。雖然聽說那個金額也已超出「或多或少」的範圍。

在這種情況下，《Comic怪》的創刊無疑替《怪》打了一劑強心針。

及川當時是《怪》編輯部唯一的專屬成員。他一面要處理《怪》本誌的業務，一面要獨力編輯《Comic怪》，又要負責活動的準備或調度。此外他也擔任其他文藝類的編輯。

因此，他爆掉了。

及川的承受力遠比他所以為的更低。

在那之前，《怪》是由相關作家的責任編輯聚在一起製作的，《怪》的專屬編輯並不存在——雖然現在也沒有了——結果在及川成為《怪》專屬成員後，其他人認為他也該負責相關作家的編輯作業才對。

總覺得有點本末顛倒。

及川原本是漫畫編輯。

由於他長期就近觀察《怪》或世界妖怪協會的活動，對於成為《怪》的一份子有著強烈憧憬，最後終於自告奮勇。及川是自己送上門的奴僕。

所以他從不抱怨，不管碰上何種困難，都試著努力完成。但是，就像把澡盆的水倒進茶壺一般，工作量超出他的承受量，滿溢而出。

他訂立打死也不可能完成的行程表，時而忘記聯絡，時而過於急躁導致失敗，對很多人添了很多麻煩。甚至還曾將截稿日訂在委託日的兩天前。由於這已不是辦得到辦不到的問題，使得及川這份四次元行程表遺臭萬年。也令他被所尊敬的郡司總編表示傻眼，被村上白眼，被京極勸誡，被荒俣老師痛罵一頓。

灰心喪志的他瘦了十公斤。

雖然就算瘦了也沒人發現。

就這樣，及川轉任為《Comic怪》的專屬編輯。

後來，《Comic怪》以漫畫誌之姿獨立創刊，並轉移部署，成立正式的編輯部。雖然總覺得本誌沒有編輯部，姊妹誌卻有很奇怪，但還是令人感激。

於是，或者說，正因如此。

使得往後及川在面對文藝編輯時，總會有種疏離感。倒也不是自卑，或者有上下之分。但及川對他們總有一種難以用言語形容的敬畏之情。

坐在現場有一半以上是文藝編輯。

幾名來自講談社和集英社，也有竹書房的人。

亦見到幾張來自編輯公司的熟面孔。

和講談社的河北在鬼怪大學校的販售區已經有打過照面。集英社《小說昴》的岩田也固定會來參加妖怪活動。不是以相關人士的身分，而是純粹作為一名參加者購票入場，真了不起。和作家門賀美央子則常有機會在古典遊戲研究會中碰面，及川在她開始從事作家這行以前就見過面了。

由此可見，現場並非全為陌生人。

但總覺得很侷促。或許是因為連一個角川書店的人也沒有的關係吧。

態。

因此他嘟起下唇，默默坐在角落。縱使看似心情不好，並不是在耍壞，這只是及川的常

錄音室十分寬敞。

收音區有幾名工作人員，似乎在調整什麼。離參觀席略遠的桌子上設置了四隻麥克風。

這裡是ＴＯＫＹＯ　ＦＭ的錄音室。

接下來要收錄的是作家平山夢明擔任主持人的廣播節目《東京Garbage Collection》。

及川會來這裡，是因為他有事要找在本節目中擔任固定特別來賓此一矛盾位置的京極夏彥，便來此等候。

就在他由於難以參與話題而感到煩悶當中，沉重的隔音門被打開，一張鬆垮垮的熟悉臉龐探了進來。

他立刻鬆了一口氣。

來者是Media Factory的似田貝大介。

似田貝是雜誌《達文西》的編輯，也兼任怪談專門誌《幽》的編輯部成員。

及川只是個小職員，不懂上頭長官們的想法或盤算，不過聽說Media Factory不久之後也會加入角川集團，所以是自己人。而且《幽》雖然是文藝誌，但《達文西》是情報誌，似田貝不算純粹文藝部門的編輯。不，更重要的是，似田貝本來就是全日本妖怪推進委員會成員，工作以外也常有交流。

換言之。

他也是笨蛋夥伴之一。說白一點，全日本妖怪推進委員會根本是笨蛋的集合體。這麼講或許會被罵，但包括評議員的京極或擔任幹事的村上，也都親口聲稱他們是一群笨蛋，所以沒有問題。

「啊，這不是及川兄嗎？」

似田貝用迷糊語氣問：

「你怎麼會來這兒？」

「不，就……」

「來參觀嗎？唔哈。」似田貝邊說邊在及川身旁坐下。

「真難得耶。」

「對了，這裡角川向來都沒人過來嗎？」

「啊～仔細一想似乎沒有耶。京極老師不喜歡叫自己的責編來參加。他宣稱絕不會讓自己的人脈影響這個節目。應該只有河北先生是因為京極老師而被派來的吧？」

「是這樣嗎？」

「其他的幾乎都是平山老師的責編喔。不過也有人是同時負責京極老師和平山老師雙方，像岩田先生就是。還有《小說現代》的栗城先生也是。」

「喔喔。」

「POPLAR公司的人偶爾也會來，如果作家來賓剛好是他們負責的話。我們Media Factory只有我會來。」

「這樣啊。」

「對了，你來這裡做什麼？」似田貝嘻嘻笑著問。

「笑什麼笑。」

「我平常都這樣啊。」

「今天早上，我收到郵件說先前委託京極老師設計的讀者贈禮已經完成，所以我來和京極老師接洽。」

「哇～你們又拗京極老師做白工喔？」

「別胡扯，有付酬勞啦，雖然不多。羅塔，你這麼說太過分啦，讓京極老師做白工的人是你們吧？」

羅塔是似田貝在妖怪推進委員會中使用的代號。及川不清楚由來為何，總之跟著這樣稱呼他。

「只是，很慢呢。」

「什麼？」

「就京極先生啊。他每次在節目開始前三十分鐘就到了，有時還一個小時前就到。啊，大塚先生也不在。」

大塚是京極所屬經紀事務所的員工。類似京極的經紀人。

「我剛剛有看到大塚先生還站在停車場前。」

「啊，那應該還沒到吧。也許塞車了。」

「但收錄時間不是已經開始了嗎？」

「時間向來只是參考用的啦。」似田貝笑得更賊了。「因為平山老師從不準時到的。」

「真的假的。」

「通常會告訴他提早一小時的時間，結果也還是比實際收錄時間晚十分鐘到呢。」

「這麼誇張？」

「如果通知平山老師正確時間來的話，肯定會很不得了吧。」坐在似田貝隔兩個座位旁的岩田說：「我通常都從出外洽公的地方直接過來，往往趕不上正式收錄時間，但經常還是比平山先生更早到。」

岩田說完時，氣氛突然變得活絡起來。

並非有什麼聲音響起，而是出現某種騷動氣氛，瞬間席捲了錄音室內部。

及川望向門口，在忘了是製作人還是導播、理了一顆平頭的小西帶領下，平山夢明走入錄音室。

平山的臉上堆滿「傻笑」。

卻莫名地具有某種壓迫感。

「嗨，謝啦，各位。咦？京仔遲到了喔？唉，我就說嘛，他那種人啊，總有一天會暴斃在路上，累垮的。我早就勸他，沒必要死守截稿日。」

「不不，京極老師還沒死啊。」河北說。

「還沒死？這樣啊。京仔很少遲到吧？我聽說他連被山豬襲擊的那次也還是在時間內趕到了。就算美軍全力阻止，他也會衝破封鎖線過來吧？就像高倉健一樣。所以他沒來的話，肯定是碰上相當棘手的問題。狀況一定相當不得了。大概在某處發生世界末日級的大災難了。」

宛如機關槍般的發言滔滔不絕。

平山一個人就翻轉了現場氣氛。所謂攫獲了眾人的目光大概就是這麼回事吧。

「你看，我們這個節目做了二十年，幾乎沒發生過這種事咧。」

「沒那麼久沒那麼久。」小西面帶苦笑地否定。「只有三年啦。」

「聽到了沒，三十年囉。」

彷彿徹底沒在聽別人講話。

「這三十年來，京仔只遲到過一次。就是那個、那個大師的那個嘛。」

「祝賀水木老師八十八歲大壽的時候。」

似田貝回答。

「對對。就是祝壽的那次。記得他那時好像在製作著什麼各式各樣的東西。我還記得當時的京仔，臉色真的糟糕透頂。那個皮膚啊，幾乎都剝落了，裡頭的肌肉也開始腐爛，露出骨頭來。我從來沒看過那麼狼狽的京極夏彥。他應該那時就死了吧？他死過一次了。死後還來上廣播節目，真是太執著啦。」

「不是平山先生找他來的嗎？」

「我？不不，才不是我。我才不會勉強他做這種事咧，我可是個聖人君子啊。叫京仔來的是小西這傢伙，對吧？所有過錯全算在他頭上就對了。再不然就是宏島。」

宏島是不確定是製作人或導播的另一位。

「算了，既然死掉了也沒轍。怎麼辦？要等嗎？還是暫停一回？或者我和佩可先開始？」

佩可是在節目中擔任助理主持人——或說吉祥物女郎——的女性。這個外號當然是平山亂取的。她本名叫宍戶麗，也是一名怪談作家。不，一開始並不是，她瞞著平山參加《幽》怪談實話競賽，結果入選了。聽說以前是個舞者。

說不定現在也是。總之及川不怎麼清楚。

「再等一下好了。」小西說。

他把手機貼在耳邊，進行通話。

「這樣啊？好，好，我明白了。高速道路發生事故，嚴重影響交通，五號線大塞車了。我們再等三十分鐘吧。」

「喔，原來如此。那就等他吧。事故是上百輛車連續追撞嗎？如果我也碰上交通事故，應該能拖稿一下吧？」

「就算沒碰上交通事故，你還不是從來沒準時交稿過？」

異口同聲的噓聲四起。

「亂講，我明明就有遵守。假如寫進歷史教科書上的年表的話，我應該全部都趕上了吧？今年的工作今年畢。年表會白紙黑字標示著：今年交稿。」

「問題是，平山老師有時跨年才交稿呢。而且一跨就好幾年。」

「有嗎？啊，似乎是有。」

平山心情愉快地說。

這時，有人慌慌張張地打開錄音室門。臉色蒼白的宏島將瞇瞇眼睜得又圓又大，衝了進來。

「宏島，你怎麼了？」

「死、死了。」

「誰死了？京仔嗎？」

「不、不是啦，是講、講談社的——小宣。他被殘殺了！」

「殘殺？殘殺是什麼？北海道春天會出現的那個嗎？」

平山說。但沒有人聽懂他的意思。

彷彿時間暫停般的寂靜大約持續了二十秒，不久，一名五官深邃的圓臉人慢慢吐嘈說：

「那是殘雪啦。」

平山笑了出來，回應：

「對啦，就是那個。不愧是小龐。聽到了嗎？是殘雪啦，殘雪。如果京仔在現場，一定馬上就聽懂並立刻吐嘈吧，砰砰砰地。所以說小宣怎啦？又放屁了嗎？那傢伙的屁超臭的，是有竹輪味道的臭屁。被自己臭死了對吧？老町被他的屁臭過，氣得很呢。」

「老町是電影評論家町山智浩。」岩田說：「然後剛剛吐嘈平山老師的那位五官深邃的先生，外號叫龐貝羅。他該不會是平山先生的小說《Diner 噬食者》中登場角色——龐貝羅的藍本吧？」

「應該不是吧。」似田貝說。

及川仍然無法掌握狀況。

總覺得宏島剛才好像說出很不得了的事。

為什麼沒人在乎？是及川自己搞錯嗎？或是感染了村上健司的聽錯症候群？再不然，這裡其實每次都會開這類玩笑？

「不，是、是、是真的。」宏島很慌張。「真的死了。在後面的樓梯間裡。」

「誰死了？青沼靜馬嗎？」

「剛剛就說過了，是講談社的高橋宣彥先生啦。」

「喔，小宣啊。那傢伙是會戴起三K黨帽子去市區亂逛的笨蛋，死了也不意外。去告訴他，死在樓梯間很麻煩，別繼續賴著，趕緊過來吧。」

「不，我是認真的！」

宏島不知為何有點激昂。

「宏島兄，真的是、真的嗎？」

小西張大嘴巴。

「真的。」

「喂，宏島，真的是真的？」

「我、我沒必要說謊吧？」

「啊？」

現場有數名人物站了起來。

「什麼？發生什麼事了嗎？」

平山依舊擺出難以捉摸的態度。

「我們去看看吧。」河北提議。

「去看看比較好吧。」

岩田迅速地問。語氣很著急，表情卻很悠哉。也許天生就是這副表情。碰上情勢緊張的情況壓倒性吃虧。另一方面，河北則是平常很吃虧的類型。明明態度很從容，眼神卻像熱鍋上的螞蟻一般急迫。河北平常即使在笑，眼神不是顯得呆滯就是游移個不停，想必因此吃了不少悶虧吧。雖說，論外表吃虧這點，及川也沒資格說別人。及川天生長得像隻參加游擊隊的刺青大猩猩，不管在任何狀況下都很吃虧。

「聽起來問題很嚴重不是嗎？」

其他人面面相覷。在未能掌握狀況這點上，所有人都一樣。

「怎麼？幹嘛一臉凝重？」

平山的臉也蒙上陰影。

「他在開玩笑吧？那傢伙是個笨蛋，宏島一定也被他煽動一起起鬨了。我去看看。」

平山悠然走向門口。

「等等。」

一名編輯公司的女性站起。似田貝窩囊地望向及川。

「真的是惡作劇嗎？」

「這種事常有嗎？」

「這間錄音室平常就愛鬧著玩，但若是真的，事情就麻煩了。」

「讓作家去不太好吧？」河北說完，也跟著站起來。他發自內心感到擔憂，但內容太老生常談，反而像隨口說說。果然很吃虧。

岩田說完，也站了起來。及川這時才發現他拄著拐杖。右腳腳掌纏著繃帶。似田貝問：

「哎呀，岩田兄，你怎麼了？」

「摔了一跤，結果折斷了。」

「折斷了？骨折嗎？摔倒而已就骨折？」

「嗯。我去看醫生，他說我的骨頭似乎正常斷裂了。」

「正常？」

「不是剝離性骨折、複雜性骨折或有裂痕的那種，我的情況就骨頭直接斷掉而已。」

「那你還是坐著休息吧。」說完，似田貝轉頭。「及川，我們走吧。」

「我？」

及川指著自己鼻頭。

「你不是沒骨折嗎？」

「沒有是沒有。」

及川不大情願地站起。

打開隔音門，行經細長的收音區，打開另一道厚重的門扉後，來到兼電梯間的空間。空間裡排了好幾張桌子和椅子，方便讓人在此討論。隔著空間的另一頭似乎是辦公室。十幾個不認識的人眼神不安地凝視某一方向。也有人靠在辦公室的玻璃門旁，朝同一方向望去。

順著眾人視線望去，發現平山就站在該處。

「你說樓梯在哪？沒有樓梯吧？我從來沒走過樓梯。這裡不是只有電梯嗎？我懂了，是為了對抗恐怖分子吧？遭到恐攻時，只要關上電梯，就沒人能上來。不過一旦碰上災害，這裡的員工就成了犧牲品。就是所謂的活祭吧。碰上火災時，就會像白木屋百貨或新日本大飯店……」

「有樓梯。」

宏島打斷了平山的饒舌。

「啊，是阿徹發現的那個？」

阿徹指恐怖小說作家福澤徹三。

「阿徹之前為了抽菸，努力尋找吸菸區，結果被他找到了這個祕密樓梯。這個樓層沒有吸菸區對吧？他又不想等電梯。那個笨蛋，不管去哪都會先找樓梯。吶，吶，我剛才講了很漂亮的雙關語（註47）吧？和一休一樣。但能發現連恐怖分子都找不到的樓梯，所以阿徹才會長得那副德性啊。對吧？對吧？我說得沒錯吧？」

平山仍顯得一派從容。

但是他身邊的宏島，臉色卻蒼白如蠟像。

「所以說，樓梯在哪？」

宏島默默打開看似防火牆的門。

註47：日文中「樓梯」與「怪談」同音。

原來那裡能打開，及川不禁感到佩服。

「喔，原來在這裡。這棟房子真不得了。這就是所謂的機關樓梯嗎？簡直像忍者機關屋敷。這麼有趣的地方何必藏起來。」

「沒人藏啦。」小西說。

「這分明是隱密樓梯。是隱密山寨，是黑澤明（註48）啊。」

根本沒在聽人說話的平山，把頭伸進樓梯間裡。

「嘿咻，嘿咻。」

當平山一面吆喝，一面準備伸腳踏進裡頭時，宏島阻止他。

「不、不好啦，得維持現場。」

「維特？那是什麼？少年的煩惱嗎？」

「不是啦，是維持。維持現場。我要去向警方報案了。」

「慢著慢著，現在不是在鬧著玩嗎？真的找警察來很丟臉耶。話說回來，宏島，你演得好逼真啊。小宣，你也別鬧了，該起來了吧。」

河北與其他編輯從平山背後，確認現場情況。

「不知道在做什麼喔？」

似田貝也一臉傻笑地踮高腳尖。

「唔哈。」

難以判斷他的意思。這傢伙不管看到什麼都是這種反應。

「羅塔，你看到什麼了？」

及川靠近。置身於常客集團中感到疏離的他，連對參加這場騷動都顯得有些裹足不前，但在聽到似田貝迷糊反應的瞬間，好奇心似乎勝過了退縮之情。

「怎麼了？」

及川走到似田貝身旁，同時慘叫聲響起，兩三人後退。及川趁著前排讓出空位的機會，猛然擠進。

他見到樓梯轉角處……

有個人側躺著。

不，說側躺並不對。應該說是維持趴著的姿勢，試圖把腰部以上的部分轉向前，結果變成只有上半身側躺的狀態。

身體不自然地扭曲。

布滿血絲的眼睜得老大，生有稀疏鬍渣的嘴巴微張，露出牙齒。

是個瘦弱修長的男人。看不出是原本就如此還是被拉長的，長長的頸子上留有奇妙的痕跡。身材肥壯的及川沒辦法擺出這種動作。

註48：黑澤明電影《戰國英豪》日文原名是《隠し砦の三悪人（隱密山寨的三惡人）》。

身體下方有血泊。

看起來……真的很像死了。

「模仿屍體的技術真高明。」

平山說。

模仿嗎？

「但是，弄髒地板不好吧？這裡又不是你的公司，事後整理很麻煩耶。夠了，快起來吧。好啦好啦，我嚇到了。快嚇死了，所以夠了吧？小宣！」

平山想踢他一腳，但被小西阻止。

「這不大妙啦。」

「不大妙？讓他繼續演下去更不行吧？很礙事耶。我最討厭這類玩笑了。又不是小孩子。聽到了嗎？小宣！」

平山又想出腳。

「他應該……真的死了吧？」

開口的是門賀。

「是死掉了對吧？」

「嗯？」

及川蹲下。

仔細觀察地上的男子。

果然未曾謀面。

他的後腦勺濡濕。不，不是被水沾濕的。

——是血。

臀部一帶似乎插著什麼。

——那是什麼？

類似金屬棒。

及川以為是蝴蝶刀的柄，仔細看過後，發現並非如此。

腰部附近也沾滿鮮血。

「什麼嘛，小宣這傢伙該不會有痔瘡吧？」

但平山似乎也發現了。

「這應該是那個——紅酒的開瓶器？該不會要人啵地一聲拔起來吧？這麼做的話，這傢伙的直腸就會……」

說到這裡，平山皺起眉頭。

「看來他……真的死了。」

是的。

很明顯地，這名男子死了。

「小宣……」

平山一瞬露出極悲傷的眼神，接著馬上皺起鼻梁以上部位，表情凶惡且短促地說了一句：「他死了。」

「您總總總總算明白了嗎？」

「明白個屁。你早知道他死了的話，就不該先來通知我，而是打110報警吧？」

「這、這麼說是沒錯。」

「知道沒錯還不快去報警！你先來找我，我才會以為你在開玩笑。順序反了啦。所以現在要……維持現場嗎？走吧走吧，我們先離開這裡。這個樓梯有人使用吧？」

「我去樓下阻止其他人進入。」小西說：「順便請警衛別讓人使用樓梯。」

「嗯。這怎麼看都是……」

平山瞇細眼睛。

「……被殺還沒經過幾分鐘吧。」

血還沒乾。不，樓梯上的血泊甚至仍在擴大中。如同平山所言，應該是十幾分鐘前被殺的……不，說不定是幾分鐘前。

「我、我這就去報警。」

小西跑了起來，宏島也離開人牆。

圍觀人潮逐漸在背後聚集起來。

「這樣不行啦。好了好了，別看了別看了。」

平山開始趕人。

「這裡禁止進入。好了好了，回去工作吧。裡頭不宜觀賞。」

圍觀人群露出狐疑神情，但還是離開了。不過，玻璃門中依然有許多人望向他們。

「會有人來報導嗎？假如警察來前媒體先來的話就傷腦筋了。」

「對了，就算在一樓擋人，還是可以從其他樓層進樓梯間吧？」

「啊，對喔。不然這樣吧，你們幾個分頭去各樓層擋人。然後——這裡也封起來。守住這裡別讓人進去。外頭站著一個，裡頭也站一個，阻止別人從上面下來。小心別碰到喔，會留下指紋。」

平山一明白事態後，開始幹練地發出指示。

「我去二樓的入口擋人。」竹書房的人說。

記得他叫溝尻。

「那我去三樓好了。」

河北跟著說：

「女性和平山老師先進錄音室。中西先生，平山老師就麻煩你。似田貝兄，可以麻煩你負責四樓嗎？然後……」

「我留在這裡看守吧。」

及川在被點名前先開口了。

「我留在裡頭，阻止別人進入，也阻止從樓上下來的人。」

「警察說馬上就來。」背後傳來宏島的聲音。

編輯公司的女性一臉哭喪地似乎想說什麼，平山制止她，催促她進錄音室。

「我們什麼也做不了，留在這裡只會礙事。大姊，走了啦，小門也一起來。」

由於作品風格使然，平山經常被世人當成是個宛如惡魔般放蕩不羈、既不道德又隨便的人——及川也以為如此——但現在看來似乎並不見得。

雖然實際和他本人接觸後，也的確有著宛如惡魔般放蕩不羈、既不道德又隨便的印象……

至少，看似對女性很溫柔。

或許只是看似吧……

平山催促女性後，瞥了一眼屍體，臉朝向及川問道：

「你是？」

「啊，我是角川書店的……」

「把門從內側上鎖吧，應該能鎖吧？」

在自我介紹的途中被打斷，來不及說「我是及川」前，門就被關上了。

和屍體……

獨處。

——欸～

及川看著門把。

若能上鎖的確很輕鬆。但看起來似乎沒地方可上鎖。

及川本來想找看看，立刻猶豫了。

萬一到處沾上指紋的話很麻煩。也試過用袖口包住手指，並不順利。布料太厚，而且如果原本有指紋的話也怕會擦掉。這時，及川想起自己有帶手巾，摸摸屁股附近，摸到掛在腰上的日式手巾。

抽出來。

及川將粗大的手指伸向金屬門閂，小心謹慎地確認。果然沒有門鎖。

看來無法手動上鎖。

果然是防火門。

沒辦法，及川只好用身體擋住門。

用屁股抵住比較輕鬆，但那樣的話就得一直和屍體面對面。

那樣實在有點討厭，不想一直盯著屍體瞧。

所以他面朝向牆壁，緊靠著牆站立。別碰到牆壁比較好。如果有人要打開門就用肚子頂回去吧。

回頭。

背後有屍體存在。

——這是殺人案。

吞了吞口水，及川嘆了一口氣。

他以為自己一輩子都不可能碰上殺人案，以為那種事只在連續劇或漫畫或小說等虛構作品之中存在。

又嘆了一口氣。

自己的背後有屍骸。

老實說，不怎麼舒服。不……應該說很討厭。

若說噁心，總覺得對死者很不尊重。其實他並不害怕。及川雖然膽小，但對那方面很遲鈍。所謂的「那方面」，指的是超自然或靈異之類的那方面。他從未有過地縛靈很不妙或被動物靈糾纏的感覺。雖然害怕被鬼怪作祟，但對幽靈向來沒有感覺。

畢竟他算是妖怪聯盟的人。因此老實說，他頂多覺得屍體令人不舒服而已。

他又微微轉頭。

在天花板燈光照射下，尚未凝固的血糊顏色變得很奇妙。

頭轉得更過去一點。

見到死者的臉，和死不瞑目的雙眼對上了。

頓時起雞皮疙瘩。

在封閉空間裡和屍體獨處。外表像個硬漢，個性基本上窩囊的及川，總算理解了自己置身的狀況。

太吃虧了。

去其他樓層的傢伙，沒人會陷入這種情況吧。

他們只要防止別人走進各樓層的樓梯間即可。要防止別人進入，只要站在門外制止就可以了。就算是站在內側，背後也什麼都沒有。

只有及川在樓梯間內。

而且還站在屍體旁邊。

——欸～

忍不住在心中嘀咕，幸好沒發出聲音來。及川趕緊摀住嘴巴。

——算了，頂多忍耐個五分鐘。

警察很快就會趕到。

畢竟是這種地方，不會等太久的。

來這裡的路上見到許多警察站在路肩，這裡或許就是這種地方吧。及川想到這裡，忍不住對自己吐嘈，這種地方是什麼地方？

他不自覺地認定這附近一定有很重要的設施，不然不會有那麼多警察。他的思考向來很籠統。不管如何，只要警察一來，就能結束這種狀況，只要忍到那時就好。

正對著防火牆，背對著屍體昂然而立。沒人看到，其實用不著擺出那麼雄糾糾的姿勢。但鼓舞自己還是很重要，及川這個人向來著重形式。

一時之間，腦袋放空地站著。

及川想，萬一在這種狀況下，他負責的漫畫家打電話來討論分鏡稿的問題怎麼辦？若真的打來，只能接聽了。然而，在殺人案案發現場討論漫畫分鏡真的好嗎？

對死者不會太不莊重嗎？

還是該說服自己這是工作，沒辦法呢？

最理想的做法應該是先接聽，告知現在抽不開身，晚點再回電才對吧。沒有說謊，也不是開玩笑，是真的沒空討論。徹底沒空。及川滿腦子都是殺人案的問題。

及川瞥了一眼背後。

屍體並未消失。

不是夢。這名男子真的死了。

犯案方式應該是——毆打後腦勺，昏倒後將之勒死，最後用開瓶器插入屁股吧？

——太過分了。

及川對於死在地上的男子一無所知。

但是，假如是他認識的人呢？

肯定會受到打擊吧。會深受震撼吧。實際上，現在已經相當受震撼了，只是沒有顯現出來而已。

及川再瞥了一眼屍體。

毫無疑問地什麼變化也沒有。沒有突然動了起來，也沒有任何聲息，頂多血泊變得更廣了點。倘若血泊繼續擴大，流到自己腳邊的話該怎麼辦？怎麼辦，總覺得很討厭。只要大樓沒有傾斜，就不至於如此，但討厭的事情還是討厭。其實別去想像就好，但不知為何，想像的翅膀總會朝討厭的方向振翅飛翔。也許這就是膽小鬼的宿命吧。話又說回來……

警察來得太慢了吧。

碰上什麼問題了？

好安靜。

當他覺得似乎靜過頭時，某種聲音響起，及川嚇得心臟差點從口中蹦出來。

聲音來自樓下。

似乎是似田貝在講話，但他的發音本來就不明晰，咬字聲調含糊，樓梯間回音又重，完全聽不懂在說什麼。

「怎了？」

『及川兄～』

「發生什麼事了嗎？」

『聽說，警察會晚到喔。』

「啊？」

晚到？什麼意思？宏島剛剛不是說馬上趕來嗎？又不是蕎麥麵店的外送。警方也有忙不過來的問題嗎？

「為什麼？」

『聽說地雷婆婆出現了。』

「什麼婆婆？」

那是什麼？妖怪嗎？

『是這附近很有名的老婆婆。她的精神有點……不太正常。總是穿著骯髒衣服，站在道路正中央妨礙交通。』

「老婆婆？」

那誰啊？

「老婆婆妨礙交通？跟刑警有什麼關係？從附近派出所調派個員警來處理就好吧？又不是怪獸。」

『如果是怪獸，就得請自衛隊登場呢。』似田貝回答：『不是那樣的。那個老婆婆只會像喪屍一樣站在馬路正中央，要請她離開就大發雷霆，又會拉屎漏尿，很髒，結果就造成大塞車了。』

「就算塞車，警察還是能趕到吧？只要鳴放警笛，打開警示燈不就能優先通行嗎？而且這棟大樓又不是只有一個出入口，明明有很多方式能趕來這裡。」

『這麼說是沒錯，但偏偏那個地雷婆婆擋到大卡車，司機緊急煞車，結果撞上旁邊的車子了。幸好沒釀成大禍。只是車子斜向擋住後面來車，造成交通堵塞。後續車子就這麼卡著，老婆婆卻依然不為所動。不知發生什麼事的車子從反向車道鑽了過來，又被擋住，而救護車也趕到，結果全都卡在那裡。反正情況非常混亂，大樓附近的道路塞得一塌糊塗，圍繞著這棟大樓的路段全部都堵住了～』

似田貝講話有拉長語尾的習慣，完全缺乏緊張感。

但是，話又說回來。

如此愚蠢的事居然會發生。

「被叫做地雷婆婆，表示她只是個老太婆吧？只有一個人吧？」

『一個人啊。』

「一個老太婆怎麼可能把情況搞得那麼混亂？」

『實際上就真的搞得很亂啊。就像益智玩具一樣。』

「益智玩具？類似箱根細工（註49）那種？」

註49：一種以木塊拼合而成的工藝品。

雖然及川也不是很清楚，聽起來很有那種感覺。和箱根細工一樣，按那邊，這邊就突出來，按這邊，那邊就被擋住。不管用推的或用拉的，怎樣也動不了。

『雖然不怎麼清楚，應該就是那樣吧。』似田貝答道。真是個隨便的男人。

『然後，今天聽說好像本來有個大人物會來這附近，所以有交通管制，警察們全部出動，才會鬧得這麼大。才一會兒工夫就變得亂七八糟了。錄音室隔音很好，對外頭狀況渾然不知，現在似乎已經亂成一團了呢。』

「哎呀呀呀。」

就在這場混亂當中，發生了殺人案嗎？

「對啊，很傷腦筋呢。」聲音意外地近，低頭一看，似田貝從樓下探頭出來。

「唉，傷腦筋。」

一臉蠢相。

「唔哈，真的死了。這算他殺吧？真不妙啊～這真的不是一場夢或開玩笑嗎？」

「很遺憾地，這是現實。」

及川嘟起下唇。

似田貝表情扭曲，彷彿一隻鮟鱇魚。

沒想到竟會隔著屍體和似田貝那副蠢臉面對面……及川再怎麼愛胡思亂想，也沒想過這種情景。

「討厭討厭。」

「是啊。」

「真討厭啊……」

「嗯，真的……」

慢著？這是？

誰的聲音？

不是似田貝的。方向不同，而且很近。

當然也不是及川自己的聲音。及川的腦袋時常處於混沌狀態，一瞬間以為聲音是自己發出的，但回答者也是自己，所以應該不是。

「有其他人在嗎？」聽到似田貝在問。

及川不經意轉頭，發現身旁有一名矮小的老頭面露悲傷凝視屍體。

——誰？

應該是……不認識的人吧？

不知道他是誰，應該不認識，卻有點面熟，似乎在哪見過這個老頭……不，甚至有點懷念。重點是，他何時來到這麼近的距離？

老頭子發出微弱但悠長的嘆息。

「不行啊……這種事不行啊……」

「的、的確是呢。」

「那種時代又要來臨了嗎……」

「啊？」

「世事難料，有時意外身亡也不得已，但這種死法真的不行啊。」

「咦？」

他究竟在說什麼？

「戰爭令人厭惡。但是……這種擾亂人心的狀況更討人厭。」

完全不懂老人在說什麼。

老人很瘦小，身高與小學生無異。

一頭亂七八糟的蓬髮，很不整潔。仔細一看，模樣也怪。他穿著破爛和服，手拄拐杖。是什麼的cosplay嗎？

「請問……您是哪位？」

及川問了。

及川自知是個對事一知半解的男人，常因不懂裝懂而丟臉。老實說，不懂就說不懂，不知道就說不知道比較好。

雖然比較好，但很多情況下也不是很清楚自己是否知道，使得他含糊交代，搞錯事情，亂說一通，進而造成失敗。

而這次，他很清楚自己不知道，所以老實請教比較好吧。

老人張開長滿皺紋的眼皮，瞪著及川，用鼻孔哼氣。

他的臉色也很奇怪。總覺得不像個人類。是帶有說不出是灰色或綠色、也不是卡其色或褐色的奇妙膚色。

「您應該不是廣播公司……的人吧？是出版社的嗎？」

由年齡看來，若是出版社的相關人士，地位恐怕相當高。

「呃，我是角川書店《Comic怪》的……」

「在這裡自我介紹嗎？」

「啊？」

「你這蠢蛋，在這裡報你的名字有何意義？況且，我的名字也非自稱的，而是被賦予的。」

「欸？」

「放任邪魅如此胡作非為，真受不了。抱歉，沒辦法表達你的心情。這裡沒有我出場的餘地。」

說完。

老人身體的顏色逐漸變淡。

不，是變透明了。

及川以為如此，很快便發現那裡其實從一開始就什麼也沒有。

不可能存在。他什麼也沒看見。甚至連幻覺也不是。雖仍留有奇妙的感覺，但關於老人，不管長相、衣服或聲音，都變得彷彿久遠的記憶一般朦朧。與其說自己做了一場白日夢，更像是從一開始就什麼也沒發生過似地。

「呃……」

及川搔搔頭。

『你剛剛怎麼在自言自語啊？』似田貝問。

「沒事，其實是……」

剛剛是怎麼回事？

「那個……」

難以說明。

「警察好慢啊。」及川隨口敷衍：「不開警車也還是能趕來這裡吧？」

『外頭狀況也許真的很慘烈吧～』

「不快點驗屍，讓死者一直躺在這裡很可憐啊……」

說到此處，及川不自覺地又看了一眼屍體。

真心覺得他很可憐，但還是沒辦法一直盯著屍體瞧，視線往上飄的瞬間……

及川……

倒抽了一口氣。

這次樓梯上方真的有人站著。

——女人？

應該沒錯。該名人物穿著裙子，頭髮也很長。

雖然她縮著頸子，聳起肩膀做出威壓的姿勢，不過身材很細瘦。燈光昏暗，看不清楚她的表情，只覺得她氛圍異於尋常。

應該不是因為看到屍體被嚇到了。

——手裡好像拿著什麼？

看似高爾夫球桿。另一隻手也緊握著某物。雖然臉上罩著陰影難以判斷，從她的位置應該無法清楚看見屍體。

既然如此。

——咦？我嗎？

女子在看的人是……及川？

不，應該是在瞪。

一語不發。

——她是……

如此說來，犯人或許還沒離開。不，恐怕「一直都在」。

說不定她就是犯人？

——不，不可能。

應該沒那麼湊巧。

正常而言，殺人犯都會逃走。沒逃就會被抓。沒被抓也會自首。不可能回到殺人現場遊蕩。

現實不是戲劇或小說。

不，反而相反吧。及川現實之中沒碰過殺人案。及川所知道的殺人犯的行動都來自戲劇或小說。也許現實中並非如此。實際的殺人犯有可能更隨便、更不謹慎。

不，即便如此……

及川睜大雙眼。

確認女子胸口有入館許可證。不只廣播公司，進出大公司時通常會確認身分，再發行入館證。及川脖子上也掛了一張。沒有這個沒辦法進入大樓……

換句話說。

——應該不是可疑分子。

擅自如此認定後，及川對女子開口：

「對不起，樓梯現在暫時不能使用喔。這裡禁止通行，可以請您回去嗎？」

沒有回應。

女人維持完全一樣的姿勢瞪著及川。

動也不動。

「呃，所以說，這裡不能走喔。」

女人……

走下一級階梯。

「請回吧，這裡禁止通……」

——不對。

有人在此被殺死了。

這裡就是殺人現場。

而且。

毫無疑問地，這個樓梯間是廣播公司大樓內部。

不是外頭。男子不可能在外頭被殺，再運回大樓裡。可見犯人也進到了館內。

換句話說。

犯人身上當然也掛著入館證。

——呃。

女人緩緩地從樓梯上下來。

「喂，可以請妳別下來嗎？」

「啊啊？」

從女人細瘦體格中發出難以想像的粗野嗓音。及川在這個瞬間完全被嚇壞了。

「那個……」

「產地是哪裡？」

「產地？產地是什麼意思？」

「我看八成是國產的吧？」

「啊？」

產地……

「我、我是在足柄山採收，在仙台熟成的。」

——到底再說啥啊？我。

被人問到產地，所以跟著配合？

及川的玩笑話有一半是虛張聲勢。靠著裝瘋賣傻來隱瞞自己的膽小。不是為了隱瞞對方，而是要隱瞞自己。大致上是基於——若不從容便無法說笑，既然能說笑，表示游刃有餘——的心態而說的。可惜通常不怎麼有趣，反而暴露出毫不從容的事實，徒增空虛。

一方面對自己這個壞毛病感到厭煩，及川也明確感覺到，現在不是靠說笑就能蒙混過關的狀況。

女人彷彿痙攣一般，脖子不停微顫。

口中喃喃嘟囔著什麼。

不行不行不行不行不行。

——不行？

她是什麼？

某種都市傳說嗎？

類似鹿島靈子（註50），一旦回答錯誤，就會被殺嗎？

『有其他人在嗎？』似田貝似乎感到有異狀，出聲探問，但因為有屍體而無法上來。換言之，向他求助也沒用。

「請、請問……」

「不行不行不行不行，產地不佳，保存又差，味道一定很酸，難以入口。超過四十度了還擺在這種地方不收好，你這瓶爛紅酒。」

「咦？」

不妙。真的很不妙。

對方感覺完全瘋了。

「我我我、我不、不是紅酒喔。」

註50：都市傳說中的鬼怪，會透過夢境或電話質問人問題，若不能正確回答便會被奪走部分身體而死。

自己幹嘛還蠢蠢地回答？

「別看我這樣，我好歹是個人類喔。」

自己是白痴嗎？

「啊啊，少囉唆。」

「噫！」

「吵死了吵死了吵死了。為什麼會變這樣？又酸又澀，還有沉澱物，你這瓶紅酒未免太噁心了吧。簡直跟水溝水沒兩樣。我要敲碎你。真是的，還能用的只剩軟木塞了嘛。難喝死了難喝死了，你這瓶紅酒根本就死透了，你的存在對紅酒徹底是一種侮辱。」

「呃……那個……」

女人來到及川所在的樓層。

站在屍體旁。

「唉，另一瓶紅酒好多了，尚留有水果芬芳。可惜已經打破，不能喝了。雖然我也不想喝。畢竟只是一瓶糟糕的紅酒，是酸敗的葡萄汁。然而你更低等，這瓶臭酒。」

「難道……」

果果果果然是犯人。

這女人把及川——以及這位被叫做小宣的男子——當成難喝的紅酒嗎？因為難喝，所以把他敲碎了。

慢著，那他屁股上的開瓶器又是怎麼回事？

「呃，不喝看看怎麼知知知知道不好喝呢？」

「難喝的紅酒都沒自覺。另一瓶也一樣。但就算我想喝也沒辦法，用開瓶器打不開，只好敲碎了。」

「咦咦！」

所以是先將開瓶器刺進去嗎？

——真的假的。

及川按著屁股。

躺在地板上的死者是肛門先被插入開瓶器，拔不出來，接著後腦勺被打破而死的嗎？被插入的瞬間必然很痛，但拔出來的時候更痛。男子倒地後，這女人試著拔出開瓶器，男子的身體才會扭曲成那樣吧。

——肯定非常痛吧。

及川更用力摀住屁股，退了一步，背貼在牆壁上。這時，他發現這個姿勢雖然能保護背部，卻使得正面毫無防備。

弱點完全暴露在外。

女人高舉著高爾夫球桿，心智似乎早已失去正常。這種情況下，要保護的是……

——不是屁股，而是頭部吧？

及川大氣不敢吭一聲，喘不過氣來，心臟彷彿敲警鐘般跳個不停。

他縮起脖子低下頭，兩手包住腦袋，像隻馬陸一樣蜷縮起來。

聽到女子「喝呀啊啊啊！」的吼聲。

結束了，我的人生。抱歉，沒能變得幸福——及川在腦中想著這些事。

物體劃破空氣的聲音響起，同時聽見金屬碰撞聲。

——哎呀。

被人毆打致死意外地不怎麼痛呢。

而且，原來死後也能保有意識嗎？

哇呀啊啊啊！

又聽見吼聲。

既然能聽見，應該也能看見吧，及川半睜開眼，抬起臉來。

銀色棒狀物體從眼前劃過。

以高爾夫球桿而言有點過粗。或許是因為自己死了所以縮小了的緣故，及川想著不合理的解釋。雖然光認為死後會縮小這個概念本身就不合理，但剎那間閃出這種念頭也沒辦法。

在尚未能掌握狀況之中。

銀色棒子再次從眼前掠過。

「沒沒沒、沒事吧？」

——怎麼好像很慌張？

這時。

及川抬起頭，見到一張悠然輕鬆、驢子般的長臉。

表情悠哉，眼神卻很焦急。

「岩、岩田先生？」

岩田單腳站立。

女人在眼前蹲下。

高爾夫球桿落在屍體身上。

「這、這是怎麼回事？」

「我原本在門外，聽到裡頭狀況似乎不太對勁，試著打開，卻怎樣都打不開。」

因為及川用屁股擋住了。

仔細想想，門沒上鎖，剛剛直接逃跑不就沒事了？

「接著又傳來更不對勁的聲音，我試著用推的看看，突然間就打開了，然後就感覺到鏗鏘地衝擊。」

及川躲避攻擊，所以被他擋住的門就能打開了，高爾夫球桿剛好敲在門上吧。

「那個恐怖的女人一臉凶惡，一面發出可怕的吼聲，朝我攻擊過來，於是我就……」

岩田舉起拐杖給及川看。

中間被敲歪了。

「我反射性地用拐杖格擋，只是想擋住攻擊，卻敲到她。她應該沒事吧？這算是正、正、正當防衛吧？」

「放心，她還沒死啦。」

女人直嚷著好痛。

「我也還沒死。」

比起這個。

「這個人就是犯人。」

及川說完，岩田嚇了一跳：「咦！是這樣嗎？這太驚人了吧。」

原來他一直沒發現嗎？也許他和及川一樣愚蠢。

『發生什麼事了？』似田貝的聲音傳來。

照樣是迷糊語氣。

及川想，那傢伙……也是同等級的笨蛋吧。

妖怪顧問檢視女童

雷歐☆若葉很緊張。

他長期在《怪》上頭有專欄連載，量雖不多，合作時間很長久。不，雷歐除了《怪》以外，幾乎沒有其他工作。換句話說，是《怪》的專屬作家。

然而——

事實上……

雷歐從未進過角川書店總公司大樓。

大樓外的話，他來過好幾次，但頂多來到大門口，而且是在星期六、日，大門深鎖，鐵門拉下的情況下。

通常是為了和人碰面才來的。

若只是碰面，其實約在哪都行。要約在議事堂前或迎賓館前也沒問題。只要不是禁止進入的地區，不管在哪都可以。這是連狗都能辦到的小事。

約在角川書店大門口碰面，算不上是角川相關人士的證據。

而且話說回來，所謂的相約碰面，通常不都會選擇約在目的地，或約在方便去目的地的場所嗎？就算不選這些地方，也會選在雙方住家的中間地點、轉運站，或較醒目的地標等地才對吧？

但這裡既非目的地，也不是方便去目的地的場所，不是中間地點，不是轉運站，更不是醒目地標。

單純只因為這裡是……出版《怪》的出版社。

就算目的地是距離雷歐住處較近之處，雷歐也會被叫來角川門口前碰面。就算目的地是雷歐住家旁邊，碰面地點照樣是公司前面。

換句話說，選擇這裡完全是因為對編輯比較方便。換句話說，這種情形連相約碰面也稱不上。

是傳喚。

雷歐被傳喚來了。

因為總是如此，雷歐一次也沒有走進總公司大樓裡。他頂多隔著玻璃門欣賞一樓大廳《KERORO軍曹》的相關擺設而已。宛如一個只流連在櫥窗外頭，從不進店裡消費的窮人。連編輯公司的新人或編輯部的打工人員都更能自由地進出公司……連江戶時期被逐出江戶的罪人，說不定也都還有機會偷偷溜回江戶呢。

雷歐受到極其惡劣的待遇。

地位可說是低得不能再低的極致底層。

話雖如此，其實也是他自作自受。雷歐所做的工作根本不必進總公司商討就能進行。與其說他只被賦予這樣的工作，不如說他只能做這些。

並非他態度很不認真，但他壓根就是個愛開玩笑的人。

——就算如此。

雷歐以前曾被叫來總公司大樓前，自約定時間起整整等了一個小時以上，在開始懷疑是不是自己搞錯時間或抵達時間太晚或被放鴿子的時候，總編、村上和梅澤正好咯咯笑著走出大門。他們剛才一定是在吃茶點配茶聊蠢話吧。總編大部分情況下都很恐怖，不知為何，只有在和妖怪推進委員會的傢伙們一起時，總像個小學生般笑鬧。

大概是笨蛋模式啟動了吧。

三人完全沒注意到雷歐，不把他放在眼裡，準備笑著從他面前通過時，雷歐急忙跳出來攔住。被攔下的三人一臉詫異，愣了一段不算短的時間後，才對雷歐說：「原來你在啊？」

居然這麼說，太過分了。

接著梅澤竟然問：「你在這幹嘛？」

這次換雷歐愣住。

「我有找你來嗎？」總編問。

「有，當然有，像泰山一樣喔咿喔咿喔地呼喚了！雖然是在電話裡！」但在雷歐生氣抗議後，三人卻笑了。雷歐的存在徹底不被當一回事。他們肯定還在笨蛋模式中。

像雷歐這種從頭到尾只有笨蛋模式的人，怎麼不乾脆讓他也摻一腳呢？

——好歹讓我吃點心啊。

雷歐不只得不到工作，連這類笨蛋聚會也不被召喚，明明他也是笨蛋。

雷歐不禁覺得這根本是種歧視。雖然就算撕裂嘴巴他也不會把這些事說出口。萬一嘴巴真的裂開，他就打算拿著鐮刀對總編復仇。只不過，假如總編拿出鱉甲糖的話，他就只好逃了（註51）。

總之，這一切都是沒實力的雷歐不好。是他自己不懂得充實自己，怨恨他人根本沒道理，嗯。

但是。

今天能走進大門。

終於能進入角川書店。

對其他人或許沒啥大不了，卻是雷歐的人生大事。他的人生總算要進到下個階段了。類似靠著遞補才進名校的感覺。或者湊巧因為強悍的對手整隊生病，不戰而勝晉級甲子園一樣。雷歐自己也不太清楚，大概是這種感覺吧。

這是他人生的最高舞台。

想到這裡不免吐嘈，自己究竟有多底層啊。

深呼吸。

註51：據說日本都市傳說的裂嘴女喜歡糖果，把糖果拋向她，她會被吸引注意，便有機會逃跑。

假裝整理儀容。

明明不管怎麼整理，儀容都難以端正。與其說是在假裝，更近乎某種儀式或咒術吧。玻璃映出雷歐的一張呆臉。從室內看出來，他的動作肯定非常愚蠢吧，一想到此，雷歐覺得不太妙，得掩飾一下才行，開始手忙腳亂，就在這時。

「雷歐先生。」

有人呼喚他。

「唔哇。」

「怎麼會說『唔哇』呢？雖然我不知道誰對你做了什麼……」

「啊。」

「非常抱歉，但是你擋在這裡會造成別人通行的麻煩喔。」

雷歐回頭，岡田站在背後。

在相關人士之中，只有岡田會稱呼雷歐為「雷歐先生」。其他人要嘛直呼其名，要嘛根本不稱呼，再不然乾脆直接叫他笨蛋。明明笨蛋不是個名字。

「話說回來……」

——說不定。

「你是特地來迎接我的嗎？」雷歐問。「不是的。」瞬間就被否定了。

「這樣啊……原來不是啊……」

岡田笑著，以看不出是在嘲諷還是普通微笑的爽朗表情說：「這邊請。」

「啊，所以還是要替我引路嗎？導引式飛彈嗎？能進你們公司嗎？」

「是進公司大樓，沒辦法僱用你喔。」

「最初的一步～～～！」雷歐開心地著，伸出他的腳……

踏入了。

「哎呀呀，真是感激、感動、感慨萬千啊。和秀樹一樣感激（註52），和純一郎一樣感動呢（註53）！」

「沒有能與感慨萬千相符的人物嗎？」岡田照樣以看不出是心情很好還是在譏諷的語氣，颯爽地說。

「話說回來，雷歐先生，你是對什麼……感慨萬千呢？」

「當然是對走進角川書店大樓這件事啊。岡田你天天進出當然無感，但對我而言可是初體驗呢。相當於一年一度的初鰹（註54）啊。是初裙帶菜啊，是初海螺啊，是初鱈（註55）啊。畢竟我從來沒進來過呢，一次！也沒有！」

註52：歌手西城秀樹70年代的咖哩廣告台詞。
註53：出自日本前首相小泉純一郎看到貴乃花帶傷出場，最終仍獲得勝利時的感言。
註54：於初夏時期捕獲的鰹魚，滋味清淡高雅，深受江戶時代的人喜愛。
註55：出自漫畫《海螺小姐》，海螺小姐的弟弟叫鰹，妹妹叫裙帶菜，兒子為鱈男。

「這居然是第一次？」岡田驚訝地問：「是指……辦公室搬遷後沒進來過嗎？」

「你在說啥傻話學反應。我連舊大樓也沒進去過錳酸鉀啊。一直都只有在門口等人的份，所以我這次緊張到穿了最好的一雙襪子來呢。」

「襪子？」

「雖然不是絲綢的，已是我最時髦的一雙。而且是全新的，所以一點也不臭。我的襪子一點也不臭喔。」

「沒關係，應該沒有機會脫鞋。」

「問題不在那裡。」雷歐挺胸回答：「因為我除了襪子以外，也買不起其他新行頭。」

「啊哈哈。」岡田輕聲笑了。

岡田高挑細瘦，膚色白皙，皮膚吹彈可破，頭髮也很柔細。

妖怪推進委員會的女性成員稱他是個令人遺憾的帥哥——雖不知她是說哪裡遺憾，好歹算是個不錯的男子吧。

他的人品很好，個性健全而爽朗，重點是很正常。

正因如此，不由得令人懷疑他能否聽懂雷歐的低能笑話。

就算聽得懂，肯定也嗤之以鼻吧，雷歐有一半的把握確信如此。

「啊哈哈」聽起來也有點像在說「白痴啊」。雷歐的想法或許過度猜疑了，不過人啊，一旦如此長期被人輕蔑的話，過度猜疑也只是剛好而已。

「抱歉，能去櫃台辦理入館手續嗎？現在比較嚴格。」

岡田以十分公事公辦的態度說。公事公辦也沒關係。

「櫃台！我能去櫃台前面嗎！要我辦理幾次都行。辦個手續就能進去的話，就算要我提供老家戶籍或興趣或病例都沒問題！而且我聽說角川的櫃台小姐都很可愛呢。聽起來或許有點像性騷擾，但我只是陳述事實而已喔。」

「呃，請快一點好嗎？」

好冷漠。

連櫃台小姐都在笑。雷歐碰上這種尷尬場面，通常乾脆厚起臉皮來渡過難關，所以他擺出一張跩臉完成手續。

「這樣就可以了嗎？這是通行證吧？這樣就能以托球傳球托球傳球殺球No.1（註56）的感覺在大樓內自由橫行了嗎？」

當然不會有「那是《青春花火》吧？（註57）」的吐嘈。

「可以是可以，但……」

岡田一臉不信任地看著雷歐。

註56：出自排球漫畫《排球甜心》，該漫畫日文原名是《アタックNo.1（Attack No.1）》。
註57：排球漫畫改編而成的連續劇，主題曲歌詞有一段是「殺球殺球殺球」和「托球傳球托球傳球」。

「但？但是什麼岡田先生？難道我仍是被放逐的罪人嗎？或者說，初來乍到貴寶地的我沒辦法去上面樓層？」

「不是這樣的，請走這邊。」岡田拉住櫃台前的雷歐，往樓層角落移動。繼續站在櫃台前唱雙簧會妨礙櫃台業務。

「呃，今天是關於……」

「沒錯，就是如此，岡田。我今天不是被人傳喚，而是我召喚眾人唷。換句話說，是主辦人，是東道主，是核心人物。」

這是……事實。

「我知道。」岡田說。

「今天，我是主角。」

「不，主角並不是你，而是那個……」

左顧右盼確認。

「是那個所謂的……」

「哈哈哈哈哈哈哈哈。」

「你瘋了嗎？」

「沒瘋。我是有點狂人傾向，但我敢保證現在徹底正常！大概跟成城學園前站從右邊算起的第二台自動剪票機一樣正常。」

「可是，雷歐先生，我看你這邊怎麼看都只有一個人。如果只有你來的話——那個……」

嘻嘻嘻嘻。

雷歐在心中賊笑。

岡田不明白。不，恐怕沒人能明白吧。好想說。好想說破祕密。好想炫耀。好想吹噓。但是，現在得忍耐才行。

「放心吧。」總之先打包票。

「真的能放心嗎？怎麼看都沒有能放心的理由呢。況且這次『那一方』是主角。實在不想這麼說，但是……」

「不必多言。萬一我失誤的話，被罵的人是你，對吧？其實我沒把『那個』帶來，不小心讓『那個』逃跑了，其實這一切都是謊言……」雷歐說。

「……這樣的事是不可能發生的。你剛才是不是嚇了一跳啊？岡田。」

「的確嚇了一跳。」岡田困惑地笑了。

「不過，萬一真的出包，我肯定會被罵吧。不，在被罵之前，我的精神會先崩潰。」

「總編會罵人嗎？」

「總編他……不會罵人，因為早就已經罵過了。」

「已經！」

「是的，他罵我居然被雷歐那傢伙慫恿……啊，這句話是郡司總編說的，我只是轉述喔，請別在意。他說，我居然被雷歐那個笨蛋傢伙慫恿……」

多了笨蛋。

「他說我幹出這種蠢事，後果如何他一概不負責……也說，雷歐是遠勝過及川的大笨蛋，這整件事不是謊言或搞錯了，就是吹牛或騙人。」

「哎呀呀。」

算了。

「倘若是平時的我，也許真的是謊言或搞錯或吹牛或騙人吧。但這次，我敢保證既不是謊言或搞錯，也不是吹牛或騙人。這些就留給及川兄吧，由他全權負責。」

「及川先生今天不在喔。」岡田說：「他剛剛有聯絡，說碰上殺人案了。」

「殺、殺人？」

「是的。」

「他殺人了嗎？」

「並沒有。」

「不然就是被殺了？」

「被殺就沒辦法聯絡啦。雖然聽說差點被殺。他去找京極老師拿東西，沒見到京極老師卻碰上了殺人案，現在在警局作筆錄，一時片刻回不來，似乎有許多手續要處理。」

「及川兄死了嗎……」

「就說沒死啦，沒辦法來而已。況且及川先生本來就無法列席吧？」

「啊。對喔，忘記了。」自從搞出那種紕漏後，及川就再也無顏面對某位老師了。

「雖然這麼說有點失禮，作為代替者，我請梅澤先生來了。不過梅澤先生也說這件事很愚蠢。」

「梅澤先生體積龐大，卻很會懷疑。不懂得信任別人。應該多學習一下信用合作社或信用卡才對。」

「梅澤先生說村上先生也講了同樣的話，所以還不至於懷疑這件事的真假。也就是說，他還是很信任村上先生的。」

換言之，只有雷歐不被信任。

「不過，姑且不論信不信任，這整件事聽起來真的很荒唐無稽，難以置信。若是真的，就是一件不得了的超級大事。然而並非如此的可能性更高，常識上難以相信——總之就像這樣，明知很不可能，我還是勉強請那位大師前來了。他聽到這件事時，還很詫異自己為何要為了這種無聊事撥冗前來呢。總之，現在是靠梅澤先生和郡司總編與伊知地三個人撐場的狀態。」

「撐場？」

「沒辦法，那位大師太早到了。」

「咦？」

所以說，雷歐讓別人等候了嗎？

讓那位大師級作家。

「他、他、他為了我等候嗎？現在？已經？在現場？NOW？」

「是的。你也知道，他的行程相當忙碌。昨天之前還在裡海，昨晚深夜抵達國門，今天上午有座談會，接下來又要去收錄電視節目，明天早晨要參加直播節目，然後直接前往外縣市演講，所以真的是撥冗前來呢。」

「哇……」

光這幾天的行程，說不定比雷歐一年份的工作量還多。

「所以說，他是『特地』來的。『為了』你，『特地』。」

「岡田，不用加重語氣啦。我知道老師是特地來的了，特地特別特洛伊木馬。為了表示禮貌，所以我才換上全新襪子，玩笑話的比例也比平常更低。與自家公司舊產品相比，降低了百分之六十呢。」

「可以的話，希望降得更低一點。」岡田認真地說：「萬一惹怒老師，我就死定了。」

當然，雷歐也不會有好下場。

「再跟你確認一下，那個『不是人的孩子』……真的存在嗎？」岡田問：「應該不會只有雷歐先生看得到，或者今天不在等等……」

「嗯，沒這回事。」雷歐說：「不是指不在喔，是不會有這種事情發生的意思。請別誤會我的意思而嚇得心臟痲痺死翹翹喔，岡田。絕對看得到。我今天就是為了讓老師們確認才特地帶過來，沒道理不在吧？沒道理不在場證明吧？我是個笨蛋，但不是詐欺犯，也沒有幻想癖。」

岡田睜大原本就不小的眼睛，盯著雷歐的臉瞧了好一陣子後……

「好，就相信你吧。這邊請。」他一面踏出步伐一面說。

「要、要去哪？會議室嗎？還是倉庫？」

「接待室。」

「哇，我也能接受接待嗎？」

「不，已經在接待了。」

「啊啊……的、的確……」

正是如此。

雷歐想徵求意見的不是別人……

乃是荒俣宏大師本人。

「荒俣老師真的撥冗前來了啊。哎呀，好感激喔。好秀樹喔。好感動喔。」

「又要純一郎了嗎？不過，為什麼要找荒俣老師？」

「因為如果是京極先生的話，還沒看之前他就會說不可能有那種東西，毫不客氣地駁斥掉了。那個人真的會斬釘截鐵地否定人呢，超級冷酷的。至於水木大師，我光瞻仰他的尊容就嚇死了，會失禁，真的會漏尿喔。但是啊，如果是荒俣先生，他對博物學、奇幻文學以及科學的造詣很深吧？是造詣的日本海溝啊。是造詣的大本營啊。是東京造形大學（註58）啊。而且聽說他人也很好。」

「不，他很嚴厲喔。」

岡田按下電梯按鈕。

「嚴厲？」

「眼光很嚴厲的意思。荒俁老師在電視上的感覺很慈祥，其實那是為了讓節目有趣才如此表現，實際上對這類事物的鑑定非常嚴格，倘若是騙人的，一眼就看穿了。」

「不、不是騙人的，所以我、我不怕。」

「真的沒問題嗎？」

「別、別擔心，My Friend。」

被人這麼一嚇唬，很難不感到不安。

雖然不安，但雷歐所說的都是事實，所以也沒辦法。

雖然沒辦法，但還是有萬一的可能性。

內心不由得忐忑不安。

這時，雷歐想起以前讀過的童話，是關於一名不小心吞下愛鳥，而從屁股發出鳥叫聲的老爺爺的故事。

從吞鳥爺爺的屁眼裡流洩而出的美妙音色獲得全國人民讚賞，後來他被邀請到城裡，在城主殿下面前表演鳥鳴，獲得了豐厚賞賜。

吞鳥爺爺很開心。

隔壁的老爺爺很羨慕他，也想模仿，去抓了隻鳥硬吞下去，結果也和吞鳥爺爺一樣，能發出啾啾鳥鳴，一樣獲得讚賞，一樣被邀請到城裡，一樣在城主殿下面前表演……

但是，來到城主面前時，鳥兒卻突然不叫了。

隔壁的老爺爺拚命地呼喚鳥兒，但鳥兒就是一聲也不吭。

他臉上一陣青一陣白，拚命拍肚子，在丹田用力，結果，從屁眼裡噗嚕噗嚕地放出又響又臭的屁來。

隔壁的老爺爺──死路一條。

讓城主聞到臭屁的他沒救了。這是無可救藥的過錯。他把屁股對準了城主殿下，城主殿下躲也躲不及。就這樣，隔壁的老爺爺被斬首了。

──好可怕啊。

在貼滿電影、動畫及新書宣傳海報的電梯裡，雷歐不禁打了個哆嗦。

註58：日文中「造形」和「造詣」同音。

不。

實際上雷歐自己親眼看到，也摸過，甚至還對話過，所以那女孩不是夢境也不是幻覺……應該。

不不。

這說不定是雷歐平時就很鬆緩的腦髓突然接錯線，使得他見到幻覺。

萬一真的是如此，雷歐就會被斬首。岡田也會被斬首。兩人的頭顱一起被掛在三尺高之處示眾。恭請荒俣前來，卻說是搞錯的話就百口莫辯了。只能如《腦髓地獄》的蠢傻癲．呆頭一般挖出腦髓，喝呀一聲用力砸在地上踩爛後不省人事吧。

即便如此，一樣會遭到處刑。

不不不。

並非只有雷歐看到「那個」，村上也有看到，所以沒問題的，一定沒問題。是從沒問題之國來宣揚沒問題的沒問題先生。但是……

依然很緊張。

這時，電梯門打開了。

「直走到底左轉就是了。」

岡田走出電梯。

雷歐右手右腳同時踏出。現在連漫畫也沒人用這麼古典的方式表現緊張吧。雷歐超級緊張。光進入角川書店便已如此興奮，待會見到荒俣宏老師時肯定會昏倒吧。因為……

——因為是那個。

感覺快腦死了。

「呃，呃。」

「怎麼了？」

「呃，呃呃，那個，這個，荒俁老師大人的心情，是、是、是、是否不是很好呢？」

「如果心情不好，就不會答應這個無理要求了。」

「那就好！」

「但有可能變得不好喔。一切就看你的表現了。」

岡田說完，打開看似高級的房門。

就就就就在這這這這裡面。

荒荒荒荒荒俁老師師師。

「你怎麼愣住了？快點進去啊。」

「好好好好好的。」

一進房間，立刻聽到梅澤抱怨：「太慢了！」

「真是抱歉，這個叫雷歐的小子是笨蛋。」

「是……是的，我是笨蛋。」

「雷歐是本名？」

在電視裡聽過的嗓音……

抬起頭來，荒俣宏本人正優雅地坐在豪華椅子上。

個頭比在節目裡看起來略小一點。

在雷歐的印象中，荒俣宏長得很巨大。在電視上看起來也很巨大。即使在妖怪會議上看過，也覺得很巨大。或許是因為京極和多田身高都不算高，水木大師則是另當別論，所以看起來才特別巨大吧。

此外。

他也沒配戴那副印象深刻的眼鏡。

這麼說來，荒俁老師似乎在部落格說過他去做了雷射手術。

「那那那那個，我我我我是雷歐☆若葉。」

「唔……」荒俣努起嘴巴，問道：「這名字是『笨蛋就是我』的易位構詞嗎？與其說易位構詞，其實只是反過來唸。」

「我、我、我是笨蛋沒錯。」

被一眼看穿了。

「很遺憾，這個雷歐不是《森林大帝》。」梅澤以類似時代劇中的農民語氣說。

「嗯，看起來沒那麼帥氣。」

「真是不好意思。」郡司總編低聲向荒俣道歉，接著瞪了雷歐一眼。

「啥時不挑，偏偏挑老師這麼忙的時候。」

「對、對不起，對不起……訴處分。」

「啊？」

「沒、沒事，呃呃……」

「我是因為村上兄也說這是真的，所以才打算聽看看到底是怎麼回事。但這傢伙沒辦法好好說明吧？」

「因為是笨蛋啊。」梅澤也跟著說。

「唉，實在很抱歉，荒俣老師，這傢伙是個笨蛋。」

「不過這件事好像不容錯過。既然村上老弟也親眼見證過了的話。」

信任的基準果然是村上。

梅澤、郡司和荒俣，這些人的基準都一樣。

「對了，村上兄怎麼沒來？」

郡司瞇細眼睛，瞪著岡田問。

「他今天不在。」

「不在？村上健司的說明比雷歐有條理多了，怎麼不找他來呢？」

「村上先生現在人在和歌山。」岡田回答：「他去採訪了。是總編自己派他去的。」

「這樣嗎？」

「是的。」梅澤笑了，像個古代的海盜頭目一般。「你說不快點去會來不及，要他這個禮拜內就出發。我本來也想一起去，但圖鑑還沒校對完畢，所以他今天早上就單獨出發了。」

「原來如此，那就沒辦法了。」郡司嘴角微揚，接著瞪著雷歐說：「快點說明啊。」

「我……我……我來說明嗎？」

「不然還有誰？算了，剛剛也說明過，為了《怪》的採訪，村上和這個笨蛋雷歐去了一趟長野。那個地方是哪裡？」

「是信、信州，特產是味噌和蕎麥……」

「長野不就是信州？」

「廢、廢村裡。」

「我是在問你是什麼地方的廢村啦。」

「山、山上。」

「看，就說他沒用吧。」郡司說。

「真的沒用耶。」荒俣也說。

「我、我很沒用嗎？所以要斬、斬首嗎？」

「別再鬧了。總之……是個明治時代以前就荒廢的山村，是吧？」

「是、是的。我們在那裡找鸚鵡……」

「奧姆真理教？」

「不、不是宗教的那個。呃，是暴坊將軍當飼主，於江戶時代輸入的那個，不是華盛頓公約的……」

「鳥類的鸚鵡？」

「那個的石頭版。」

「這誰聽得懂啊？」荒俣皺眉。「雷歐老弟，你是不是很不擅長說明？」

「因為是個笨蛋啊。」

梅澤和郡司異口同聲地說。雷歐瞥了岡田一眼，他的表情其說是苦笑，更近乎悲傷，或許在向世間道別吧。

「你不是作家嗎？」

「我是特殊型作家。我們去找一種站在前面說話，就能聽到同樣的話傳回來的奇蹟石頭。聽說長野縣有很多。」

「鸚鵡石嗎。」荒俣冷淡地說：「原來是那個，怎麼不早說呢？」

「原來您聽過鸚鵡石啊。不愧是博覽強記的達人，萬國博覽強記會會長。各位來賓大家好，大家好，來自世界各國這樣的感覺。」

「別廢話了，快說下去。」

「對不起，我又得意忘形了，這是我的壞習慣。」

「你沒有一項習慣是好的吧？」梅澤說：「全都爛透了。」

「我好歹有一項優點，就是不會氣餒。身體虛弱，但抗壓性強。頭腦很差，但耐力十足。總之，我們就像印第安納・瓊斯一樣，根據古代紀錄，尋求失傳的鸚鵡石。最後，村上大哥總算在人跡罕至的深山幽谷裡找到鸚鵡石了。他為了拍照往下爬，那顆鸚鵡石，不，應該說鸚鵡岩吧，就矗立在類似溪谷斜面般的地方。」

雷歐回憶當時狀況。

「在相當陡峭的險坡上煢煢獨立。」

「岩石也是鳥的形狀？」荒俣問。

「沒錯沒錯，彷彿隨時都要飛起似地，完全就是隻鳥的模樣喔。簡直就像古代怪鳥拉魯格斯或原始怪鳥利特拉里亞（註59）的感覺呢。雖然只是岩石，真的就很像鸚哥或鸚鵡喔。」

「好了好了，我明白了。」荒俣阻止他繼續胡扯。「然後呢？」

「然後啊，我們就走到岩石前面，結果嚇我一跳，就和傳說一樣，我和村上大哥說的話，全部復誦回來了。」

「被誰？」郡司問。

「當然是岩石啊。」

「你說謊。」

「我、我沒說謊喔。笨蛋才說謊喔。一切都是真實。實際上啊，開口的其實不是岩石。」

「看吧，果然在說謊。」梅澤說。

「不不，請聽到最後。這個岩石啊，背後有個祠堂。那是個很小的祠堂。迷你尺寸的。然後在祠堂前啊，站著一個大約小學低年級的小女孩。」

「那是迷路的小孩吧？」

「是不迷路的小孩。不能迷路的小孩。」

「語法有問題。」岡田指出。

「常有人這麼說我。但是請想想，那裡可是深山喔，沒有道路喔。比起《卡姆伊外傳》描寫的山上更險惡喔，是連野獸也走不過的的獸徑喔。離山腳下相當遠，遙遠而且險惡的路途。」雷歐順便抱怨：「連我自己都走得快死了呢。」

「那是你太軟弱。」梅澤吐嘈。「村上兄就沒事吧？」

「虧你能知道。村上大哥超輕鬆的。但是，有那個但是。連大人都要走好幾小時，而且是毫無意義的明治前的廢村，一個幼小的孩子為什麼會迷路到那裡？實際上根本就無從迷路

註59：均出自特攝劇《超異象之謎》。

起吧？山腳下有道路，但附近沒有村落，不搭車也沒辦法到登山口。這孩子是從哪裡迷路來的？縱使她真的是迷路小孩，小孩子會登山嗎？這種時候會乖乖走在大馬路上啦，拜託。幹嘛走去沒有路的地方啊？在抵達廢村前早就餓死了吧。」

「說不定是被拋棄的？」

荒俣冷靜地表示。

「也許有人想把她拋棄在那裡。不過那種情況下，與其說是拋棄，更近乎謀殺。監護人遺棄小孩致死。你剛才說那裡有山崖，說不定是想把她推入山谷。」

「可是那孩子沒有受傷，精神也很好喔，完全沒有衰弱的感覺。」

「也許剛拋下不久？」

「這樣的話，我們沒碰上拋棄者就很奇怪了。雖然沒有像樣的道路……能通往山村的小徑只有一條喔。照理說，在我們上山的路途中，應該會碰上拋棄幼子的傢伙吧？假如對方是朝反方向離開，就只能往山上走。」

「有道理。」荒俁說：「所以說，那孩子在那裡生存了一陣子嗎？」

「那算是……生存嗎？」

「我在問你。」

「不，問題是……」

看到小孩突然現身，雷歐和村上都嚇了一跳。在不可能的地方遇見其他人，自然會感到驚訝。而且還是萬無可能出現在此的孩童。

那孩子身穿碎點花紋和服，披著類似兒童用坎肩的無袖外套，而且還打赤腳。模樣彷彿走錯時代，但不骯髒。布料雖老舊，但沒沾到泥土。髮型是妹妹頭，膚色白皙。與其說阿菊人偶，更近乎介於櫻桃小丸子和磯野裙帶菜中間的髮型。雷歐打趣地說，反正都是星期天傍晚播出的動畫，結果被村上罵了。

言歸正傳。

「一直喊著『帶我走』。」

「那孩子嗎？」

「現場除了那孩子以外，只剩村上大哥耶。偶啊，雖然很尊敬村上大哥，但我可不想帶他回家喔。」

「話說回來。」

郡司露出壞人般邪惡的表情，說：

「正常而言也必須帶她回來吧？拋下她不管的話，你們就是殺人犯了。」

「村上大哥也是這麼講。但是、但是啊。問題來了，就在我們打算這麼做的時候，那個小女孩不見了！」

「啊？」

「逃走了？」

「你把她推下山谷了？」

「不不，就說犯人不是我。我真的沒這麼做啦。是消失了。」

「果然在說謊。」

「不，不是的。看不見人影，卻仍能聽見聲音。只有聲音不斷說著帶我走，帶我走……」

「愈說愈扯。」

「我要撤掉你的連載單元喔！」

「拜託啦，聽到最後再說嘛～」

「就讓他說完吧。」荒俣幫忙緩頰。雷歐感動得快掉淚了。

「真的是只聞其聲，不見其影，宛如臭屁。我和村上大哥擔心她是不是躲在岩石後面或滑落山谷，拚命地在附近尋找，但就是找不到，不管哪裡都找不到。那個小女孩不是飛天就是鑽地，不然就變成雲霞或透明人了吧。徹底invisible。於是我想，她一定是鬼怪，便決定要回家了。」

「喂。」

「不，沒回去啦。雖然沒有回去，但那個小女孩肯定是鬼怪吧？是神怪。是怪談。超恐怖的。這種事情前所未聞，這已不是《怪》，而是《幽》了。不，應該是《MU》（註60）的範疇吧。但村上大哥反對，說既然有聽到聲音，就表示小女孩還在。」

「還用說嗎，當然還在。」梅澤說。

「是的，還在。先說結論，聲音是從祠堂傳來的。」

「那個祠堂？不是說很小？」

「是的，不愧是荒俣老師，注意到重點了。請看這個，這是祠堂的照片。」

那是將村上拍攝的影像輸出而成的照片。

但因為不想花錢沖洗，是用印表機印的。

雷歐將祠堂照片交給岡田。

因為他覺得直接交給荒俣似乎有點失禮。岡田再度確認似地看了照片，轉交給荒俣。郡司也跟著靠過來。只有梅澤似乎早看過那張照片，沒有動靜。

「好小。」

「只有老鼠能鑽進去。」

「連貓也進不了。」

「是的，辦不到。為了比較，第二張是我和祠堂的合照，請當作比例的參考。我就和以前的Peace牌或hi-lite牌香菸盒相同功能。」

郡司對比照片和雷歐，用手比出大致的大小，問：

註60：日本學研出版社發行，以靈異、超自然、外星人等題材為主的雜誌。

「大約這麼大？」

「是的。大概和鳥巢箱差不多。聲音就從裡頭傳出。」

「有機關嗎？」

「不，如果找到機關的話，我就會和京極先生商量了。他的小說沒有圈套，什麼不可思議都沒有。假如是京極先生來描寫這個，應該會寫成背後有洞穴，或放了錄放音機之類毫無玄機的劇情吧。」

「的確，京極兄確實是個直接而露骨的人。」總編說：「如果你去找他，這麼沒內容的商量早就被一刀兩斷了。不對，說不定反倒會因太愚蠢而覺得有趣。」

「這不合京極兄的興趣吧？」梅澤說。

「沒錯，不更白痴一點不行吶。例如說在祠堂前拉屎，或是找著找著，不小心從山崖上墜入山谷，差點死掉等等。」

「我其實也比較想往那個方向發展，但這次不一樣，這是真正的……不可思議故事。」

「聽起來還挺有意思的。」荒俣說。

「對吧對吧。就說荒俁老師大人人最好了。正是如此，這可是貨真價實、奇想天外的不可思議事件呢。」

「話是這麼說，雷歐。」

郡司臉頰肌肉鬆緩，已切換成輕蔑模式。

「就算你說沒有機關，八成是漏看了吧？我不像京極兄那麼現實主義，但也不認為這世上會輕易發生不可思議的事哩。我猜祠堂裡多半有傳聲管。就算沒有人為的機關，也可能因為腐朽而有蝕孔……」

「我也這麼想，所以打開了。請看第三張照片。」雷歐說：「總覺得我好像在做簡報耶，和泡沫經濟期的廣告代理商一樣。總編，不覺得我是肯打拚就有成果的好孩子嗎？」

「不覺得。有話快說，有屁快放，荒俁老師沒時間陪你玩。」

「其實是這樣的……」

祠堂裡有一顆表面光滑的黑色小石子，握在手中恰好能完全收於掌心。

「是……御神體嗎？」

「不清楚。不確定是不是神明，但聲音是從那顆石頭發出來的。」

「不是錯覺嗎？」

「總編，你真的很多疑耶。不過沒關係，因為村上大哥也這麼質疑。」

「果然是錯覺。」

「只不過時間緊迫，太陽逐漸西斜，為了找女孩浪費了太多時間。身為作家前輩的村上大哥說，不快點下山，連我們都可能遇難。」

「這小子也是作家嗎？」荒俁問郡司。

「算是……吧？」

「既然是作家，說明怎麼會糟糕到這種地步呢？作家可是要鬻文為生啊。還是說，他寫文章沒問題，只是不善言詞？」

「不，文章也是這副德性。」梅澤說。

「因為我是個笨蛋。」

「唉……怎麼會用個笨蛋當作家呢？」

「以後不用了。」

「請請請、請等一下！這件事真的很難說明啦。總之，村上前輩說，若是下山途中天黑的話很麻煩，所以決定先去能收到手機訊號的地方，再看要報案還是怎樣。這種作法算很無情嗎？」

「不，算很合理的判斷吧。」郡司回答。

「對吧對吧。總之，村上大哥說快點走比較好，我們便踺踺踺地快步離開。」

「他擔心那孩子的安危，也怕自己遇難，當然不趕快不行。」

「是的，萬一和八甲田山山難事件一樣遇難的話，像我這麼纖細羸弱的人根本撐不住，只能快步下山了。」

但是。

「問題是……石頭……」

「鸚鵡石嗎？」

「不，是照片裡的那顆御神體。因為那顆石頭一直喊著『帶我走』，所以……」

「喂喂，你該不會……」

「我看它一直喊，覺得很可憐，就趁著村上大哥先走一步的空檔，把那顆石頭……」

偷偷地。

「你這傢伙！」梅澤大聲喊道：「偷走石頭了嗎！」

「才才才才沒有呢，別說得那麼難聽嘛。因為石頭一直要我帶它走，所以我才……」

「還說沒有，你偷了吧！」

「不是偷，是帶它走啦。悄悄收進口袋裡而已。就算帶走石頭，女孩的問題也沒辦法解決吧？正常說來，任誰都會這麼覺得吧？不會嗎？應該會吧？肯定會的啦。」

「問題是把祠堂的御神體偷出來也太過分了。」

「又沒人去參拜，超過一百年沒人拜訪了。」

「是這樣沒錯，但是……」

「先讓他說下去吧。」荒俣說：「故事還沒結束吧？我們都聽到這邊了別說這就是結局喔。」

「是是，關於這點請放一百三十個心。於是，我們像倉鼠般速速前進地走下山。走半天都收不到訊號。天色愈來愈暗，肚子餓得要死，又沒有訊號，三重的困境。再接下來就要四十了呢。結果，我們最後還是走到山下了。租來的車子就停在山腳下，我們搭上車，直接前往最近的休息站，畢竟有小女孩的問題等著解決。」

「當然，事態緊急。」郡司說。

「當時已接近晚上，我們兩個擔心得不得了，擔心到差點心肺停止。最後總算找到一個比較像休息站的地方，村上大哥直接前往辦公室，我則是喉嚨乾渴，買了罐果汁。不，也許是罐裝咖啡吧。」

「笨蛋，是哪一種根本不重要。」梅澤說。

「可以肯定不是牛奶。然後啊，我就坐著等村上大哥回來。這時，我想起口袋裡的石頭，就一邊滋潤喉嚨，取出石頭賞玩，湊巧村上大哥回來……哇啊啊啊啊啊！」

雷歐忽然大聲吼叫。

所有人都嚇了一跳，嚇得屁股離座數公分。

「笨蛋！鬼叫什麼！」

「我只是在重現。當時的聲音比現在更大呢。村上大哥從鼻孔呼出大氣，鼻毛被吹得呼嚕呼嚕亂顫，伸直了手指著我身旁，兩眼也睜得跟銅鈴一樣大，他說……」

——搞什麼，她怎麼會在這裡！

「講了這句話。我順著他所指的方向，轉頭看我身邊。那個女孩子竟然就靜靜地坐在我旁邊的座位上！」

「唔……」

「是同一個孩子喔。不是山下有另一個雙胞胎喔。我聽說這種詭計是禁止的。推理小說不能使用雙子詭計。」

「以前的話是這樣沒錯。」郡司說。

「現、現在就沒關係嗎？」

「不禁止，但也不推薦。因為就算是雙胞胎也還是認得出來，沒辦法當成詭計。」

「能夠！認得出來嗎！就算是《ＴＯＵＣＨ鄰家美眉》也可以嗎！」

「那兩個就算不是雙胞胎也……喂喂，別岔題。」

「哎呀呀，但當時的情況下，真的絲毫無法分辨喔。因為那不是雙胞胎不是三胞胎更不是六胞胎，而是同一個人，是一人扮演一角的詭計喔。」

「那哪算得上什麼詭計。」梅澤說。

「沒錯，沒有機關沒有詭計，小女孩真的就只有這麼一個的怪異現象。」

「唔唔……」

接待室裡瀰漫著比起佩服更像是傻眼的氣氛。

「總之，就是……超級吃驚的。村上大哥趕緊跑回辦公室賠罪，說對不起我搞錯了。萬一連絡警方派人出來搜索事情就嚴重了。接下來我們問了女孩許多問題，但她都只是有樣學樣地回答我們。」

「有樣學樣地回答？」

「怎麼了？怎麼了？妳剛剛躲在哪？妳剛剛躲在哪？妳是怎麼過來的？妳是怎麼過來的？叫什麼名字？叫什麼名字？屁股怎麼了？屁……」
「夠了。」郡司打斷雷歐的話。「結果是怎麼一回事？」
「好吧，她偶爾會主動說一些話。」
「例如？」
「聽不懂在說什麼。這個先不提，總之，我喝完果汁後，就把石頭收回口袋……」
女孩子突然消失了。
彷彿從一開始就不存在似地。
「瘋了。」
郡司放棄般地說。
「郡司兄也這麼覺得？」
「他瘋了吧。」
「不過，姑且不論這整件事是真是假，村上兄也是這麼講的哩。」
「不，他也瘋了吧。」
「哼哼哼。」
「他在笑耶。」荒俣表情困惑地問郡司：「是要介紹醫院這樣的事情嗎？需要我介紹春日武彥醫師給他嗎？」

「給這傢伙太浪費了，我現在直接殺了他就好。」郡司說。

「哼哼哼。」

「岡田，有武器嗎？」

「用不著拿武器來啦，總編。到此為止的部分村上大哥都知道。接下來我們回到車站，歸還租來的車子，踏上回東京的路程，一路上我和村上大哥都在一起，他一頭霧水，搞不懂這是怎麼回事，然而……」

雷歐深呼吸。

「從這裡開始才是正題。」

「喂。」

「不，我不接受抱怨。前面拉哩拉雜地說了一大堆，也很難懂，但都只是楔子，只是前奏，只是聽前奏猜歌曲，DoReMiFaDo。」

雷歐……

把手伸進口袋裡。

「來吧，證件這一刻吧！」

「是見證啦。」

「見證，對對。我是一個人來出入檢查很嚴格的角川書店對吧？也只有我一個人登記入館的對吧？岡田，你能替我證明吧？」

「嗯，他一個人來。」岡田說。

「但是。」

抓住口袋中的石頭。

拿出。

雷歐把手朝著荒俣宏——那位負有盛名、博通古今，和雷歐根本不在同一水平的世界妖怪協會顧問——正前方伸出去。

把手打開。

掌中有石頭，接著。

「啊。」

僵住了。在場的所有人都一樣。

並非因為感到掃興，也不是因為雷歐的玩笑太冷。

「這、這、這是……」

唔哈哈哈哈哈。

荒俣老師，那位令人崇拜的荒俣老師竟然瞠目結舌了。一臉凶惡的總編嚇得闔不攏嘴。巨無霸梅澤像是在拚命忍住屁意般地僵住。岡田，以及端茶水進來的女生，全都……

啞口無言了。

——成功了。

在招待室的桌子上。

站著一名妹妹頭的小女孩。

「喂、喂喂，雷歐、雷歐老弟，這是……」

那位荒俁宏想必是嚇到了吧。

「只要把石頭拿出來，就會憑空出現～只要把石頭遮住，就會憑空消失～」

正是如此。

只要讓石頭暴露在外，女孩就會突然出現，遮住石頭的話，就會消失。

那天，雷歐回家後就忘了這件事，一直沒取出石頭，吃宵夜時突然想起，從口袋裡取出石頭的瞬間，女孩就現身了。雷歐嚇軟腿，跳了起來，在房間裡無意義地來回踱步，不小心一腳踢倒吃了一半的超商便當，結果害房間被漢堡排和多蜜醬沾得黏糊糊的。

「能夠消失，也能出現，不管消失或出現都自由自在。不覺得很不可思議嗎？真的很不可思議對不對？不可思議對吧？不可思議～」

「吵死了。」郡司怒吼。

「用不著強調我也知道。事情就在我們面前發生了。況且這也不是你的功勞。比起這個，荒俁老師，這是……」

荒俁微微起身，像是要盯穿似地雙眼緊盯著女孩瞧，繞著她打轉，接著對無袖外套伸出手……

摸到了。

「有實體。碰得到。郡司老弟，這不是什麼全像投影，這是……」

「不是人類對吧。」郡司說：「不，或許該問：她是生物嗎？」

「嗯……要看對生物的定義是什麼。」

荒俣把臉湊近，詳實地觀察。

「小妹妹，妳聽得懂我說什麼嗎？」

荒俣一字一句，慢慢地說。

「小妹妹，妳聽得懂我說什麼嗎？」

「模……模仿。」

「模……模仿。」

「雷歐老弟！」荒俣呼喚雷歐。

雷歐被荒俣呼喚了，還稱呼他老弟！

「雷歐老弟！」女孩也跟著模仿，一樣是稱呼老弟。

「在！請問有何吩咐！」

「這……這是呼子（註61）啊。」

「呼子？但那不是戴著草帽，只有一隻腳的妖怪嗎？偶爾會帶著鑽石，對登山家……」

「那是水木老師在漫畫中的詮釋。」荒俣顯得有些興奮地說。

「漫畫中的詮釋。」女孩——呼子說。

「這……這可是靈異界的大發現啊。看不見的事物竟然能被看見，這是開天闢地以來少見的稀奇大事。原本說來，這種事……是不可能的。」

是不可能的。

「邪惡事物將會毀滅鬼怪。」

突然間，呼子如此說了。

註61：據傳會出現在鳥取縣山中的回聲妖怪。

怪談作家感到幻滅

黑史郎覺得很困擾。

是關於存在於現實中的精螻蛄的問題。

那算是一種妖怪吧？至少不是幽靈或外星人。因此黑認為，不該找靈媒、祈禱師、科學家或偽科學家，而是去找妖怪迷朋友商量才對。

但等到真的要聯絡時，他卻猶豫了。

他擔心自己會被當成精神有問題。他這個人本來就瘋瘋癲癲的，但若要用這點當作標準，大半的妖怪迷都是瘋子。

——或許該去請教多田先生。

多田克己是妖怪研究家。只是他這個人會有何反應難以預測，也很難聯絡上。首先，黑史郎根本沒有多田的電話。他時常想，為什麼大家都能輕鬆聯絡到多田？聽說他最近總算開始用手機了，但黑還是沒有他的電話號碼。之前有問到電話，但不知為何沒有在使用了的樣子。

據說他以為手機只要電池一沒電就是壞了，所以直接把手機丟掉，但應該只是謠言吧。

——不然去找京極先生如何呢？

這也令他猶豫。京極的話，不管是郵件、電話或傳真都能聯絡上吧。但是，帶著不太正常的——實際上不正常的應該是現實，而不是她——女性登門造訪，背後還跟了一隻精螻蛄，總覺得怪怪的。京極通常都待在書房，所以得帶著該名女性拜訪那裡，怎麼想都不太恰當。但是要請京極特地出門碰面，黑也覺得很不好意思。

——村上先生應該可以。

這是他覺得最沒問題的選擇。實際聯絡過，卻得到他現在不在東京的消息。村上經常下鄉採訪，不久前剛從長野回來，現在又去了和歌山，何時回東京並不確定。

——荒俣老師的話，和他不認識呢。

是有碰過面，但沒有交情，貿然打電話給他太失禮了。

——水木老師。

毫無疑問不在選項之內。

黑走在澀谷街頭，腦海中浮現他那些妖怪迷夥伴們，深深煩惱。

除了上述以外，尚有許多被社會上稱之為妖怪相關人士而遭到輕蔑的人們。

有是有，但不見得能幫上忙。

——先請天野先生看看好了。

雕塑家天野行雄應該會認真地幫忙確認吧。只要能拉攏天野站在他們這邊——所謂的這邊，是指確認過精螻蛄真實存在的人們，雖然目前只有鴨下和黑兩人——一旦看過，便是一丘之貉。若能讓天野替他們背書，其他人就會認真看待這個事情吧，說不定還會傳入水木老師的耳裡。

——若是水木老師得知這件事……

會變得如何呢？

黑最想秀出精螻蛄的對象，其實是水木老師。

他一定會很驚奇吧。不，甚至會想觸摸吧。摸了一定會非常興奮地發出「哼哈！」一聲吧。

但是——

黑現在沒空煩惱這件事，他必須去和編輯討論了。為此，他離開鶴見，來到東京。討論的地點是澀谷的Media Factory出版社。

責任編輯似田貝也是他的妖怪迷夥伴。

黑本來想在討論時順便和似田貝商量這件事，沒想到卻接到他的郵件。貌似被捲入案件，來不及回公司。

——什麼案件嘛？

黑一面走一面疑惑，已經抵達了目的地。

比約好的時間早了半小時。當然，沒人來迎接他。

既然沒人迎接，就自行進入吧。總覺得特地打電話請人下來很不好意思。

按下電梯按鈕，前往編輯部所在的房間途中，行經好幾個房間。是討論或會議用的房間。

——那麼……

會變成等似田貝回來，還是先和其他人討論呢？其實連黑自己也不清楚今天來是要討論什麼問題。似田貝說得不清不楚的。

只好去問《達文西》的總編關口了。黑做出決定，準備旋開編輯部的門把時。

『搞什麼嘛！你怎麼這麼說呢！』

突然之間，《幽》的總編東雅夫的憤怒大吼響徹樓層。

黑史郎心跳加速，胃部開始一陣陣收縮，想上廁所。他的腸胃不是很好。明明被罵的人不是自己，聽到怒吼聲就會膽顫心驚，冷汗爆流。

黑不是膽小，他只是打從心底厭惡爭吵。他很怕看到別人爭吵的模樣，除非是超人之間的戰鬥。

——是誰被責罵？

東總編個性相當和善，黑從來沒被他罵過。雖然黑覺得東總編一旦生起氣來應該很可怕。

說起東雅夫，就會想到他擔任過《奇幻文學》總編。對黑這個世代的人而言，《奇幻文學》乃是傳說級的雜誌。在業界之中的資歷很深。對黑這樣的人而言，東就像高高在上的神仙。幸好他為人和藹可親，對黑也很客氣，若非如此，光是接近他身旁，黑就會嚇軟腿了吧。

此外，東總編的嗓音十分優美，略帶黏性，延伸而通透，且十分宏亮。有人說東總編的聲音具有膠原蛋白，一起去唱卡拉ＯＫ坐在隔壁的話，肌膚會變得很有光澤與彈性。也有人說如果聽他的歌聲聽到入迷，會發生更可怕的事。只不過，放出這些傳聞的人是京極，肯定是在開玩笑吧，但又有種莫名的說服力，很傷腦筋。總之，東總編的歌聲的確很好聽。

假如被他用那樣的美聲斥責的話……

一定很可怕吧。換成是黑，肯定會嚇得失禁。不，保證會做出更無法挽回的難看表現。

Media Factory出版社整體看來十分雅緻，會議室門採用低透光玻璃，從外頭僅能模模糊糊地看到室內模樣。

黑探頭窺視。

人碰到愈可怕的事物總是愈想看，但黑看了半天，還是無法看清內部狀況。

『我能明白你的辛苦，但其他人的條件也一樣吧？你說這些只是喪氣話。』

聽得到聲音。總編在裡頭。

──不知道被責備的人是誰。

黑慎重地把門打開一條細縫。

一旦被發現，就立刻拔腿開溜，事後再來道歉說走錯房間就好。

從縫隙中見到黑木主緊閉嘴唇，抿成「ㄟ」字型。

——被、被罵的人原來是黑木先生。

哇，事情似乎很不得了啊，黑想。

黑木主下巴留著鬍鬚，現在卻像個接受輔導的國中生般垂著頭。

「我不是在苛責你，但是黑木啊，既然你答應這份工作，也給你四個月的時間了，就算說寫出來的東西不夠水準，好歹能重寫吧？迫不得已的話也能延期。如果你說為了維持品質，需要時間，我能理解。但你說的居然是『寫不出來』？這太過分了。」

「您說的完全沒錯，我只是在說喪氣話。」

「對吧？」

「那個……」

——喔？

似乎還有其他人在。

「雖然我也沒啥立場說這話……」

這個聽起來彷彿欲言又止，難以啟齒的嗓音是……

——松吉先生嗎？

應該是綽號松吉的松村進吉吧。

假如是他，他那張圓滾滾、古銅色的健壯臉上應該爬滿冷汗了。

只不過位於死角，看不見。

——真慘。

黑木主經過公開徵選的ｂｋ１怪談大賞中獲選佳作後，參加《幽》怪談實話競賽，雖沒能得到大賞，但以繼續創作為條件，獲得平山夢明所頒發、名稱深具破壞性的「全力甩開」賞，是一位在怪談界逐漸展露頭角的新進作家。

黑木獲獎後，開始以他特有的靈活應變力做為武器，佐以豐富的採訪經驗，以怪談實話創作為中心發揮長才。

松村進吉則是在平山也擔任編著者的實話類型怪談故事集老牌叢書《「超」恐怖故事》共著者公開徵選企劃中獲得優勝，除了擔任該系列的共著者與編著者以外，個人著作也已付梓。除了實話類以外，近來也著手於創作類怪談，是一位老練的怪談作家。

不知為何，平山都叫他松吉，有時叫他勃吉，甚至會用在公共場合不宜說出口的外號稱呼他。總而言之，平山似乎認定他就叫松吉了。

兩人都是平山監修的怪談企劃「ＦＫＢ」成員。

——話說回來。

剩下的ＦＫＢ成員是黑史郎——也就是他自己。

——所以說……

ＦＫＢ全體都被叫來了嗎？

似田貝的說明完全不得要領……

黑木住在東北，松村則是居於四國，正常說來，他們三人幾乎沒有機會巧遇。換句話說，這兩人是被專程叫來的。

若是這樣，平山不在現場也不合理。更何況FKB是竹書房的書系品牌，應該只是來到現場的人物湊巧有關聯性罷了。這個業界出乎意料地狹窄。

黑維持探出上半身的姿勢後退一步。

「……但黑木說的是事實。」

松村說。

「不，就算是事實。」

「我自己也很傷腦筋哩。不管多努力採訪，也完全沒有收穫。靈異體驗當然不是唾手可得，然而現況就是費盡千辛萬苦才能得到一篇勉強可用的採訪。唉，對東先生您抱怨這些似乎太造次，根本是班門弄斧，但不管是我或黑木，都比過去更努力採訪，絕無懈怠，這點請務必相信我們。」

「我相信松村你沒有懈怠。」

「意思是說我偷懶囉？」

黑木眼神哀怨。

「唉，算了，我也沒打算找藉口。」

這句話通常是找藉口搪塞的起頭。

果不其然。

黑木抬起臉，說：

「可是……既然宣稱是實話，就不該造假。即使沒收集到半個題材也硬著頭皮寫的話，不就變成虛構作品嗎？我連庫存的廢棄題材都用上了，但廢棄題材終究只是廢棄題材，最近的作品不恐怖也許是這個原因吧。不，一定是這個原因。」

果然在找藉口。

「唔……」

東總編悶哼一聲。從黑的位置只聽得到聲音，看不見人。

「我明白你的意思。可是……」

「不不，就算窮極無聊，只要有採訪到題材，我就肯寫。我會盡己所能寫得很可怕。因為怪談作家的工作就是要把故事說得很可怕。問題是什麼也沒有啊。採訪了大半年，一則恐怖體驗也得不到。完全是零。這已經超越該如何安排演出，和用想像力填補空白這種層次的問題了。」

「沒錯沒錯。」松村跟著幫腔。

聽到這裡，黑大致明白狀況了。

就在此一瞬間。

「黑先生，你站在那裡幹嘛？」

背後忽然有人開口，黑差點嚇得閃尿。

轉頭一看，《達文西》的岸本皮笑肉不笑，用彷彿在看穢物的眼神盯著黑。

「對了，你跟似田貝聯絡過了嗎？聽說那個笨蛋被捲進殺人案了。」

「啊，喔喔。我、我聽說了。但我那時已經出門，便直接來了。那麼，似田貝他……」

「據說還活著。」

「所以犯人是他？」

「哈哈哈哈哈哈。」

這是該笑的時候？

笑完，岸本直接推開門。

——啊。

「黑先生已經到了。」

「喔喔，真是剛好。」

「剛、剛好嗎？總覺得狀況好像不太妙？」

「不，真的剛好。」黑木和松村異口同聲地說。

黑膽顫心驚地踏入討論室，窺探東的表情。

他的心情意外地還不錯。

「您、您好，請問是……」

「抱歉，百忙之中麻煩你走這趟。請坐。」

「不會……請問，今天找我來是？」

「黑兄，最近怎樣？」

「啊？」

黑木冷不防發問。黑才剛坐下，被人問最近怎樣，一時語塞。

總不能說自己見到了正牌的精螻蛄吧。

「呃，什麼怎樣？」

「當然是採訪啊，採訪。」

「喔喔。採訪怎麼了嗎？」

「最近還好嗎？」

「沒什麼變化，還挺健康的。雖然胃腸一如既往很脆弱，然後前天又口腔發炎。」

「不是在問身體狀況啦。」松村說。

在逆光之中，他的臉色看起來更黑了。

「其實是這樣的。」

東上半身向前傾。終於要開罵了嗎？

「有事想請教一下，所以才把各位找來。」

「請教？不是說教？」

「說教？」

「啊不，沒事。呃……」

「我聽說松村為了來和竹書房討論，難得上東京一趟，而黑木也湊巧因其他工作暫時留在關東，便找了你一起過來。順便拖你下水，真是抱歉。」

「沒關係，反正鶴見離這裡很近。」黑回答。

和想像的情況不太一樣。

「請問，請教是指？」

完全沒辦法掌握狀況。

「採訪……出什麼問題了嗎？」

「就是那個。」東說。

「哪個？」

「加門七海小姐的狀況很不好。」

「喔……」

那的確很慘。

「咦？」

黑原本沒有疑問，愈想愈覺得不對勁，反問：

「加門小姐怎麼了？狀況不好，是健康出現問題嗎？另外，總編您不是在責備黑木先生嗎？」

「『也有』被責備。」黑木說：「被責備得還挺慘的。」

儘管不是在炫耀，黑木的表情意外地乾脆。

黑木有點娃娃臉，但下巴蓄了一點小鬍鬚，使他看起來年齡難辨，不像年輕人也不像大叔。至於松村則是生得一副親切模樣，但黑每次看到他，都會聯想起花林糖餡餅。

「唔……聽不懂，是我腦筋不好的關係嗎？」

「抱歉，是我說得不清不楚。」東說。「的確很難懂呢。」岸本也笑著說。

「唉，起初是加門小姐提到最近好像怪怪的。」

「是說我、我嗎？」

「當然不是。」

黑木苦笑。

「黑兄是一直都怪怪的吧？」

的確怪怪的。連精螻蛄都看見了。

「黑木，你別來攪局。」

東瞪了一眼。

黑木縮起身體。

原來如此，黑木很習慣被人罵。

「哎，你們幹嘛不講清楚啊。」岸本說：「都是東總編太拐彎抹角。加門小姐並非寫不出小說，也不是身體狀況不好。你們這樣講，會害黑先生誤解的。」

「沒辦法，這狀況很難說明呢。真要說的話，只能說整個世間都很奇怪。」

「整整整整……整個世間？」

規模太大了。

「是關於東日本大地震的事嗎？」

「嗯……」東又低聲悶哼。

「那場大地震後，許多事物在各種層面被重新檢視，顛覆了人們的價值觀，全體國民多多少少都受到了衝擊。但是，現在在討論的問題和這場地震應該無關。」

「呃……」

那場大災難無疑成了思考各種問題的契機。

只是，黑並不認為世間所有事在那場災難之後全被翻轉過來或劃下句點。因此也不認為必須思考是否該改變，甚至主張全面改變。

雖不認為如此，很多人的人生被半強制性地改變也是事實。縱使沒被改變，也被迫重新審視現況，變得無法繼續置之不理。

事實上，在那場浩劫之後，有太多問題不能坐視不管了。

東北地方所受到的嚴重災害，並不僅限於物理的傷痕。一方面復興工作本身遲遲沒有進展，另一方面，心靈受到的傷害也難以痊癒。即便沒直接受到傷害，無形的影響亦難以避免。包括核電問題，在制度層面或思考方式上，若不重新驗證或重新創造便無法繼續下去也是事實。

隨著時間也不會消失的印記是存在的。

東總編為了復興東北地方的怪談文藝，持續舉辦慈善活動，黑木、松村與黑也共襄盛舉。

「和地震無關嗎？」

黑再次確認。

「不確定是否有關。」

「唔……」

果然很難懂。

「呃，其實……這個問題還挺敏感的，是關於看不見……」

不如說是沒有感覺的問題。」黑木說。

「這句話被黑木說起來感覺色色的。」松村調侃。

「因為松村兄自己想歪了吧？」黑木反駁。

「感覺不到什麼？」

「當然是靈啊，靈。」黑木說。

「靈？」

「不是綾波零的零喔，是靈異的靈。」

「喔～」

似乎理解他們想說什麼了。

「被這樣概括起來的話，聽起來總覺得很俗淺。雖然不相信這一套的人本來就會覺得很假……」

「她失去陰陽眼了？」

「嗯……」

東第三次悶哼。

「不單是能否看見鬼的問題。存不存在和相不相信，這兩者是不同次元的事。」

「混為一談的話，京極先生會生氣呢。」

黑這麼說了後，松村問：

「京極老師不是不相信這些嗎？」

「不，要說是哪一種的話，比起說是不會進入相信或不相信的模式，他抱持『不存在的事物，不管多麼相信也不存在，所以討論在或不在從一開始就無意義』主義。他只是貫徹這個主張而已。不過，東總編想說的事我大致明白了。」

「太好了。」東說：「總之，有些人雖然相信卻看不見感覺不到，也有人即使看得見、感覺得到，卻說什麼也不肯相信這回事。有些人則是無法打從心底相信，卻熱切地想要相信。就算相信，對於靈異的解釋也人人不同對吧。因此，概括性地用『有陰陽眼』或『不相信鬼』等標籤來定義其實是很愚蠢的事。」

「真的很愚蠢。」

「靈異正因為是一種把這些議題籠統地整合起來的方式，所以也容易產生誤解。在討論這種問題時必須更謹慎才行，因為人的行為是非常複雜而細膩的。特別是我們這些文化界或者文藝界相關人士。」

「所以是在討論文藝的問題？」

「也不算。」黑木說。

「唔唔……」

「哎唷，說得更白話一點嘛。」岸本說：「現在在討論的，就是鬼怪好像消失了這件事。」

「這又太露骨了吧？」眾人異口同聲地說。

「可是真的就是這樣啊。」

「是這樣沒錯，可是……算了，就是如此。」

「呃。」

鬼怪消失了？

但精螻蛄明明存在著啊？

這時，傳來一陣手機鈴響。

岸本說聲「抱歉，似田貝打來了」後，暫時離席。

似田貝真的殺人了嗎？

先不管這個。

「對了，剛剛說的鬼怪消失是指？」

「就是靈啊，幽靈。」

「加門小姐變得沒有感覺的是那邊嗎？」

「是的，就是那邊。雖然被黑木講起來總覺得聽起來別有含意。」

「怎麼又怪到我頭上。」

「其實……」

東更往前傾了。

「伊藤三巳華小姐也說了相同的事呢。」

「見不到鬼啦！」黑木說。

「喂！」東瞪了他一眼。伊藤三巳華是因靈異漫畫《見鬼啦！》一炮而紅的漫畫家。

「不僅如此，福澤先生前陣子也說了類似的話。」

「福、福澤先生嗎！哼哈！」

不用說，當然是指恐怖小說作家福澤徹三。

「他生得一副凶狠的尊容，沒想到也有陰陽眼。」

「不，不是那方面。他是說最近愈來愈難取得好題材。」

「很難取得好題材？採訪嗎？啊，難怪說採訪！」

總算串在一起了。

「所以說，今天來討論的就是採訪是否變得愈來愈困難？」

「加門、伊藤、福澤同時期說出這種話，讓人有點在意，因此我才想說要請教一下怪談實話界的人。和《幽》有關，又以怪談實話為主力的話……」

「就我們這群人。」

「正是。其實我本來也想找平山先生一起討論，但他要去錄廣播節目，所以我請他等收錄結束後，賞臉來敝編輯部。」

「結果被他逃了？」黑木說。

「不是的，聽說他被捲入某起案件。」

「又是案件！」

「又是？什麼意思？」

「我也不是很清楚，但我聽說似田貝殺人……」

「真的假的？」松村露出狐疑眼神。

「我也不清楚，我也是剛聽說的。」
「他們兩人碰上的是同一案件。」東說。同一時間，門打開，岸本探頭說：
「平山先生說他暫時沒辦法抽身。」
「是嗎？那個案件那麼麻煩啊？」
「畢竟是殺人案嘛。」
「平、平山先生殺、殺人了？」
「被逮捕了。」
「送交檢察署。」
「真的假的。」
「呵呵呵。」岸本笑了。
「沒有啦，平山先生和似田貝都沒殺人的樣子啦。似田貝的說明太不得要領，問半天也搞不清楚狀況，總之兩人都不是犯人。不過，被害人聽說是個編輯。」
「所以犯人不是平山老爹嗎？」黑木說。「師父如果是犯人，不會只殺一、兩個。」松村接著說。
「不管如何，平山先生今天是趕不來了。畢竟人在殺人現場。聽說角川的及川先生差點遇害，幸好被集英社的人拯救。」
「哎呀呀，及川先生也？」

及川也是黑的妖怪迷夥伴。

黑順便問及川是否死了，但岸本沒有回應，又退回門外。

及川死了嗎。

「這世道愈來愈不安寧了。」

東蹙眉說。

「真的。」

松村肥滿厚實的臉部扭曲起來。雖然臉型粗獷又曬得黝黑，但眼眸碩大，意外地有點可愛。

「若是這類不安寧的故事，其實有不少。」

「例如？」

「諸如暴力事件啦，愛恨情仇啦，變態行為啦等等的，我收集了不少這類故事題材。其實現在怪談故事的市場已經被這些描寫人性黑暗面的故事搶走了。」

「搶走？」

「關於這點，黑木，你有何高見嗎？」松村問。

「這個嘛……或許真的是這樣喔。」

「喔？怎說？」

「假設有人碰上了奇妙或恐怖的事件。若是以前，肯定會被描述為怪談對吧？因為事件帶來的體驗既可怕又不可思議。但最近啊……不管是體驗者對事件的解釋或看法，以及他們講述事件的態度與神情，其實也……幾乎是怪談了哩。總覺得人們最近老是會往犯罪、暴力，或是那個不宜說出口的四個字……」

「黑木這麼說總覺得很色。」

「松村兄，你別打岔啦。」

「是以『精』開頭的那四個字嗎？」黑問。

「是的，就是『精○障○』那四個字，平山老爹愛用的放送禁止用語。總覺得，最近的恐怖故事不管怎樣都會往那個方面解釋。」

「解釋為反社會人格嗎？」

「黑兄真的很擅長用更好懂的詞彙來說明呢。」黑佩服地說：「是的，就是反社會人格。」

「怎說？」東皺著眉頭反問。

「最近我去採訪啊，受訪者要嘛認為自己瘋了，要嘛認為一切都是瘋子搞出來的名堂。若非如此，就認定是犯罪行為。宣稱已經去報案，目前警方搜查中，要我別張揚，或者已經進入司法程序，無法透露細節……諸如此類。」

「司法程序？……要告誰？難不成是去告……幽靈？」

「就……某人啊。到底是誰，受訪者自己也不知道，但這麼怪異的事總有人做出來。

會害自己如此不愉快，都是某人害的等等……所以要警察快點逮捕犯人，讓犯人受到法律懲罰……」

「所以那個某人究竟是誰？」

「受訪者都不知道了，我哪知道？」黑木聳肩。

「原來如此。不管體驗本身多麼詭譎、難以置信，只要報案的話……警察也就不得不展開搜查嗎？」

「警方也很困擾吧。」黑木說：「正因為認為不像是人類做出來的事，至今為止才會將之塑造成怪談。事到如今卻是硬要扭轉成是人做的。換言之，最近碰上怪異體驗的人，似乎開始往類似妄想症的方向前進了。」

「我這邊也一樣。」松村說：「不由得覺得，人們是不是完全忘記靈的概念了這種程度咧。」

「喔？」東露出興味盎然的表情問：「過去會被當成鬼魂作祟的事，現在被解釋為出自瘋狂與惡意，是這個意思嗎？」

「是的。」兩人一起回答。

「將鬼壓床解釋為生理狀態所致，這也沒辦法。實際上也真的是這樣。不硬往鬼魂作祟的方向想就可以解釋，反而是好事。認為鬼壓床是生理現象是很健全的看法。」松村說。

黑完全同意。

「可是，問題是，假如有人主張在睡覺時，有某人非法入侵，壓在自己身上的話，不覺得這又太超過了嗎？小偷或跟蹤狂哪會坐在睡著的人身上啊。假如有人真的這麼做，的確很可怕。但是會有人只壓在人身上，啥事都不做就回家？但就是有人真的這麼相信咧，認為鬼壓床是入侵的變態幹的。你們不覺得這太扯了嗎？」

的確很牽強。

這是一種主觀認定。當然，認為只是自己多想，什麼事都沒發生也可能是主觀認定。認為是鬼魂作祟也是主觀認定。大部分的事情都是主觀認定。

雖然把任何事都當成鬼魂作祟的人相當古怪，但把所有怪異現象都視為是變態騷擾或犯罪行為也同樣有問題。

由此看來，用鬼魂來解釋怪異現象確實是種方便的發明。

更進一步來說，把這種思想適度稀釋而成的妖怪更是完美。

只不過，妖怪實際存在的話很讓人困擾吧。真的存在啊，精螻蛄。

「你們知道嗎？」松村滔滔不絕繼續抱怨：「例如說像這麼狹窄、人類難以進入的地方，我碰過有受訪者聲稱有人躲在裡頭咧。只有這一丁點大喔。」

松村用雙手比出尺寸。頂多只有十公分。

「人類怎樣也擠不進去吧？這麼小的縫隙。但對方卻主張一定有小偷躲在那裡。我忍不住反駁，說這世間沒有能擠進這麼狹窄地方的細瘦小偷吧？對方居然回答我：小偷的話，一定能辦到。」

「哪有可能。」黑木說：「堅持一定能辦到也太強了吧？」

「老實說，我覺得受訪者的眼神更可怕咧。」松村說：「只是，我們就算撕破嘴，也不能對採訪對象提示鬼作祟的可能性。不能由我們這一側做出判定。變成誘導性提問的話就不再是實話類作品了。不管多麼可疑，只要受訪者認定如此，就必須正視。倘若採訪人的解釋或社會普遍性的解釋可以帶入故事之中的話，任何撞鬼的經驗，就會變成只有『鬼不存在』觀點才正確了。畢竟，大部分的故事怎麼看都很像當事人自己誤會。如果這樣的話，靈異體驗的採訪……不，怪談本身便無法成立。除非說到一半，受訪者自己發現不對勁。」

「的確。」東臉色一沉地說。「連京極兄也不會用誘導性提問呢。先前一起搞『怪談之怪』的時候……你們也知道，他那個人是出了名的理性派，那時還嚇出一身冷汗……」

「怪談之怪」是《達文西》雜誌的單元企劃，算是怪談雜誌《幽》的前身，由東和京極，以及《新耳袋》系列的木原、中山四人組成的團體名稱。舉辦了許多次替投稿怪談作品刪修點評，或請來各界人士講述自身怪奇體驗的活動。不知為何，也和世界妖怪會議合辦了好幾次公開活動。

「真的哩。」松村那張花林糖餡餅臉變得更陰沉，說：「京極老師這個人感覺會使用奇怪術法，所以或許不會有事，但有些體驗者比較固執，一旦遭人否定，可是會暴怒的咧。就算某些故事怎麼聽都是體驗者自己搞錯了，如果當面指出來，馬上就翻臉給你看，說不定還會演變成吵架。」

京極那個算是術法嗎？或許是吧。

黑差點笑出聲音來，但忍住了。現場氣氛很凝重。

「沒錯。幸好京極先生不會完全否定對方。不管對方說什麼，他向來照單全收，徹底不予以否定，日後再當作題材。總之和緩地，不硬要對方接受什麼，但訴之以理讓對方反思，讓體驗者本人開始懷疑自己的體驗，讓其他參加者不至於覺得太可怕。畢竟來場的觀眾也有很多種類型，他很注意現場氣氛的平衡。」

「好可怕啊。」黑木說。

某種意義下，可說很惡質吧。總之京極就是這樣的人。

如果是熟人對他說這類怪奇體驗的話，他反而會直截了當地當面否定。

「不過，京極先生不是為了尋找寫作題材吧？在活動中聆聽參加者的靈異告白，他的職責比較像是替體驗者驅邪。京極先生感興趣的是體驗者為何會做出那種解釋，為什麼會產生那種主觀認定。或者說，他根本是以此為樂……」

黑說完，東立刻表示贊同。

「所以說不能預設立場進行誘導性提問啊。話說回來不只怪談，只要是一位非虛構作品作家，這都是絕對的禁忌。採訪者必須維持透明才行。對吧？」

「嗯，我也同意。假如這只是一般性採訪，現在這種狀況完全沒問題——換做是京極老師，說不定還覺得很有趣咧——但對我們而言就很困擾了，小偷或變態是沒辦法寫成怪談的，我們等於失去賴以謀生的題材。這種題材還能用的人，恐怕只有平山師父了吧。可是問十個人，有十個人說不是鬼作祟喔！不管題材本身多麼重大，只要體驗者說不是鬼的話，不照著寫就成了謊言。」松村說。

「沒錯，不能造假啊。」黑木說：「坦白講這個業界並不好混，我有時會因為寫作技巧差勁、不擅長料理題材，或者加油添醋的部分太多，使得作品的呈現不怎麼理想。所以必須好好思考題材，不得已的話就改變設定，為了讓故事更簡明易懂，省略或強調某些部分，對素材進行一番料理。雖然即使這麼努力，大半情況下作品仍不怎麼出色。這可不是藉口。但不管怎麼料理，我就是不會造假，作為核心的部分一定會保留下來。」

「我明白。」東說。「體驗者自己說謊的話——雖說這種情況下，與其說是說謊，比較多的狀況是誤會或主觀認定有所差池——若要說大半都是如此也說不定——這種體驗者的判斷本身就值得懷疑的情況也有。但不管多麼奇怪，基本原則是寫手不能讓自己的主觀判斷介入——你們是這個意思吧？」

「是的。」松村回答：「假如體驗者自己也不確定是哪邊，我們這些實話怪談作者就有發揮巧思的空間。不，正常說來本來就很難以判斷。正因難以判斷，所以才可怕啊。不加油添醋地描寫恐怖體驗的原貌，讓讀者感到恐怖才是正途。比起一口咬定是鬼作祟，碰上了難以形容、不明就裡的事情反而更恐怖。所以我也不會貿然寫死說是幽靈或怨靈。不知道就寫不知道。問題是，假如受訪者者堅持絕對不是什麼靈異事件的話，我們也沒轍啦。」

「原來如此。」

東略為思考後，轉頭問：「黑先生，你覺得如何？」

「我嗎？」

黑一直專心當個聽眾，突然被問到，不由得感到困惑。

「我的情況嗎？因為我原本就比較擅長處理反社會人格者的題材……」

「啊，這樣啊。」

不太算是……靈異。雖然也有靈異的部分。

「是的。因此我接觸過的受訪者碰上的大多是有點麻煩或危險的傢伙、沒用的人、精神異常者、骯髒老頭等等。其他的……就是都市傳說或妖怪吧。」

「靈異方面呢？」

「咦？」

黑打死也不敢說自己親眼見到精螻蛄了。

萬一說出口，說不定會被當成狂人呢。

「呃，我接觸的本來就以瘋狂犯罪為主。」

「最近有增多的傾向嗎？」

「嗯……似乎沒什麼變化吧。」

其實並非如此。

過去雖遇過許多怪人，但是碰上被時速一百公里的啪噠啪噠追逐，並被精螻蛄跟蹤的人，還是第一次。

而且。

——她本身也不瘋狂。

「不對……或許有點變化，例如說……」

該怎麼說明才好。

「像是一般人基於正常的感性與常識判斷，卻演變成相當瘋狂的結果之類……」

——我這麼解釋一定很難懂。

「黑兄，你這麼說太難懂啦。」黑木說。

「真的很難說明啊。總之，我是覺得似乎有點變化，但我最近也不常採訪，不好說什麼。」

「畢竟黑兄是以虛構作品為中心。」黑木說。

「採訪還是能提供不少靈感。」

「但打著實話旗號的作品比例還是很少吧？不像我，主力擺在實話上。雖然松村兄也會寫『實話類』作品，但我目前就專注在實話怪談上。」

「難怪剛才會說那些喪氣話。」

「哈哈哈哈哈。」黑木空虛地笑了。「坦白講，我超傷腦筋的。截稿日就在眼前，卻沒有一則能用的體驗談。若只是不夠好就罷了，沒有半條能用真的很慘，怎麼苦思都沒用。有時我真的恨不得乾脆自己編故事呢。」

「別這樣。」松村說。「黑木，你可別走火入魔啊。」

「哈哈，真的。所以我用冷水從頭澆灌全身，去除邪念，然後出門採訪，但空手而返、倍感挫折後，又會進入惡性循環。」

黑想像黑木只穿一條兜襠布沐浴淨身的模樣，不禁露出苦笑，但也覺得他很了不起。

「你根本沒真的淋水吧？」東吐嘈。「抱歉，我只是在形容心境。」黑木立刻坦承。

原來是騙人的，總覺得他真的穿上兜襠布了。

「之前的採訪庫存都用完了嗎？」

東問。

「有是有，但沒辦法用。」

沮喪的黑木垂下肩膀，像一尊斷線的傀儡。

雖然那只是因為他身材圓胖，肩膀本來就有點下垂。

「為什麼不能用？我猜是因為題材本身沒什麼衝擊性，或者受訪者要求不得公開等等？」

「不是那樣的啦。」

松村插嘴。

「我看八成是當初明明說可以，後來突然又聯絡說不行。對吧？黑木。」

「沒錯，正是如此！」

「當時的受訪者要求的？」

「是的。要開始寫時，通常不是會先再徵求一次同意嗎？結果對方這次卻拒絕了。說是他搞錯了，不是鬼怪作祟，絕對不是。」

「嗯……但你在採訪時，對方不是這麼想的？」

「恐怕是事後反悔了吧？」

「是的。」

似乎很適合兜襠布的黑木繼續說：

「前年，我去採訪一位聲稱一家三代受到人偶靈障影響的人物。幾十年來全家大小都受到了詛咒。這個故事發生地點很容易找，聽過的人一看就知道是在說誰，所以當事人不太希望他的事被寫成小說，我只好先將這個題材束之高閣……後來我又去拜託一趟當事人，看是否能在大幅度更改設定，小心別被找出當事人的前提下，讓我寫這個故事。結果……」

「結果？」

「當事人卻說，這不是詛咒，所以不行。」

「不是詛咒？」

「對方說，他們只是跨越三代，幾十年來持續受到跟蹤狂騷擾而已。」

「啊？」

「據當事人所言，已明白這一切都是後面的鄰居在搞鬼，目前進入訴訟階段。所以不管用任何形式，這個故事被寫出來都很困擾。」

「哇……」所有人一齊嘆氣了。

「後面的鄰居啊……」

「當事人說，總覺得好像有其他人在是因為鄰居偷偷潛入。房子會搖晃是因為鄰居在搖，家人會生病是因為被鄰居下毒，人偶會說話是因為……鄰居用腹語術。」黑木說。

「這、這太牽強了吧。」

「真的，有夠扯的。」

「後面鄰居和人偶有什麼關聯嗎？」黑問。「完全沒有。」黑木一臉得意地斷言。

「老實說，他的體驗還挺可怕的。我親眼看過人偶，是尊年代久遠的日本人偶，相當令人毛骨悚然。我一看到它，立刻油然升起一股寒意。但因為太不吉利了，反而無法輕易處理掉。每次只要想處理掉，就一定有人生病。後來當事人兩次下定決心拋棄人偶，先後都有人去世，第一次是祖父，第二次是母親，只好又把人偶找回來，好好祭拜道歉……」

「這故事明明很嚇人嘛。」東說。

「真的很嚇人啊……但也是過去式了。」

「現在不可怕了？」

「不可怕了。因為現在當事人認定祖父和母親是被後面鄰居毒殺的。雖然警方不相信當事人的說法，令他很憤慨，但他控告的卻是不法入侵與損毀器物。後來刑事部分似乎不起訴，所以又重新提起民事訴訟。」

「控告後面鄰居？」

「對，後面鄰居。多半也是無罪吧。」

想必如此。

「對了，後面鄰居是否和他們……」

「什麼瓜葛也沒有。」

黑想，這並不意外。鄰居沒有理由做那些事。

「只是，當事人庭院種了日本厚朴，葉子常會掉進後面鄰居家裡，鄰居曾因為這件事來抱怨過，於是當事人一口咬定這就是原因。」

「為了葉子？」

「橫跨三代，而且還殺人呢。」

「唉，太扯了。」

雖然不敢說絕對不可能。

「如果真的討厭到不惜毒殺別人的話，偷偷把樹砍掉不就好了？反正都能不法入侵了嘛。即使沒辦法一次砍掉，也可以先修剪枝葉吧？而且照當事人所言，怨恨長達幾十年的話，一點一滴砍伐的方法多的是。」

「讓那株樹枯掉更乾脆。」松村說：「直接毒死樹就好。」

「就是說啊。對了，那尊人偶後來怎麼了？」

這時，黑木露出彷彿昭和初期文人的表情。

黑其實也不清楚昭和初期的文人長怎樣，印象上覺得很像。

「人偶啊……」

「怎麼了嗎？」

「聽說丟去可燃垃圾了。」

「噫噫！」

「結果有詛咒嗎？有詛咒嗎？」松村問。

「我也不清楚。當事人的心思似乎都放在訴訟和對後面鄰居的憎恨上，已顧不得詛咒了。」

「哇……」

就算人偶真的能詛咒人，現在它也已變得殘缺不全了吧。

「唉，只能說，到底在玩那一齣戲啊。」

「其實我這邊也好不到哪去咧。下一次的《「超」恐怖故事》搞不好沒題材可寫，而F

KB的新作恐怕也很不妙。每個受訪者都反悔，要我別寫，最近的採訪又沒一個能用的。黑木的喪氣話其實也是我的心聲啊。」

「平山先生沒說什麼嗎？」東問。

「他只說偶爾會碰到這種狀況也沒辦法。」

「就這樣而已？」

「平山師父在創作上很嚴格，但其他部分就比較隨興。」

「他自己沒碰上困難嗎？」

「師父正忙著寫小說吧。況且若是《東京傳說》（註62）那種故事，題材反而增加了，高興都還來不及呢。」

「原來如此。」

東總編露出困擾表情。

黑覺得自己該說點什麼，但一時之間想不到話好講。

這時，黑木發言了。

「我在想，假如連加門小姐和三巳華小姐都失去陰陽眼，一般人恐怕『更感覺不到』吧。」

「真的是……這樣嗎？」

恐怕沒錯。

「我感想也相同。」黑說：「照黑木和松村的經驗看來，相信就是這麼一回事了。」

「倘若如此……這恐怕不是個人的問題，該說是趨勢，還是該視為全國性的問題呢？」格局愈來愈大了。

「說國家或許不太對，更像是文化開始產生變化了。」

「唉，真懷念大家輪流說怪談炒熱氣氛的那個年代。」

「怪談文化還沒衰退到那個地步吧？。」東責備黑木。「怪談文學仍很興盛……不如說有一批人還在努力推廣，而民眾們的接受度還是很高。」

「也許是接受的方式改變了？」

黑的這句發言似乎令東感到意外。

「什麼意思？」

「沒事，我隨便說說的。」

其實並非如此。

黑覺得小時候的氣氛和現在不太相同了。

只是他無法將之化為言語，無法明確描述出哪裡變得不一樣。

時代變遷，文化自然也會跟著改變，老認為世界會維持不變的想法本來就不對……

註62：平山夢明的恐怖小說系列，沒有鬼怪登場，以現實世界人類的瘋狂為主軸。

——只不過。

事情來到這裡，確實有種好像突然要轉往奇妙方向的味道。

「我覺得民眾們對妖怪和怪談的接受度還是很高。只是，該怎麼說……」

「變得愈來愈殺氣騰騰？」松村問到。

「是的，雖然怪談也是種恐怖故事，但我最近總有一種感覺……說不上來，但是……」

「我能明白。」黑木接著說：「怪談明明是種帶著寬容心情享受的事物。但現在卻變得必須像東總編所做的那樣，高舉著鎮魂或療癒的主題才能被接受，對吧？這些明明基於共識就能理解的不是嗎？」

「嗯……的確如此。」

「假如解釋就能理解還算好，問題是，這幾個月來卻好像『迅速變得不被理解』了。」

在場的怪談作家們一齊悶哼起來。

接著，不約而同地嘆氣了。

妖怪博士面對繪卷一臉困惑

平太郎輕聲咳嗽。

灰塵瀰漫。到處都是舊書。他喜歡書，但數量這麼多反而令人傻眼。

託《怪》的編輯公司FALSTAFF位於神保町的福，身為《怪》專屬打工人員的平太郎經過這條二手書店街的機率自然大增。不管走到哪都是二手書店，店頭當然也擺了大量書籍。平太郎原本就不討厭書，不，是很喜歡，因此腳步停下的機會也變多了。腳步停下的話，視線也會停下。映入眼簾的話，便會湧現購買欲，通常都能忍耐下來，但有時也會忍不住，於是開銷就增加了。

二手書的誘惑真是可怕。

雖然不想把責任轉嫁給地域特性，平太郎覺得這個地點真令人傷腦筋。只不過……現在卻光看就感到厭煩。

這裡似乎是……倉庫。

平太郎站在舊書店的倉儲區。舊書堆積如山，每本看起來都很有歷史，似乎也相當昂貴。

「這些舊書價格很高吧？」

「你那邊的應該不便宜。我這邊的狀態不太好，價格貴不到哪去。不過書籍鑑定不是我的專門，這只是我個人的猜測……」

回答他的是兵庫縣立歷史博物館的策展人——香川雅信。

香川曾寫過妖怪類書籍，在《怪》裡也有連載單元〈妖怪土惨名鑑〉（註63），亦策劃過妖怪相關展覽。

不過，他不單單只是一般妖怪迷。

他和化野燐一起開過妖怪講座，也和京極夏彥合辦過鬼怪大學校的座談會，實際上應該真的很喜歡妖怪——即便如此，香川仍不算是一般的妖怪痴。

他拜國際日本文化研究中心所長小松和彥為師，是一名受過完整訓練的民俗學者。無論怎麼說，靠著妖怪論文取得博士學位，是一名貨真價實的妖怪博士。

詳細內容平太郎並不清楚，只聽說香川的研究遍及瘟疫、防瘟疫的咒具、玩具等，現在研究範圍更擴及到鄉土玩具或模型之上。

香川個頭矮小，態度溫和，是一位很好相處的人，但平太郎認為他其實是個狠角色。

「說可以隨意看，真的沒問題嗎？」

「這些不是古董或藝術品，只要別不小心弄破或弄髒，翻看倒是沒什麼問題。」

「嗯嗯。」

註63：土惨為漫畫家三浦純發明的用語，意指令收到的人覺得困擾的旅行紀念品。

平太郎覺得自己說不定會撕破，也有可能弄髒。

愈緊張搞砸的機率就愈高。

「我看還是算了。」平太郎說：「不是活字印刷的書我都看不懂。即便是活字印刷，我也看不太懂舊假名遣（註64），真是丟臉。」

「看慣的話，其實舊假名比較好懂呢。」香川說：「如果是草書體，的確需要一定程度的學習才能看懂。因為沒有明確的規則，不過這個也是習慣就好。」

「是這樣子啊。我怎麼看都只像歪七扭八的線條。說來真不好意思。連卡巴特先生也看得懂呢，明明是外國人。」

亞當・卡巴特是以黃表紙（註65）研究而聞名的學者。

不少黃表紙以妖怪為題材，因此卡巴特關於妖怪的著作自然也多。

造就對豆腐小僧重新評價——雖然那是否算重新評價也很難說——契機者據說不是別人，正是卡巴特。

「聽說卡巴特先生原先是嚮往《源氏物語》的世界才來日本。但源氏物語的世界在現代日本已遍尋不著，在那時他接觸到芥川的《河童》，就此從河童轉往黃表紙發展了。黃表紙這種東西沒被影印復刻，也沒被翻刻，只能閱讀原書。」

「真虧他能讀得懂。」

平太郎翻了一下日式傳統裝訂的古籍。

文字與其說是宛如蚯蚓在打滾，根本看起來就是蚯蚓本身。

「完全看不懂。這是蚯蚓吧？連是漢字還是平假名也看不出來。就算是純漢文我也看不懂，像什麼雁點之類，我早忘光了。」

「漢文的話好歹能知道漢字的意思，還算輕鬆的吧。」香川說。的確，好像也不能說是全然不懂。

「總而言之，就是有興趣就能學得會。學歷史的看參照文獻很重要，學文學的也一樣非讀不可。雖然我研究的是民俗學，事物才是專門，但很多知識不研讀文獻就不懂，結果還是得看。」

「呃，可是就算我想看……」

也看不懂。

「喜歡妖怪的人都會看吧？」

「嗯，應該都會看吧。雖然我看不懂。」

「不管任何研究，好好確認第一手資料的態度很重要。妖怪是種很隨便的事物，但追溯這種隨便的源頭也很有趣。因為每當有新發現時，最終形態的隨便度就會倍增。」

註64：二戰前通行的較複雜的假名用法。
註65：流行於江戶時代中期的一種繪本。

「嗯嗯。」

平太郎明白箇中意思。

「隨著被二度引用、三度引用而變得很曖昧、隨便的鬼怪，往往最初的源頭很正常。但是，就算知道源頭很正常，也不會讓這些隨便的鬼怪變得不有趣。反而會覺得原本這麼正常，到底是怎麼搞的才會變得這麼沒用？了解其中過程也有其有趣之處。可怕的祟神會變成土產品，歷史悠久的怨靈也能化身為萌系角色。原本是為了讓人卻步而流傳的可怕傳說，現在卻變成為了吸引人前往的當地療癒系吉祥物。」

「嗯……」

——連萌系角色、療癒系角色也是研究範圍啊。

「哇！這個好厲害！」香川發出讚嘆。

「怎麼了？」

「多麼稀奇的畫風啊。要是湯本老師看到一定很開心，一定會買下吧。不，如果有預算，我們博物館也想收藏。」

湯本老師指的是川崎市民博物館的前策展人湯本豪一。

湯本是當代首屈一指的妖怪收藏家。說是收藏家，所收的當然不是真正的妖怪。那個收集不了。湯本收集的是妖怪圖畫、妖怪造型與妖怪模樣。不限於繪畫或雕刻，繪卷、刻本、工藝品、美術品、服裝、裝飾……只要能夠確認和妖怪有關，就成了他的目標。一旦被湯本鎖定，多半都會到手，納入收藏品庫。

而且不是以博物館策展人的身分，而是他個人的收藏。

聽說光是將湯本的收藏公開展示，就足以開一家博物館。

「這個是什麼？看起來很像某種神獸。」

香川歪著頭說。

香川向來總是一副困惑表情。

平太郎探頭過來，見到一幅奇妙的圖畫。

如香川所言，造形類似貘或白澤、狛犬、獅子、麒麟等神獸或瑞獸，但又與上述各種奇獸不同。

「看起來有點類似之前發現的塗壁，但不太一樣。」

幾年前，在一幅妖怪繪卷中發現了某種彷彿由象和狛犬融合而成、具有三隻眼的前所未見的奇妙怪物。一旁寫著「塗壁」之名，在妖怪痴當中引起不小的波瀾。

說起塗壁，一般人會聯想到的，應該是鬼太郎的好朋友吧。

塗壁的外型類似水泥牆或者說三角形魚板。

會突然唰唰地從地面長了出來，以低沉嗓音喊出：

「塗～壁～」

算是僅次於眼珠老爹，第二好模仿的角色。

牠拿著水泥抹刀之類的道具，能把敵人抹進自己身上。不論是漫畫或動畫或真人版，樣貌都大致相同。如果是對這方面異常講究的京極來說的話，恐怕會反駁塗壁的造型有過多次變遷，但在外行人眼裡根本無甚差異，就是一片三角形魚板加上手腳。

這個被社會大眾廣為認知的塗壁造型，其實是水木茂大師根據日本民俗學的確立者——柳田國男的文章創作而來。版權屬於水木茂大師。

還被認為除此之外，「沒有」其他造型。

是的，應該沒有吧。

單限於柳田在文章中的描述，塗壁只是一種奇妙現象。不是角色，連形狀也沒有。是指一種走著走著突然無法前進的現象。由這個「現象」創造而成的角色，就是大家熟知的塗壁。在《鬼太郎》中的角色名基本上不用漢字表示，而是寫成全平假名的「ぬりかべ」。而其原典的柳田的文章，就是「塗壁」此一名稱首度登場的文獻——人們一直以來毫無懷疑地如此認為。

然而——

新發現的繪卷的年代明顯比柳田的文章更早，所描繪的也不是關於現象的說明，而是具有明確外型的奇獸。

「那個真的是塗壁嗎？」

「你是指那幅贈送給楊百翰大學的繪卷嗎？這很難說。記得湯本老師也擁有一幅有相同圖畫的繪卷，但他那幅並沒有寫上名字。」

「對喔，這麼說起來有在《怪》看過這則報導。」

記得是三大妖怪痴與湯本等人座談會的報導。

「不過『塗壁』這個詞被收入民俗用語是在昭和時代，而湯本老師擁有的繪卷應是享和年間（註66）繪製的，時代相隔甚遠。將之視為相同物體——或說事物——是正確的嗎？雖說也不知道這兩者是否相同。」

「就算名字相同也有同名的別種妖怪存在。」

「依地域不同，也有同樣的東西被叫了不同名字。所以說這沒有什麼不可能的。」

香川說完，將手上的繪卷小心收好。

不愧是經常接觸繪卷，動作很熟練。

「湯本老師收藏的繪卷，和楊百翰大學的繪卷理當有共通的原始藍本才對。這兩幅繪卷大部分的妖怪和其他繪卷中的妖怪幾乎相同，只有畫了塗壁的部分不一樣。記得有三隻吧，只有三隻是其他繪卷沒有畫過的妖怪。如果能夠找到作為原始出處的典籍，或許就能夠解答疑問了。」

「原來如此。」

註66：享和為西元1801~1804年的年號，其後出現之寶曆則為西元1751~1764年之年號。

平太郎想，果然是這樣。

妖怪是「被創造出來的」。是某人的體驗配合想像力，一方面受到文化或制度的影響，再加上創作者的表現能力，在各種要素的累積下，隨著時代演進逐漸變化，逐漸「被塑造而成」的事物。

所以當然不可能「實際存在」。

大概從一開始就不可能存在著「實體」。

因此……

「對了，香川老師，您怎麼看？」

「什麼？」

「就是剛才說過的那個……」

「啊，多田老師的！」

會用老師稱呼多田的人只有香川而已。

不，多田講座的學生們當然也稱呼他為老師，但和他交情很好的人都叫他多田仔，不是這樣的話則稱呼他為多田先生，沒人直呼他的名諱。而他的個性也形成一種難以直呼其名的氣氛。但不知為何，幾乎沒人會稱呼他老師。

「是一目小僧？」

「是的，就是一目小僧。」

「就常識而言，應該是看錯了吧。」

多田不久前好像遇到了一目小僧。

「我也這麼認為。但問題是，讓多田先生認定自己碰上一目小僧的理由是……」

「記得是『閉嘴』？」

「是的，就是『閉嘴』。」

多田並非是從外型來判斷牠是一目小僧，也不可能是看走眼，因為平太郎也有遇到那名疑似一目小僧的孩子。但是平太郎只有匆匆一瞥，還有可能是誤會或搞錯，多田卻是近距離從正面仔細地好好地觀察。不僅如此……

小僧還對他奉上茶水。

「正常說來，會先懷疑多田老師精神是不是有毛病，但我相信並非如此。」

「多田先生腦子是不是有毛病目前只能先擱置，反正與《怪》有關的人物還不都瘋瘋癲癲的。」

「我也算是跟《怪》有關的人呢。」香川說。

「小松老師也在《怪》刊載過文章哩。」

「抱歉，我不是這個意思。」

「話可別亂說才好啊。」

香川笑得整張臉皺成一團。

「我的意思是，假如這是事實的話。我們姑且先當一目小僧存在吧。而且額頭上有顆巨大眼睛……眼睛這麼大的話，就算是動物，至少不可能是人科動物。因此，可以肯定這是並非人類的東西。假如，有一名不熟悉一目小僧的人——譬如說外國人——見到牠的話，會有什麼想法？」

「認為牠是怪物？」

「嗯，肯定會覺得不是怪物就是外星人吧。不管是哪一種，都是怪獸……總而言之，至少也會認為是某種生物。既然實際存在，而且不是人造物的話，當然就是生物。是人形的單眼生物。所以應該會得出牠不是新品種，就是地球外生命體之類的老掉牙答案吧。但如果真的是這種情況，又是如何呢？」

「什麼意思？」

「那種怪物對多田老師奉上茶水，並對他說出『閉嘴』。換句話說，那隻怪物聽得懂人話而且會講日文，不會有錯。而且還熟悉古典文學。沒記錯的話，那個典故出自《怪談老之杖》是吧？」

「應該是這樣沒錯。」平太郎回答。

「那本書是在寶曆年間製版。所以說，那種怪物應該讀過《怪談老之杖》，或看過引用了《老之杖》故事的文獻。那個故事很有名，許多書籍都曾介紹過，所以知道典故也不奇怪……」

連平太郎都聽過，肯定很有名。

「但問題是，這種不知該說是怪物還是怪獸的非人類生物會讀這樣的書嗎？就算懂得人類語言，也不見得會讀書吧？而且，在故事裡登場的還是與牠相同模樣的怪物。不覺得閱讀有和自己相同模樣的怪物登場的書籍很滑稽嗎？」

的確是如此。

「當然也可以說，就是因為如此所以才看，但怎麼想怎麼怪吧？所以我才問，若真的是這種情況，又是如何？」

「所以是？」

「答案很簡單，不是『那個傢伙』讀了《老之杖》，而是《老之杖》描寫了牠的故事……」

「啊啊！」

「作者平秩東作所寫的，就是『那個傢伙』。有人碰到『那個傢伙』，平秩只是將其體驗寫成故事。因此不用讀也知道寫的是自己。」

「等、等一下！」平太郎問：「寶曆年間是幾年前？」

「大概……二百六十年前吧。」

「咦？可是……」

「就是這樣。」香川說：「能活那麼久的生物並不存在。換言之，那個傢伙不是生物。」

「呃。」

「假如牠是生物，就是其子孫。這表示牠們這一族會將某個特定句子不斷傳承下去。父母傳給子女，子女傳給兒孫，不斷將『閉嘴』這句話傳遞下去。」

「聽起來好扯。」平太郎說。

「還會奉上茶水呢。」

「唔唔，這實在……」

「所以說，應該不可能是這樣。」

平太郎鬆了一口氣。

「假如那真的是生物，就算不傳承這句話，好歹也有父母吧？就表示有雌性存在。有一目小僧女和一目小僧男，生出一目小僧嬰兒。」

「不是一目和尚和一目尼姑嗎？」

「那樣的話就變成另一種生物了。」香川說。

「啊，說得也是。」

「總之，上述推測是假定多田老師碰上的是該種生物的成熟體。如果是幼體，狀況又會變得很有趣。換句話說，假如要把多田老師的話照單全收，那就是一種幾百年來不斷對別人奉上茶水，將掛畫翻上翻下，說著『閉嘴』且不老不死的小孩。這已經不是生物，而是……

妖怪了吧。」香川說。

「是妖怪嗎？」

「不會是怪物或外星人，而是妖怪。當然，假如有壽命超過三百歲，來到地球後對所有碰見的人都奉上疑似茶類的液體；不管是否具有意義，至少會發出類似『閉嘴』的聲音的地球外生命體存在。且明明有不少人碰過，至今幾百年來從未被正式發現而在日本生存的話……事情就另當別論吧。」

「呃……這麼聽來真的很蠢呢。」

「是的，徹底愚蠢。」

香川垂下眉梢，露出既似打從心底感到困擾、又像在忍耐笑意般的表情。

「換言之，如果多田老師沒瘋的話，他遇到的奇妙生物肯定是妖怪。再不然，就是精心設計的惡作劇。」

妖怪迷中有很多笨蛋，也有許多花時間搞無聊事的傻瓜，不敢說不會有人幹出這種事來……

「但是，那麼費工夫的特效化妝很花錢吧？」

「是啊。」

妖怪迷幾乎都一窮二白，不可能花大錢搞這個。

「所以是多田老師瘋了嗎？」

「又說這種話了。榎木津，就叫你別亂講話。」

「抱歉。」

如果他真的瘋了，大家也樂得輕鬆。

「多田先生後來怎麼了？」

「關於這個……」

那天——多田的學生和平太郎共約十個人，拚命尋找一目小僧，直到天色完全變暗仍一無所獲。這也是理所當然的。多田不停說要重寫，不想交出原稿，說什麼都不肯讓步，平太郎拗不過他，只能打電話請梅澤處理。

一接通劈頭就被梅澤罵怎麼這麼慢，向梅澤說明原委也不被諒解，平太郎別無他法只好請多田直接和梅澤談判。即使如此，多田到最後都沒有讓步。

「所以多田的單元這期開天窗了嗎？」

「不，梅澤先生後來靠死纏爛打的功夫解決了。」

「什麼意思？」

「他威脅多田先生必須在日期變更前把原稿交出來，否則今後就沒有下一次了。多田先生當然超級不高興，鼓著腮幫子說要他交稿可以，但校樣出來後他一定會全面修改。但這對梅澤先生而言，等於要收一篇已經肯定會賠錢的稿子，根本沒有意義，所以梅澤先生也不肯退讓。」

「真傷腦筋。」

「是啊。於是最後同意讓多田先生以在文章結尾加上『總之，即使有各種見解，那只是人類的推理或學說或想像罷了，因為一目小僧實際存在——』這句話作為妥協條件。」

「哎呀。」

嗯，這種反應很正常，梅澤也說了「哎呀。」

「真的加上這種話，不就會讓人懷疑多田老師的精神有問題嗎？」

「其實早就被懷疑了……不如說，我們這些人向來被懷疑精神有問題吧。不過……」

「多田（註67）？」

「不，不是多田老師啦，呃……」

「殺人事件嗎？」香川說。

——對了，也發生了這件事呢。

「報導非常驚人呢。人們這幾天都在討論這樁殺人案。說到這個我才想到，那位編輯……氣圍很像廟會攤販的那位……對了，他叫及川。聽說及川先生也差點遇害？」

「是的，聽說他當時也嚇呆了。」

是一件驚動社會的殺人案。

註67：多田音為TADA，與「不過」日文發音相近。

媒體報導也莫名聳動。

出版社編輯在廣播電台裡被以極盡暴虐兇殘的手法殺害，犯人是一名疑似不正常的女性，人氣作家也湊巧在殺人現場，充斥著各種可以炒作的要素。不僅如此，該作家是驚悚犯罪類大師——在變態描寫上無人能出其右的平山夢明——對各類傳媒而言，還有比這更美味的題材嗎？

畢竟實際有人喪生了，當成八卦消息來報導對死者可說是很不尊重……但即使不加油添醋，只完整報導事實，帶給世人的恐怕依舊是這種印象吧。

因為是平山。

案發後，平山本人徹底減少在媒體上露臉的機會，所以不至於火上加油，但沒有必要的臆測滿天飛也是事實。

「報導說犯人是反社會人格殺人魔，及川先生有受傷嗎？」

「及川先生什麼事也沒有，謝謝關心。雖然幫助及川的另一間出版社的人好像被捧成英雄……」

究竟是怎麼回事？

「總之，那個事件真的挺慘的。不過，其實還有另一件與一目小僧事件有點類似的事情。」

是的。

是關於雷歐☆若葉帶去角川書店的不可思議的呼子石。

這件事同樣超乎常識想像，但有荒俣宏以及其他編輯部人員直接確認過，應該錯不了。梅澤與郡司總編都親眼看到了。

不同於一目小僧的是，呼子石也已經——雖然用這個字眼來形容有語病——被捕獲了。

梅澤為了那件事情忙得焦頭爛額，荒俣也過度興奮，結果責編岡田也被迫忙得暈頭轉向。託這件事的福，才會落得由平太郎這個人微言輕的小子來陪香川。

總覺得很對不起香川。

「其實有件事尚未公開，是關於呼子的事……」

「呼子？」

就在這時。

門被猛然打開了。

回頭一看，大屋書房的纐纈久里睜著一對杏眼探頭進來。

大屋書房是歷史悠久的舊書店，久里女士是第四代老闆。她有經手鬼怪相關的圖畫或文獻，亦曾在《怪》上發表過文章，是個妖怪迷。雖然聽聞上一代老闆對她這個興趣相當不以為然。

這也沒辦法，畢竟不久之前鬼怪書畫還被視為是不具價值、不具意義，下流且低賤的事物。

「打擾了。」

「啊，呃呃……」

久里低頭致歉。

「煩請兩位再稍等一會喔。這裡的老闆個性乖僻，真傷腦筋。」

「咦？該該該、該不會是我做了什麼失禮的事吧？」

「放心吧，沒有。」久里抬頭，咯咯笑著說：「平太郎，你們還沒過見面吧？香川老師，抱歉。」

「沒關係的。發生了什麼事嗎？」

「就是新聞啊，新聞。」久里說。

「新聞？那椿殺人案嗎？」

「殺人案？啊，編輯被殺的那件案子嗎？不不，不是那個。」

「不然是？」

「是關於修法的事情。說是要擴大警察職務權限，特殊情況下可介入民事糾紛等等，我也不大清楚。」

說起來前陣子似乎為了這個問題吵得不可開交。

雖然因為後來發生編輯遇害案而變得較不受關注，在這先前社會上針對贊成或反對該案有過激烈的討論。

「是那個想讓警察在某些原本只能用口頭警告的情況下，改成有權力直接逮捕的議題嗎？不過，在現行法令下，遇到跟蹤狂、虐待兒童或家庭暴力時，就算去找警察，往往警方也難有作為，若能因此有所改善似乎也沒什麼不好的？」

「問題並沒有那麼單純。」久里說。

遇到這種事件時，警察常常沒辦法有所行動，只能消極搜查，也有人主張這樣等於是變相導致犯罪發生。

「我也是不假思索地回答老闆說這只是放寬限制，沒想到對方馬上氣得反駁說這是右派復興，是軍國主義，是侵犯人權，徹底生起氣來……總之就是這樣的人。」

也許是個很難相處的人吧。

平太郎的表情看似露骨地表現出厭惡情緒。久里一瞬間愣住，連忙說：

「啊，放心放心，他老人家也沒那麼頑固啦。畢竟年事已高，已屆杖朝之年，個性不免乖僻了點。」

「哇……」

年紀那麼老了嗎？

今天一行人來這裡，是為了來確認繪卷。

並非想找人鑑定或估價，只是想請人確認看看。

據說是妖怪的繪卷。

說起妖怪先想到的當然是緻纈久里，便直接和大屋書房接洽。

久里雖能鑑定價格，卻無法賦予它定位。為了鑑定文化上的價值，她認為請熟悉此道的人士確認比較好。當下想到合適的人選是出版過關於妖怪繪卷的考據學，發表過無數演講與論文，為此一領域頂尖人士的國際日本文化研究中心所長小松和彥。但小松工作繁忙，近期內無暇前來東京，便由共同研究者香川代為前來。

而與小松、香川及大屋書房都有所來往的《怪》便扮演起居中協調的角色……

只不過，《怪》這幾天也因為呼子事件與殺人案而亂成一團……

平太郎就這樣被派來現場，心裡感到很不踏實。

「老闆現在應該快出來了。雖然他本人說幫兩位帶路就好，但只帶路，不來打聲招呼或準備茶水，還帶到這種有如倉庫般的房間一直等候也實在是……所以我買了這個。雖然這個也是挺失禮的。」

久里拿出寶特瓶裝的茶水。

「不會不會，多謝招待。不過，萬一不小心在這翻倒茶水的話怎麼辦？」

這裡到處都是紙。不，應該說這裡只有紙。

「請千萬別翻倒啊。」久里說。

「說、說得也是。對了，那位老先生是怎樣的……」

「他也是位書商喔。」久里回答。

「咦?對喔，說得也是。」

「雖然現在他在經營舊書店，但聽家父所言，他們家從很久以前就開始賣書了。」

「專賣新書的書店嗎?」香川問。

「那該說是新書嗎……年代相當久遠，是明治年間創業的。」

「明治?但明治時代沒有書店吧?不，有是有，但和現在所謂的書店型態不同。」

「是的，江戶時代的書商叫做版元，其實就是出版社。不過也有類似現代書店的書商。」

「從資料上看來應該是有。依其所販賣的書籍，可分成書舖、繪草紙屋、書物問屋及貸本屋，名稱與型態不盡相同。例如貸本屋，基本上就是以沿街叫賣為主。」

「是的，正是如此。不過在版元店頭能直接翻閱書籍，也能當場購買，嚴格說來，出版社和書店並無明確的分別。說穿了，就是出版社和租書店和盤商和新書書店和舊書店的綜合體。後來才逐漸分化成出版社和盤商與販賣店。」

「不過，即使製造、流通以及販售有所區隔，這個時期的新書和舊書之間尚未有明確分別……」

「的確是這樣呢。明治時期也還存有貸本屋，但那個和進入昭和之後開始流行的租書店是截然不同的業種。像吉川弘文館現在雖然是出版社，江戶時代卻是叫做近江屋的書商。他們在江戶大量買進書籍，轉運到大阪販賣。其他的書局也會進口唐本或洋書，總之也是形形色色。」

原來如此。

平太郎完全不知道。

原來有從那麼久以前就開業的出版社啊。

「出版佛教書籍的京都法藏館在慶長七年就創業了呢。」久里說：「創業至今應該有……四百年了吧。」

如此悠久的歷史，用「老字號」三個字也不足以形容。慶長七年（一六〇二年），不就關原是戰役剛結束的時候嗎？比江戶幕府更久遠。

「直到明治時代後半，書店和出版業界才逐漸形成現在的狀態。」

「這間書店從那時就存在了嗎？」

「似乎是。不過以前並不在神保町，而是在其他地方，後來在關東大地震時倒塌，便在這裡重起爐灶。因此，這裡的老闆……」

「那位乖僻的老闆？」

「是的，那位乖僻的老闆。他老人家今年才八十歲，所以是這間店遷來神保町後才出生的。」

已經八十歲了。

「原來這間房子的歷史這麼悠久，好厲害。」

「不，房子有改建過了吧？」香川吐嘈。

「這裡的屋齡看起來只有三十年左右。雖不算新，也沒那麼老舊。沒看到窗戶採用西式窗框嗎？」

「喔～」

平太郎只有感到佩服。

「對了，纈纈小姐，妳看過那幅繪卷了嗎？」

「看過了。」久里說。

「如何？」

「我也想買。狀態挺不錯的，但最重要的是……」

「是？」

「數量非常多喔。」久里說。

「什麼意思？」

「比起其他繪卷，這幅繪卷上的妖怪數量多了不少。不僅如此……」

「不僅如此？」

「土佐派系統和狩野派系統還混雜在一起。」

「咦？」

香川的眉毛又困惑地豎成八字。

被稱為妖怪繪卷的作品數量眾多。

最有名的是大德寺真珠庵收藏，故也稱做真珠庵本的《百鬼夜行繪卷》。原始題名是否為「百鬼夜行」已不可考，一般認為作者是土佐光信，但這點也未能證實。「百鬼夜行」這個名詞本身自《今昔物語集》（註68）時起便已存在，當時所指的是眼不能見的亡靈——也就是鬼魂——的隊列，而非千奇百怪的鬼怪遊行。

這幅《百鬼夜行繪卷》——真珠庵本妖怪繪卷也擁有難以數計的抄本。

既是抄本，畫技自然有高下之分，但內容大同小異。

只不過，有時也會混入截然不同的事物。

所謂不同，指的是所畫的鬼怪不同。

那並不是「很努力畫，但畫技實在不怎麼高明，結果與底本差異甚大」而已。被畫進卷軸裡的是全然不同的妖怪。這麼說來，或許不該稱之為抄本吧。但若要質疑抄本作者是否只是在原始底本擅自加上獨創的妖怪？倒也不是如此，因為多出來的妖怪也是從某處抄來的。

多種系統的妖怪錯綜複雜地混在一起。

前年，由上述的小松和彥教授所率領的國際日本文化研究中心怪異・妖怪文化資料庫計畫成員，展開一項浩大工程。他們將過去只憑印象、口傳、知名度等可說是以毫無根據的東西為基礎「粗略地」制定關係性的各版本妖怪本，以更嚴謹的方式重新定位。

這項計畫收集了超過六十種的版本，加以分類、整理、重新排序，並援引統計學分析各版本的繪製年代。

最後，他們得出「真珠庵本並非衍生出各版本的最初繪卷」此一結論。

經過仔細比對與檢討的結果，找出四種作為始祖型態的繪卷——換言之，特定出彼此之間沒有重複的鬼怪的四本繪卷。

真珠庵本只是四種始祖型態其中之一。大量存在的各版本，均是從這四種始祖型態中取出一部分，進行排列組合而成的。

對鬼怪興趣缺缺的人或許毫無所感，但對於喜愛鬼怪的人來說，這可是驚天動地的大事。平太郎記得當時仍是大學生的自己，還特地去聽公開研討會的研究發表。

他還記得當時興奮得不得了。

之所以會開始這個百鬼夜行繪卷研究計畫，是因為發現了一本名為《百鬼之圖》的百鬼夜行繪卷異本。發現此異本並介紹給小松的不是別人，正是香川雅信本人。

一切只能說是機緣。

包含真珠庵本，這一連串的繪卷均為土佐派的畫家所畫。

此即所謂的土佐派系統。

另一方面。

註68：平安時代末期的民間故事集。

狩野派的畫家們也有創作妖怪繪卷。

這邊同樣很有名。

和土佐派相同，狩野派也有類似百鬼夜行繪卷的作品，有的名為「妖怪圖卷」，有的則稱做「鬼怪總覽」或「百怪圖」，名稱不一。

但這邊並不採取遊行形式，鬼怪大多一隻隻獨立畫出。

在鬼怪圖旁邊標上名字。體裁上與其說繪卷，更接近目錄。

換言之，算是一種妖怪圖鑑。

鬼怪的順序大多從見越入道（註69）開始，但不同於土佐派的是，不只挑選奇形怪狀的妖怪，亦選了日本各地的當地鬼怪，滿足妖怪迷的需求。從河童、轆轤首、野狐等主流鬼怪，到兵主部、猥裸、鳴哇、精螻蛄等非主流的鬼怪，收錄各種類型應有盡有。可惜的是，相較於土佐派的繪卷，這邊的線條和形狀或用色等較沒那麼細緻的感覺也是其特徵。

狩野派的妖怪繪本也存在著許多異本。

不只鬼怪的登場順序不盡相同，名稱不同，外型也微妙地有所差異，有時還會悄悄多出沒看過的傢伙，完全不能大意。

方才提及的塗壁，也是出現在這種狩野派系統妖怪圖卷的異本之中。

不過，出現在土佐派繪卷裡的鬼怪，並不會被獨立出來，畫進狩野派的繪卷之中。

照理說，並沒有這種狀況。極少數的情況下，遊行形式的土佐派繪卷中會混入疑似狩野派的鬼怪，反之則沒有。至少在平太郎的所知範圍內，完全沒有這種情形。

「請問那幅妖怪繪卷是什麼類型呢？」

「什麼意思？」

「是遊行隊列的類型，還是一隻隻個別介紹妖怪的類型？」

「是個別妖怪。」

「原來如此。」

平太郎窺探香川的表情。

他似乎顯得非常開心。

「香川老師，那、那個很稀有對吧？」平太郎問。

「嗯，非常少見。不過也要看繪製年代。」

「繪製年代？」

「例如鳥山石燕的作品糅合了土佐派與狩野派雙方優點不是嗎？因此在石燕之後創作的繪卷幾乎都是兩派妖怪相互摻雜，因為有石燕可供參考。」

「啊，原來如此。」

「波士頓美術館收藏的石燕親筆畫的妖怪繪卷，在陣容上雖然是以狩野派的鬼怪為中

註69：走在夜路時會碰見的妖怪，若是盯著瞧會變得愈來愈高大。

心，但順序刻意經過調整，儘管不是隊列形式，但有考慮整體觀感而調整妖怪的登場順序。最後還畫了日出的場面，明顯受到土佐派繪卷的影響。」

「啊，這個我在以前的《怪》裡看過。」

眾所周知，石燕是《畫圖百鬼夜行》的作者。雖然這個眾所周知只在妖怪迷之間成立，一般人或許不那麼耳熟能詳。但是，倘若沒有石燕存在，水木大師的漫畫、京極夏彥的小說、多田克己的研究恐怕難以發展成今日的模樣吧。雖然說平太郎基本上不讀京極的小說，實在太厚了。

話說回來，能對各個時代、各種領域造成如此大的影響的人物恐怕不多吧。

這本《畫圖百鬼夜行》說穿了，就是一頁畫著一隻鬼怪，並加上名稱與簡單說明的書籍。完全就是一本妖怪圖鑑。

石燕是狩野派的畫家，所以狩野派系統繪卷上常見的鬼怪，幾乎一隻不漏地畫進去了。但書中收錄的鬼怪並不只局限於狩野派，如同香川所言，也有從過去眾多繪卷之中「精挑細選」而來的其他鬼怪。

石燕的妖怪書在當時似乎很受歡迎，同樣題材的系列不斷推出新作，共出版了四個系列各三本，總計十二本的妖怪圖鑑。然而，隨著一本本的出版，題材也逐漸枯竭，狩野派系統的題材畫完後，石燕開始畫起原創的鬼怪。

後來連土佐派系統的鬼怪也被採納了。

只是，土佐派繪卷基本上想畫的是隊列的場面，鬼怪只是個題目，所以並不一隻隻標上名字。只要奇異就好，是什麼鬼怪並不重要。

因此正確而言，石燕只是把土佐派繪卷中的鬼怪一個個從隊列中獨立出來，以此為基礎畫出原創的鬼怪圖並加上名字罷了。此外，還煞有其事地加上簡略的說明文。其實，鬼怪從那時起就是這樣的事物。是被創造出來的。然而，《畫圖百鬼夜行》成了日後大受歡迎的狂歌繪本的先驅作品。鬼怪只不過是素材，主題仍著重在諷刺詼諧上，石燕並非有心想創作妖怪圖鑑。

此外——

石燕這個人的繪畫功力十分深厚。或許有人認為他是畫家，畫技好根本天經地義。但《畫圖百鬼夜行》是刻本，要從書中看出他的實力並不容易。刻本說穿了就是木版畫。好壞只能從構圖、形狀，與線條筆觸來判斷。構圖姑且不論，線條明顯會受到雕刻師傅或印刷師的水準影響。

但親筆畫毫無疑問是本人親自作畫的作品，僅有一幅，能直接反映出畫家的實力。

波士頓美術館收藏的繪卷，自當就是石燕的親筆畫。

連平太郎這種外行人也看得出他的親筆畫繪卷作畫技巧很高明。雖然正確說來只在照片裡看過，比起其他繪卷，還是明顯好了一截。

因此。

「換句話說，如果是猜拳慢出的話，就有可能囉？」

香川露出困惑表情，歪起頭來。

「呃……啊，原來是這個意思，一瞬間沒聽懂。的確，如果要給我們鑑定的繪卷時代很晚的話，這種情況並非不可能。不過，倘若不是那樣的話……」

「不是那樣的話……」

「將會是前所未見的大發現。」香川斷言。

「大、大發現嗎？」

「當然是大發現。也會給小松老師的妖怪繪卷研究帶來飛躍性的進展吧。不，說不定還必須推翻或重新檢視原本的研究成果呢。只是，若沒有外盒題字或題簽、序、跋等等的話，繪卷要判斷年代並不容易，即使有，也可能是假的……」說到這裡，香川轉頭問久里：

「有盒子嗎？」

「有是有，但我不敢確定。」

「不敢確定？是字難以判讀嗎？」

「不，能判讀。作者是一個未曾聽聞的畫家。年代……我覺得應該無法信任。」

「年代很久遠？」

「當下沒看清楚，似乎是長和或長德年間。」

「妳說什麼？」

「那是什麼時代？」平太郎問。

完全搞不懂。

「是平安時代啊，西元一千年前後。」

「……這樣的話，不就是距今一千年前嗎！」

「是的。」香川回答。

「假如這是真的，比鳥羽僧正（註70）還早，說不定會被指定為國寶哩。」

「國、國寶！」

「應該不可能那麼古老啦。」久里說道。

「但是，我覺得至少不是明治時期的文物。就算是江戶，從外觀判斷起來，有可能是江戶初期的作品。這只是我依照印象判斷的，不保證正確，不過和真珠庵本有點相似。」

「咦？隊列嗎？剛才不是說是單體……」

「不，我是指線條與筆觸之類。」

「類似土佐光信的筆觸？而且還很古老？但體裁卻又類似狩野派的繪卷？」

「真的很稀奇。」久里說。「豈只稀奇，簡直難以置信。」香川回答。

「的確，總覺得這種東西不可能存在。」

註70：平安時代後期的僧侶，精通繪畫，據傳是國寶級繪卷《鳥獸戲畫》的作者。

「狩野派的妖怪繪卷應該有受到西洋博物誌的影響。」

「所謂的博物畫嗎？」

「簡單說，就是把妖怪當成一種UMA來介紹。像轆轤首或貓又就是參考室町時代風俗畫繪成的，那也是一種讓妖怪彷若真實存在的演出。若是精螻蛄或猥裸或河童，就畫得很像真實存在的動物——不，我的意思不是古人以為牠們真的存在，畢竟這些妖怪沒什麼名氣，先前也沒有人畫過。那些圖以今日的說法來說，就像是用Photoshop加工過的假照片吧？許多妖怪以鄉野傳說作為基礎，也是為了增添可信度。」

「哈哈，這算是讓人以為以前真的存在過，搞不好現在在某些鄉下地方還存在的演出吧。聽起來和祕境探險類節目也有異曲同工之妙。」

平太郎買過《川口浩探險隊》的DVD。他很喜歡這種節目。

「是的，就是如此。」香川回應：「昭和中期的風俗學有許多祕境題材，那也是模仿博物學而來的。總而言之，狩野派的繪卷缺乏故事性。」

畢竟只是將鬼怪一隻隻列出來。

「繪卷原本是有故事的。土佐派的百鬼夜行繪卷乍看之下只描繪了鬼怪隊列，說不定也有其故事，只是失傳了而已。在這之前登場的《付喪神繪卷》也有明確的故事。就算沒有劇情主軸，至少描寫了時間變化。在橫長的風景之中，確實存在著時間的變化。」

這麼說來似乎真的是如此。

「有開頭和結尾才算得上是繪卷。個別畫出一隻隻妖怪並附上名字的型錄風格是相當後期才出現的。」

「換言之，狩野派的風格比土佐派更新潮？」

「我不是繪卷的專家，這不算是正式的見解。不過就我所知，除了鬼怪繪卷以外，並沒有其他繪卷作品採用這種型錄風格。」

嗯，應該沒有吧。

——真的是一千年前嗎……

平太郎一瞬感到興奮，很快就冷靜下來。因為那是不可能的。這麼說雖然有些失禮，這種平凡的舊書店不可能藏有國寶級商品。若是大屋書房那種等級的舊書店還有點機會。平太郎從未聽過這間店，不，這裡看起來根本也不像店家。儘管歷史悠久，現在完全不像還有在營業的樣子。

沒有看板，所以也不知店名。

平太郎有問過老闆的名字，但連郡司總編也記不得，還要打電話問梅澤，結果沒抄下來便又忘了，連住址也忘了。所以總編叫平太郎先去大屋書房請久里帶路。完全只靠別人，真是太過鬆懈了。

不管如何。

——不可能有上千年。

上百年的歷史還有可能，十倍太可疑了。

「一千年應該不可能吧？」平太郎提出質疑。香川露出苦笑。

「如剛才所言，光是能判定是室町時代的就無疑是不得了的大發現。江戶初期也很驚人。足以震撼妖怪界。」

如果把範圍限定在妖怪界……就算是昭和初期，那群妖怪痴們相信也會樂不可支吧。只要品質不錯，那群人肯定會很開心。不，就算品質不佳，應該也是挺開心的，平太郎總覺得如此。

因為妖怪迷全是笨蛋。

「對妖怪迷們來說，就算是平成時代的作品肯定也會很開心吧。」

平太郎想像著多田或村上、京極等人的燦爛笑容。

那樣的想像極具現實感。如果是足以留名美術史的國寶級逸品，現實感頓時就會遠離，反之，若是令笨蛋們開心這種層次的東西，就很有現實感。

大概只有這種程度吧，畢竟是《怪》嘛。

平太郎想，雖然對香川很抱歉，不要太期待對彼此都好。

「那麼，我先告辭囉。」久里說。

「老闆很快就來，請香川老師直接確認實物，好好斟酌吧。」

老字號舊書店店主笑咪咪地從房間離開了。

平太郎窺探香川的臉色。

他顯得很淡定。

倒也不意外。

經過五分鐘的沉默。平太郎一口氣喝掉半罐寶特瓶的茶水。

不知為何，他有點緊張。

明明覺得不必期待，內心深處卻止不住期待感。

「對了……」

「有點慢呢。」

「對啊，那個……」

嘰嘰……一陣聲響。

門被打開，這次是……

一名老人立於門口。不管從何處看、由誰來看，都無疑是個老人。

他身穿一般老爺爺常穿的平凡襯衫，披著一般老爺爺常披的薄開襟羊毛衫，穿著一般老爺爺常穿的素色西裝褲，戴著一般老爺爺常戴的老式黑框眼鏡。滿頭白髮，沒有禿頭，但因為是後梳油頭，輪廓十分圓滑，臉和脖子都長滿皺紋，全身上下滲出老邁氣息，是個無可挑剔的老爺爺。

老人家腋下挾著一根細長木箱，那個就是據說有千年歷史的繪卷嗎？

「讓你們久等了。」

老人如此說道。

「在下是山田書房的山田五平。」

「啊。」

原來如此。

平太郎頓時明白了。

老人的姓名過於平凡，以致難以留在記憶裡。

「我、我是角川書店的榎木津。」

雖然只是個打工人員。

但還是有名片。榎木津急忙翻找，以神戶人偶般不協調的動作遞出。老人恭謹地收下後，手指扶著鏡框，瞇細眼睛確認。

「你是……榎木津先生是嗎？」

「是、是的。而這位是……」

「您好，我是兵庫縣立歷史博物館的香川。」

「啊，香川老師。在下拜讀過您的作品，記得書名叫做……《江戶的妖怪革命》是吧？哎，那真是一本饒富興味的書吶。」

「謝謝。」香川點頭。

「唉，沒想到會讓兩位等那麼久，真是失禮了。房間雜亂，請那邊坐吧。能招待客人的地方只剩這裡。不只房間，連走廊都堆滿了書本，根本無路可走。」

「其他房間的書比……比這裡更……」

更多嗎？這個房間居然不是倉庫。這麼說來，從玄關到這個房間的途中也堆滿了書籍。這裡也許是客廳吧。

「怎麼整理也整理不完。在整理完以前，在下肯定會先兩腳一伸歸西去了。」

老人發出乾笑。

「在下已經八十了。雖然覺得自己或許還能再活上十年，然而這裡的書肯定十年也整理不完。」

這種情況真的很難答話。贊同也不對，否定也不對。

兩人坐在老舊的椅子上，老人也跟著坐下。

椅子埋在書堆裡，不仔細看根本不會發現。

「唉，最近世間愈來愈不安寧了。」

老人一坐下，立刻憤慨地說：

「太平洋戰爭爆發前夕也同樣充滿了詭譎氣氛，但當時的問題其實出在國策。不論是政治家或是國民，甚至整個國家都不夠成熟。不只日本，國際社會也不夠成熟。因此，才會連我們這些小老百姓也感受到了。」

「感、感受到？」

「感受到這樣下去，這個國家一定會踏上危險的未來。雖然也有人講得好像豪氣萬千，但那只是初生之犢不畏虎。不管如何，戰爭都不該被挑起。」

「嗯，您說得沒錯。」

「當時誰都看得出來，國家正朝著危險的方向傾斜。但身為個人的我們卻無法抗拒這樣的時勢。不管怎樣抗拒都無濟於事。不，正確的事就該好好宣揚出來，即使會被人誹謗或懲罰，該講的事就是要講。然而，無可撼動的事物就是無可撼動。雖然很像在找藉口，但當時就算全體國民都全力抗拒，恐怕也無法讓歪斜的時勢回歸正軌吧。明明大家都覺得這樣下去不行，終究還是一起沉淪了。唉，說出來也不怕兩位取笑，這種無力感就是在下當年的感受。」

「嗯……」

「在下當年只是個小娃兒，很討厭那樣的現況，卻被爹娘狠狠地訓了一頓。如果說出討厭戰爭、戰爭很可怕之類的話就被痛打。一想到不管多麼討厭都必須忍耐，無力感就湧了上來。」

「嗯嗯……」

「戰爭真的就是那麼討厭啊。」

「我、我想我應該明白您的感受。」

「但現在呢?這個國家的現況恐怕比當時更加惡化了，卻沒人感到討厭，不覺得很奇怪嗎?在下害怕的就是這種不知不覺的狀況。」

「嗯、嗯嗯……」

「當年是所有人都覺得討厭，都覺得不該這麼做，卻無法與時勢抗衡。現在卻連不對勁都沒有人感覺到。」

「真的沒有感覺……不對勁嗎?」

「你自己不也渾然無所覺?」老人說。

「我、我知道現況是有問題的。地震過後，許多問題都浮、浮現了。不該做的事就應該停止，像是那個……」

「不，在下指的不是那種制度面的問題。」

「不是嗎?」

「在下很清楚，這個國家不足以仰賴。不只國家，各種層面都不行。不過，世事向來都是如此。有問題只要改正就好。那是能夠改變的。」

「這麼說是沒錯……」

「在下認為，這種問題尚且是我們能對抗的，是還能應付得來的事情。真正的問題出在日常。聽好了，國家與政治明明變得如此不堪，卻沒人憂慮，沒人感到不對勁。」

「是嗎？可是也有許多人站出來表達反對，並且努力戰鬥啊……」

平太郎想，不對，自己在說什麼？

「不，問題就出在這裡。因為感到害怕，為了保護自己而質疑體制，試圖揭穿虛偽的人確實存在，在下也認為他們很了不起。然而，在下認為他們質疑的方式是有問題的。不覺得他們搞錯戰鬥的場合了嗎？」

平太郎不怎麼明白老人的意思。

「聽好，這和美國攻來的情況不同。那場大地震的確是少見的大災害，核電的問題也確實很嚴重。然而，我們該做的並不是去與之戰鬥。面對此一重大危機，全國國民反而更應該要通力合作不是？」

老人迷濛的雙眼中布滿血絲。

「這世上有蠢蛋，也有壞蛋，但任何時代都有這些人。因為蠢，所以責罵，因為壞，所以抨擊，這樣真的對嗎？當然，假如他們幹出犯罪行為的話，就該讓他們付出代價。」

「是的，應該如此。」

「這世上有許多人心態不正確，那的確很糟。但，不覺得現在反而是放下成見，團結起來互相扶助的時刻嗎？敵人並不存在。不論天災或人禍都是種災難，卻不是我們的敵人。我們受到嚴重打擊，但國家還沒完蛋，沒有道理互相憎恨。所有人都碰上困難的話，就互助合作就好。但現在卻連這點基本的事都辦不到，這樣不行啊。」

「不行嗎？」

「不管怎麼害怕，都不該變得疑心生暗鬼。相互懷疑不會帶來好結果。但是啊，這世間變得殺氣騰騰，誰也不信誰，所以拚命限制，拚命取締，拚命責罰，拚命反對，拚命對抗。你看看，到處都是鬥士。有錯的話，改正不就好了？為了改正，真的有必要戰鬥嗎？戰鬥究竟能帶來什麼？」老人說。

「不是的，戰鬥只是個比喻。就是……呃，意見的溝通與協調之類。」

「沒錯，問題就在這裡！」

哪裡？

「把意見相左的人理所當然視為『敵人』的風潮，正是在下憂心之事。儘管意見不同，也沒有必要痛罵一頓，甚至大打出手吧？會這麼做，全都是因為把對方當成敵人的緣故！所謂的敵人，就是只能使之投降或將之殲滅的對象。然而我們面對的不是這種人吧？」

「呃……」

或許真如老翁所講的吧。

只要想法不同，立刻認定是敵人的確很奇怪。

就算被對方認定為敵人，我們這方也沒必要以牙還牙。

即使對方錯了，但對對方而言，自己這方也是錯的，無法說服對方的論點必然存在著某些漏洞，表示論點本身很可能有問題。不管如何，沒有任何立場是絕對正確的。文化不同，常識自然也會隨之變化，對象不同，狀況也會跟著改變。然而，靠對話無法解決就想動武的話，雖然是人之常情，真的和小孩吵架沒兩樣。

如同老翁所言，馬上就擺出戰鬥姿態本來就是一件很不應當的事。

只不過……

究竟何時才要進入正題呢？

老翁依然滿腹牢騷想發洩。

「在下相信這個國家原本並非如此。太平洋戰爭時，民眾們明知國策錯了，卻無法與之抗衡。而現在，國家當然有錯，但民眾卻先錯得離譜，這還有救嗎？」

「嗯嗯，您想講的事情我大致明白了，那麼……」

「不，你不明白，這次的修法究竟在搞什麼？法律不是兒戲，不該輕易亂改吧？法律當然可能有錯。雖然是惡法，但惡法亦法，不能夠說在沒改正前就不必遵守這種事。如果確定那是惡法，就該先慎重討論再來好好修改。但現在是怎樣？一群不懂法律的笨蛋們竟然想要亂改一通！」

老人應該是在講久里剛剛提過的要修法擴增警察職權的問題吧。

「在警告前就先逮捕，在對話前就先控告，在承讓前就先索討，在聆聽前就先主張。只要意見不合全都是敵人！如果每個人都像這樣堅持己見，互不相讓的話，很快就會四面楚歌了！」

「呃，您說得沒錯，但是……」

「喔喔！抱歉，在下太激動了。」

老人放下高舉的拳頭。

「唉，人老了就容易暴怒。」

香川也莞爾一笑，說：

「我也對這種碰上障礙就該正面突破，碰上困難就該昂然面對才正確的風潮有點不以為然，明明還有很多解決方式。」

「沒錯，就是如此啊。不管任何時刻，都該從容不迫。這個國家的人民，自古以來就具有以和為貴的心靈——啊，在下又離題了。老師您千里迢迢來到這裡，卻要聽老頭子發牢騷，一定很受不了吧，哇哈哈。」

山田五平笑了。

「由於這世道如此不堪，一方面也是受到纐纈家的女兒影響，在下這個老頭子覺得反而更需要鬼怪這類無用的事物來療癒人心，便從大量未整理的書堆中將看似與鬼怪有關的書籍一一挑出。找到的所有相關書籍都收集到這間房間裡了。」

「整、整個房間都是鬼怪！」

完全沒想到。

這麼說來才發現，確實觸目所及全部都是跟妖怪有關的資料。

「然後，翻找過特別老舊的地方後，在下發現了這個。一看便覺得不太尋常，給其他人看了之後，紛紛都說似乎找到很不得了的東西……」

老人打開箱蓋。

「這幅繪卷應該是在下的曾祖父購入的。」

「令曾祖父啊……也就是說……」

「畢竟年代久遠，詳細情況我也不清楚。箱子上只寫了一個『怪』字。」

老人把蓋子那面亮給平太郎看。

看起來的確是個「怪」字。

老人從箱中取出捲軸，把箱子放在旁邊的架子上，接著略顯辛苦地起身，將捲軸擺在書堆上。

香川也半蹲地站起。

「標題名稱就是『怪』嗎？」

「在下也不清楚。箱子本身很新，箱子上的字多半是曾祖父寫的吧。」

「換句話說……箱上的題字是明治時代的……」

「也可能是江戶時代末期也說不定。」

老人以熟練的動作解開捲軸捆繩。

平太郎有些興奮。再說一次，平太郎也是個輕度的妖怪痴。

「這幅繪卷的畫技挺好的。雖然在下對鬼怪不怎麼熟悉……」

老人流暢地攤開捲軸。

捲軸上……

「啊啊啊？這、這是怎麼回事？」

老人驚聲大呼，將眼鏡推到額頭上，揉揉眼。被放開的捲軸後半段一口氣從書堆延伸到地上，可見到老舊的紙上每隔一段間隔就寫著像是文字的東西。

然而卻……

一幅妖怪圖也沒有。

怪異研究者倉皇失措

久禮旦雄站在雷歐☆若葉面前，眉頭緊皺，打從心底感到愕然。久禮身旁的木場貴俊則是在笑，一臉不相信的模樣。更旁邊的則是松野倉，她露出憂慮神情望著雷歐。不，明顯在擔心，擔心雷歐的精神是否正常。

——他們到底把我當成什麼？

雷歐一時片刻不知該說什麼才好。

雷歐是個笨蛋。

而他眼前的這群人則多半很聰明。

不，應該真的很聰明吧，但這些人應該也是一群笨蛋。只要從旁看過他們和京極或村上鬧著玩的模樣，無疑會認為他們是貨真價實的笨蛋。但是……

果然還是很聰明吧，這群人。

這三名都是東亞怪異學會的成員。

是很有學問、很了不起的人們。

「雷歐先生，你沒事吧？」

松野溫柔過度地問。

「沒、沒事是指哪方面沒事？」

「當然是各種方面啊。」松野愉快地說。

雷歐是個笨蛋。

笨蛋分成很多種。就算統稱為笨蛋，並不代表全都一樣。

有用來指腦袋不聰明的人，也有時指的是行事風格怪誕的人。有好的笨蛋，也有壞的笨蛋。有學養深厚的笨蛋，也有德高望重的笨蛋。學歷、職業經歷、收入、地位、賞罰、正常或異常、興趣嗜好，世上有許多用來劃分人的基準或分類，但仔細一想便知道，笨蛋與其他基準或分類完全無關。

笨蛋就是笨蛋。

比如說，有所謂的釣魚痴、演員痴或妖怪痴，用法和「○○宅」或「○○狂」很類似，但雷歐認為當中還是有點差異。若是指沉迷某種事物這點，宅或狂都一樣。但痴就是……沉迷到很愚蠢的地步。

這些耽溺某種事物而成痴的笨蛋們不同於所謂的專家或愛好者。不，也不算截然不同，但還是稍微有些差異。許多專家與愛好者並不是笨蛋，但相反地，在一些擁有偉大成就者當中，也有相當比例的笨蛋。總之很複雜。

在雷歐眼前的這群人很聰明。他們進入一流大學，取得一流成績，在一流大學中擔任一流教授，在一流的研究設施裡進行一流的研究。是由大學生、研究生、研究員、策展人、副教授或教授所構成的集團的一分子。

肯定個個都很聰明吧。

雖然聰明，卻是笨蛋。所以這些人和雷歐尊敬的作家前輩村上健司或與他志同道合的朋友京極夏彥的交情也很好。村上和京極都算是某種笨蛋，因此這群人也是笨蛋集團吧。但還是很聰明。算了，換一種講法吧。

雷歐不聰明。

雷歐是很不聰明的笨蛋。

是笨蛋中的笨蛋。是笨蛋中的特級品，關於這點他相當自豪。因為他是這種層級的笨蛋……

「放心啦，我徹底正常喔，應該說我的正常就是現在這樣，所以是正常的怪咖……」

「我懂了，雷歐先生是個怪咖。」

木場面帶冷笑地說。

「所以你剛剛說了什麼？東映的《河童三平妖怪大作戰》（註71）嗎？」

「錯了，有山彥（註72）登場的是《惡魔君》（註73）才對吧？」久禮說。

「啊，對喔，記得石橋蓮司也有參加演出。」

「或許吧。木場，你老是搞錯這種地方真的不行耶。做事總是功虧一簣。」

「有啥不行？這只是小事吧，根本無關緊要。」

「徹底的不是小事好嗎？要說小的話，石橋蓮司有出演才真的是雞毛蒜皮的小事吧！

《河童三平之妖怪大作戰》和《惡魔君》兩者全然不同。」

「有差很多嗎？兩者都是東映出品，都改編自水木大師的作品，都是黑白片，而且潮健兒都有出演。」

「梅菲斯特弟後半才登場吧？你這樣子就跟因為有紀載相同的傳說，就把《古事記》和《日本書紀》混為一談一樣可笑。」

「我才不會搞混那兩本。」

「那可不見得。」久禮說：「同樣都是日本的典籍，都是古代，都有神話，都有伊邪那岐登場，照你剛才的說法豈不都一樣？」

「我才沒那麼隨便咧。」

照樣皮笑肉不笑地反駁後，木場說：「我只是沒你那麼拘泥於細節而已。」

「我不是拘泥於細節，我是為了正確。只是想要力求正確罷了。」

「凡是人都會犯錯吧？」

「我同意，但就算如此，有些事物搞錯無妨，有些事物則絕對不能出錯吧？基本的部分

註71：1968~1969年的日本特攝電視劇，由水木茂的漫畫《河童三平》改編。

註72：山彥是日本傳說中的山神、精靈以及妖怪。相傳對著山或谷的斜面發出聲音時，回傳之回聲即是由山彥發出。

註73：1966~1967年的日本特攝電視劇，由水木茂的同名漫畫改編。

是絕不該搞錯的。木場，你很在乎的往往是即使搞錯也無妨的小地方。誤以為扮演狼人的蜷川幸雄演的是吸血鬼無傷大雅，但若是搞錯節目的話，理論根本無法成立。」

「這又不是理論。」

「卻是大前提吧？細節都是建立在這些大前提之上的。木場，如果你看到有人說『伊邪那岐命』在《日本書紀》裡怎樣怎樣時，難道不會生氣嗎？」

「不會啊，為什麼要生氣？」

「還用說嗎？那尊神在《日本書紀》裡的表記方式是『伊弉諾神』吧？雖然神也可唸作『mikoto』，兩者的發音完全相同，所以口頭上這麼說還無妨，但寫成文章的話，問題可就大了。」

「還不是看得懂？頂多字不一樣而已。」

「不是看得懂就好。照你這麼說，難道跟以前的飆車族一樣，隨便把各種詞彙標上奇怪的漢字也行嗎？例如將『伊邪那岐』寫成『威座奈疑駕到！』之類。」

「你舉的例子又太極端了。以文字記述時本來就會有所變化。」

「沒錯，但就是因為會變化，才要更注意正確性。當然也不是說愈早的就愈正確。儘管《古事記》比較早，但《日本書紀》才是正史。」

「又不是正史就正確。」

「現在討論的不是這種問題。我是在說正史和非正史要分清楚，否則就無法辨別正確或不正確了。不忠實於文本的話，別說判定，連類推都辦不到。比方說《信長公記》是一部優秀的傳記，資料性也高，但不是正……」

「那個……」

「但不是正史。所以如果要引用同一件傳說的紀錄……」

「那個……久禮先生。」

「很煩耶，幹嘛啦？」

「再講下去，雷歐先生會很困擾喔～」松野以悠哉的語氣說。

實際上真的很傷腦筋。

這只是個起頭，放任久禮繼續講下去的話，他的論點會變得愈來愈深入瑣碎，批判的矛頭會變得愈來愈銳利堅硬，語氣也會變得愈來愈嚴苛且快速。從學說或定說的破綻，到對學者或研究者的批判與非難，從學界的問題點，到學院主義的極限，廣泛而深入地觸及，外行人一瞬就被拋到十萬光年外，只能見到十萬年前的光景。

不愧是傳說中年僅十九歲時就駁倒多田克己的天才，令人不寒而慄的久禮旦雄。

不如說把這種唇槍舌戰當成早餐前招呼一樣的這群人也令人不寒而慄。

再過不久，東亞怪異學會的定期研討會即將開始。

雷歐來此，是來找他們商量那件事的。

「呃，其實不是山彥啦。」

「啊。」木場說。

「怎怎怎麼了嗎？」

「我想起來了，在《河童三平》中登場的不是山彥，而是木靈返！」

「不是啦，也不是木靈，而是呼子喔。呼子。不是鬍子，也不是胖子喔，而是『呼子～喜歡喜歡』（註74）的感覺喔。」

「就是因為你太愛亂講話，才沒人願意認真聽你說啊，雷歐先生。」

「嗯～」松野笑咪咪地又問了一次：「你沒事吧？」

乍看之下像是在關心雷歐。因為態度溫和，語氣也很體貼，但她可是京都人，絕不可能那麼簡單。是個壞心眼的人，是茶泡飯（註75）。

說不定松野才是這三人當中最嚴厲的人。

「可是呼子的發現者是村上前輩，而且郡司總編大人、梅澤編輯大人、岡田編輯大人、伊知地編輯大人，以及最令人敬畏的荒俣大明神也都確認過了。」

「所以？」

「所以這不是我個人的胡扯的。」

「那個真的是呼子嗎？」

「荒俣老師大人宣稱是呼子。」

「所以？」

絲毫不信任。

「真心換絕情……不是啦，是真心不騙喔。只要拿出石頭，小孩就會現身，收起石頭就消失。」

「所以？」

「不、不覺得很神奇嗎？是謎團。是怪奇。是wonder。是《MU》。是神祕。是奇蹟。是驚奇驚異驚天動地。不，此乃怪異是也。而說起怪異，當然會想到各位所屬的怪異學會啊。」

「我說，雷歐先生啊……」

久禮眼鏡背後眼神銳利的小眼睛發出懾人光芒，刺痛了雷歐。

被聰明射線射傷了。

「算了，或許真的有這種事發生吧。」

「真、真的發生了喔。能看能摸能感受，體驗價一小時一千八百日圓。」

「你說那孩子能自由現身與消失？真是不可思議。」松野不帶情感地說。

這種溫柔反而傷人。

註74：出自魔法少女動畫《甜蜜小天使》片尾曲歌詞。
註75：據說京都人會以「是否要吃點茶泡飯」來暗示客人該告辭了。

從她的眼睛射出的是「一點也不重要，請去死吧」射線。

「嗯，或許真的很不可思議吧。」

久禮把在桌上堆積如山的資料收回背包裡。真虧他能塞得進去。不知為何，久禮不管去哪都會帶著大量書本與資料。

「徹徹底底不可思議啊，不正是無窮無盡不可思議嗎。」

「但是，魔術師不也能讓東西現身或消失？」

「魔術師的戲法背後都藏有玄機或機關。有玄機也有機關槍噠噠噠。」

「那麼，雷歐先生，你懂那些玄機或機關的真相嗎？」

「啊？」

「例如Napoleons或引田天功……」

「久禮，你舉的例子太舊了啦。」

「我跟最新的魔術界又不熟。而且不過是舉例，很舊又沒關係。不然，魔奇司郎總可以了吧？」

「魔奇家族的話，好歹用審司當例子吧？」

「是誰都不重要啦。雷歐先生，那些魔術的玄機你都明白嗎？像是這麼做且這麼做之後就能變得如何之類的。」

「當然不知道。完全，徹底。我連東京漫畫秀的吹笛弄蛇魔術也看不穿，光看到讓手杖變成花束的把戲就足以讓我嚇到漏尿。漏尿完全uncontrollable。」

「那些魔術不算不可思議嗎？」

「那只是看似不可思議。但就算不明白，背後也一定有玄機存在。對吧？木場先生。」

雷歐擅自認為在這三人之中，木場最挺他。

但木場一雙細長眼眸瞇得更細了。

「什麼？」

「呃，就是那個……」

「如果說沒有玄機的話會怎樣？以前不是有很多傻瓜相信hand power真實存在嗎？雷歐先生，你該不會也相信Mr.馬里克擁有超能力吧？」

「咦？不是這樣嗎？」

瞬間，現場三名啞口無言。

只聽得到嘆氣。

「雷歐先生，你該不會也相信尤里・蓋勒是超能力者吧？」

「難、難、難道不是嗎？」

「哇……」久禮張大嘴巴，遲遲沒閉上。

似乎驚訝到闔不攏了。

「你真老實呢，雷歐先生。」松野說。

實在是……

「我、我真的很老實喔。筆直。直線。straight。不知何謂懷疑的純真雙眸。」

「好啦好啦，你很純真。」松野說。

「我是純真先生。」

「反過來說，就是不管什麼都會相信的笨蛋吧？難道不是嗎？」

「笨……」

「所以說，那個呼子怎麼了？」

「呼子是真貨喔。是不可思議喔。是『這世上真的有不可思議的事呢，雷歐老弟』喔。這不叫做怪異，什麼才叫怪異國情調？」

「我說啊。」

久禮不知為何得意地挺胸後仰。被雷歐漂亮的反駁駁倒，不是應該垂頭喪氣嗎？

「雷歐先生，剛才也說過，不管有沒有玄機，只要是不明白的事物，在你眼中都很不可思議吧？」

「是、是這樣沒錯。」

「就算這樣也沒關係。要怎麼相信UFO或能量點或靈異照片拍到的靈異光點都是你個人的事，要怎麼喊不可思議都無所謂。但是請別忘了，那只是暴露你個人的無知而已不是嗎？」

「我是真的很無知啊。」

畢竟又不聰明。

「既然如此，就更謙虛一點嘛。說『我真的不懂』、『我頭腦很差』嘛。」

「我頭腦真的很差喔。我一定是頭腦最差王。我時常懷疑裡頭是不是什麼都沒裝呢。」

雷歐敲敲太陽穴說。久禮苦笑。

「用不著那麼自卑。我不也是相同？不知道的事就是不知道，任何人都是如此。不知道的事真的就是不知道啊。所以我們才需要用功。以為自己什麼都懂是一種傲慢。不是嗎？倘若滿口不可思議，不就等於對別人宣傳自己是什麼也不懂的笨蛋嗎？」

「或許是吧。」

「若只是如此就算了。但是，以為自己不知道的事別人也不知道，以為這是所有人的共通情況、社會大眾的常識又如何呢？不反省自己的無知，卻假設社會大眾都一樣無知，好讓自己的無知正當化。你覺得不可思議是你的個人自由，但主張你所碰到的現象是怪異就是一種驕縱。」

「或、或許是吧。」雷歐說。

「聽好，怪異在古代是被認定的。由偉人、賢人經過各種爭辯討論，決定這是怪異後，才始為怪異。若是跳過這個過程，直嚷著怪異怪異的話……可是要判死刑的喔。」

「死、死刑！」

說出「死刑」的同時，雷歐擺出雙手伸出食指指向右邊，同時朝手指方向翹起屁股的姿勢。

是只有熟悉老漫畫的人才知道的那個有名姿勢。

沒有反應。明明年紀輕輕但對過去事物知之甚詳，卻不知道這個嗎？

「我開玩笑的，但亂講話真的會被懲罰。對自己的言詞小心一點比較好，麻煩你謹記在心了。」

「就是說呢。雷歐先生，你該去找的是超常現象研究會吧？」木場說。

「我來錯地方嗎？我該滾嗎？回家？」

「沒關係，機會難得聽完發表再走吧。很久沒在東京舉辦了。」

松野微笑地說。

她若有所思的微笑看在雷歐眼裡，彷彿在暗示：你聽了也不懂。

雷歐的自卑情結究竟有多重啊。

「不過那個東西是呼子，和超能力或靈異現象應該不一樣吧？」

「慢著，令人感到不可思議的不是呼子本身，而是能突然出現或消失吧？話說回來，那個真的是呼子嗎？她只有單眼嗎？會嘶鳴嗎？擁有能召喚八岐大蛇的鑽石？」

以上設定出自水木大師的漫畫。雷歐之前也說過同樣的話。

「不是的，看起來只像是普通的小女孩。」

「那就不是呼子。」

「真、真的嗎？」

「什麼什麼？你們在聊呼子的事？」

作家化野燐邊說邊走了過來。

「是小村上說他發現的那個嗎？」

「是的。」

「聽說多田先生好像也找到了什麼？」

「多田先生說他遇見了一目小僧，不過詳情我也不是很清楚。」

「不愧是多田先生。」

什麼意思？而且他居然接受了。

「聽說及川先生也差點被殺。」松野說道。

「我有看到電視報導。最近這種凶惡犯罪好多啊，幸好岡山仍很和平。話說回來，你找到的那個小女孩是呼子石的精靈嗎？」

「是從供奉在鸚鵡石旁祠堂的小石頭裡現身的孩子。雖然很不可思議又神奇，但不是怪異，因為亂說怪異會被判死刑。」

「嗯……」

雷歐原以為化野會更有興趣一點，反應意外平淡。

「說到鸚鵡岩，較有名的是志摩的吧？……記得在志摩的磯部町。三重縣還有另一顆鸚鵡石。你那是哪裡的石頭？福島？」

「不是，是信州。長野縣。在蕎麥麵很好吃的長野縣廢村裡找到的。」

「廢村哪吃得到蕎麥麵啊。」化野說道。

反應果然很冷淡。

也許化野討厭雷歐吧。原來這樣嗎？原來這樣啊。呿～

「啊，不過村上前輩也說過鸚鵡石全國到處都有，到能舉辦日本全國鸚鵡石游泳大會的程度。」

「嗯，鸚鵡石數量真的不少。所以說那個也不見得是呼子囉？是不可思議的女孩？」

「很像梅露茉（註76）的感覺，或者是莉蜜特。」

「莉蜜特明明是神奇少女。」久禮說：「不可思議少女是尼羅河的托托梅絲啦（註77）。」

「命名者是荒俁大明神大人。因為不管說什麼她都會複誦一遍，所以才說她是呼子。不過也可能不是指妖怪的那個，而是取個『呼子』這個名字。」

「呼子嗎……」

化野把頭髮往上撥。

「所以那女孩長得和石燕畫的那隻既像狗又像猴的奇妙動物不一樣？」

「不一樣。看起來不像Bicotan（註78）的好夥伴。」

「但也不同於水木老師設計的造型對吧？叫她呼子只因為荒俁老師這麼稱呼？」

「是的。」

「名字是一種屬性。有的是同樣的事物被用別的名字稱呼，有的是不同事物被用相同名字稱呼。民俗學的基礎是從語彙的分類開始，所以會產生混亂啊。在『呼子』的項目裡摻入了不同類型的事物會造成混淆。或者同樣是呼子，卻獨立分成兩個項目，當成不同事物來對待。」

「這樣不行嗎？」

「不是不行，但對象畢竟是鬼怪。鬼怪並不具有實體，很容易產生概念上的混淆或變化。」

「可、可是有實體啊。」雷歐說道。

「如果石頭在我身上，我就馬上秀給各位看了。」

「有的話，我很想見識見識。」木場說。

註76：出自手塚治虫的漫畫《不可思議的梅露茉》，其後的莉蜜特則出自動畫《神奇少女莉蜜特》。

註77：出自1991年特攝劇《不可思議少女 尼羅河的托托梅絲》。

註78：出自今井美保的漫畫《Bicotan與愉「怪」夥伴》，描寫會重複對方話語的山彥妖怪和中學女生的生活。

「有這機會我也想看吶。但假如有實體的話，就不是民俗學或歷史學該研究的範圍，而是……」

「那女孩能隨時消失或出現的話，應該是超科學吧？」木場說。

「如果活著，或許是生物學。」

「算是生物嗎？」松野問。

「無法確定是生是死。不，雖然不是死的，但也不是生物。不是全像投影，具有實體。和實體店面同樣實體。」

「如果是這樣……嗯……」

「石頭也實際存在。我把它放進口袋帶回來了。」

「也有石頭嗎？」化野嘟囔。

「怎樣的石頭？」

「像這樣圓圓的，體積不大，恰好能收在掌心裡，類似手作餅乾或溫泉饅頭的感覺，顏色和一般石頭一樣。」

「不是鸚鵡石本身吧？」

「嗯，是鸚鵡石旁小祠堂裡供奉的御神體。是我拿出來的。我不是小偷喔。因為石頭一直要我帶它出來，這是石頭的意志。小石子低聲呢喃，要我帶它走，於是今天成為我的小偷紀念日。」

「結果還是小偷嘛。」木場說。

「不不，我不是小偷也不是泥田坊（註79）。因為不管是魯邦三世或怪盜貓眼都不會偷走那種東西。那只是鼠小僧次郎吉或石川五右衛門也看不上眼的粗糙物品。換句話說，是石頭基於自我意志來的。」

「夠了夠了。」化野說。

「荒俣先生擁有豐富的博物學知識。依照博物學的習慣，應該是會先替物品起個名字吧？」久禮說。

「小女孩沒辦法陳列，能算博物嗎？」化野打趣地回應，接著又問：

「結果現在那顆石頭怎麼了？」

「呃，荒俣老師好像把石頭帶去某間大學或研究室了。詳細情況我這種最底層的作家無從得知。」

「沒帶去上電視嗎？」

「有聽說電視台想做特別節目，所以要先確認。」

「嗯，我想也是。」

註79：躲在田中的獨眼妖怪。小偷日文是「泥棒」，和泥田坊音近。此段出現人物皆為作品或歷史中的盜賊。

「問題是，該怎麼確認？」化野說：

「我也不是要懷疑雷歐你，如果是真的，這可是驚天動地的大事呢。電視台有足夠的設備確認嗎？」

「只是要作確認，沒說要解開祕密吧？」

久禮說道。

「只要在具有某種程度權威的研究機關進行調查，並確認有上述現象的話……」

「就能稱呼為怪異，是吧！」

「也不是這樣。畢竟怪異在現代已經不像古代是用認定制的了。但是，至少能確認這是連一流學者也無法明白的奇妙現象。」

「一流學者也不明白嗎！如、如此一來，我的笨蛋程度會減輕一點嗎？」雷歐開心地問。「放心吧，你的笨蛋程度未來至永恆都不會變的。」四人異口同聲說。

「你不是相對性的笨蛋。」

「畢竟笨蛋就是笨蛋呢。」

「反正是笨蛋又沒關係。」

「因為你真的是笨蛋啊。」化野唱歌般地作結，接著說：

「不過，其實我們也一樣是笨蛋啦。話說現在是怎樣？今天的參加者怎麼那麼少？」

偌大的會議室裡只有雷歐等五人。

「開始時間不是快到了嗎？」

「發表者還沒來，沒辦法開始。」

「咦……電車誤點了嗎？」

「誤點了。」從入口方向傳來聲音。

年輕會員久留島元探出頭來，露出一張困擾的臉龐。他剛才在走廊的服務台。

「真的嗎？」

「新幹線停駛了。」

「停駛？可是現在停駛也沒影響吧？大家都已經到東京了。為了趕上時間，其他人應該一大早就搭上新幹線了，不是嗎？」

「早上就停駛了。」

「咦？」

「我是搭深夜巴士來的。大江老師他們應該是搭早上七點前後的新幹線。」

「那班列車停駛了？」

化野覺得有些不對勁。

「我從昨天就來了……」

「我因為有事要去歷史民俗博物館，所以昨天就到關東了。」

「我也是和久留島一起來的……」

東亞怪異學會主要成員大多住在關西。

東亞怪異學會原本是以初代代表——關西學院大學西山克老師為中心自然形成的研究集團。

雷歐聽說他們一開始只是像在喝下午茶一般，在咖啡廳裡輕鬆討論。

若只是要喝茶，雷歐也沒問題。然而，雷歐恐怕說不出像樣的內容吧。

聰明人就算在閒談之中也能觸發研究靈感。雷歐無法想像只靠討論放屁撐三小時以上。就算放屁能聊很久，雷歐也無法由此成立放屁學會。

不過雷歐的閒談並不重要，總之，這個研究者的集會後來逐漸壯大，正式成立研究團體並改名為東亞怪異學會後，迄今已過十年以上。雷歐十年前還不是作家，甚至也還沒出社會呢。這個學會能維持那麼久真是厲害。

在這段期間，學會代表由園田學園女子大學的大江篤老師接任，會員也增加了。如果算入參加定期研討會的客座演講者，學會已達到全國級的規模。最近的話，一年會有幾次在東京召開研討會，但主要成員還是集中在西日本。

「我也是昨天就來了喔。」

松野微笑地說。

「所以說，在場的沒有一個人是今天才動身？榎村兄也還沒到？發表者沒來不行吧？」

「發表者還沒到。高谷副教授剛剛有打電話通知會晚到，她似乎有點激動。」

是指京都大學研究所的高谷知佳副教授。

「聽說大家都被困在新幹線裡。」

「困在新幹線裡？」

化野望向窗外。

「現在天候沒那麼糟吧？難道有地震？」

「有地震的話，新幹線或許會停駛，但不會停駛那麼久。也會安排轉運。」

「如果是那樣，應該會上新聞吧？」

「嗯，照理說會上新聞才對。」久留島說。

「有新聞嗎？」

「高谷副教授說有聽到廣播說軌道上有車輛擋住，造成列車無法行駛。」

「什麼？太莫名其妙了吧。」木場問：

「平交道上有車子擋住？」

「我也不清楚。高谷副教授很生氣呢。」

「肯定很氣……已經下午兩點了。」松野說。

「知道列車停在哪嗎？」

「聽不清楚，副教授太激動了。」

「她一定很氣吧。但我愈聽愈混亂了，究竟發生什麼事？」

就在化野感到一頭霧水時，手機響起強而有力的鈴聲。

「啊，是榎村兄打來的。」化野說。

電話來自齋宮歷史博物館的策展人榎村寬之。化野和榎村的交情很好，兩人還是會定期在大阪舉辦妖怪講座。

「咦？」

化野突發奇聲。

「啊啊？」

喊得更大聲了。

「噗哈哈哈哈。真的假的？」

似乎在講會令人發笑的事。

「啊？嗯嗯，不，呃……是嗎？」

眼神變得認真。也許在講不該笑的事。

「可是……是的。嗯嗯。哇哈哈哈哈哈。」

啊，又笑了。

到底事情是很嚴重還是很可笑？

「不，可是……對，嗯，我們這邊只來了五個。松野小姐和木場、久禮和久留島，連我共五個人。啊，還有那個有在《怪》連載的那個……村上的徒弟。」

「他算徒弟嗎？」

「算徒弟吧。算了不重要，總之是那個蠢蛋。我們這邊總共只有六個。因此……來聽發表的觀眾應該還是會到場，所以我們會繼續等看看。只是……」

說完，化野的眼神變得認真，卻又同時發出「唔哈哈哈」的奇妙笑聲。

「怎麼了？」

久禮問。

「呃……」

「別賣關子，快點說嘛。」

「怎麼了？」

「化野先生，發生什麼事了？」

「唔……」

「怎麼在呻吟呢？」

「不是啦，我只是想，如果直接說出口，可能會被當成和雷歐同類，所以在斟酌該怎麼說明。」

「什……什麼意思嘛。」

「嗯……」又一聲低吟。經過一番沉思後，化野開口：「似乎有車子逆向衝向列車。」

「啊？」

「不過，算不算對向來車我不知道。」

「這句話聽起來很有雷歐水準。」

被久禮吐嘈，化野直嚷著：「唔哇，真是恥辱啊！」

到底是什麼意思嘛。

「榎村先生不是搭乘新幹線嗎？」

「所以很難說明啊。簡單說，新幹線在疾行當中……」

化野比手畫腳地說明：

「結果鐵軌上，有車子迎面而來……」

「衝向列車？」松野問。

「是的，同一條軌道上，正對著新幹線列車。」

「哪有這種蠢事！」

「真的很蠢啊……」

「等等，這會釀成慘劇吧？行車班次再怎麼亂排，也不可能發生這種蠢事吧？上行列車和下行列車真的對撞了嗎？」

「不，似乎並沒有……」

「嗯嗯，若是真的對撞，恐怕是JR成立以來，不，國鐵開通以來最慘烈的事故吧。是前所未聞的悲劇。新幹線不是世界第一安全的鐵路嗎，根本無法想像會發生列車對撞事件。」

「不是的，據說另一輛車……不是新幹線……」

「不然是什麼？一般列車？」

「呃……連電車都不是的樣子。」

「啊？」

「不然是什麼？，該不會有人像007或魯邦三世一樣把車子開上鐵軌……」

「那是不可能的。」

木場犀利的言詞地打斷久禮的推測。

「車子沒辦法在鐵軌上奔馳。現實不是動畫，汽車輪胎根本無法在鐵軌上快速行駛。雖不是完全不可能，但極端困難。」

「聽說也不是汽車喔。」化野說。

「不然是什麼？人力拖車嗎？單輪推車嗎？既然說是對向來車，總該有車輪吧？」

「車輪……應該是有。」

「化野先生，你真的想賣關子到底呢。榎村老師究竟說了什麼，直接說出來不就好了？」

「這個嘛……」

化野低聲說出難以聽清楚的回答。

「才不是咧！」

「是朧（oboro）……」

「溫突（ondoru）小屋嗎？」雷歐才剛說，立刻被吐嘈：

「是公雞（ondori）雞舍，所以是養雞場吧？」松野問。

「才不是那樣，拓殖義春嗎？」木場也跟著起鬨：

「是溫泉（onsen）對吧？」

「你們別胡扯了，這些跟新幹線都沒關係吧？化野先生也真是的，乾脆說清楚嘛。」

「好啦好啦。」化野雙手一攤，說：

「算了，我就坦白說吧，榎村兄剛才告訴我，在鐵路之上……有朧車出現了。」

「請再說一次。」

「就說了，朧．車．出．現．了。」

「布、布里加頓！」雷歐大喊。

「是怪異氣象！妖氣定著裝置！閃閃閃，會被變成石頭啊！從法國歸來的卡洛琳！蛇骨婆、大臣這邊請！太太午安，給您送來人魂瓦斯了～！」

一瞬間鴉雀無聲。

「唉，果然贏不了真正的笨蛋。」其他五人異口同聲嘆氣，搖頭傻眼。

「都是我不好。不管我再怎麼自命笨蛋，也贏不了雷歐☆若葉。大叔我已經看開了。」

「為、為什麼一直說我笨蛋啊。說起朧車，不就是籠罩調布市的布里加頓異象嗎？當然會聯想到妖怪總理大臣元興寺之鬼啊。還有來自西藏的高僧……」

「別說出那名字。」木場制止他。

「那是水木老師的漫畫內容啦。」

「朧車不就是出自老師的漫畫嗎？」

「不，朧車並非《鬼太郎》的原創妖怪。那是石燕首創的，好像是說牛車爭位……」

「牛車爭位？」

「就是平安時代的賞花位置爭奪戰啊。」久禮說。

「賞花！」

「與其說是賞花，正確而言是參觀祭典的貴族們，為了找視線良好位置的牛車停車位置而爭吵不休。」

「貴族吵架和妖氣定著裝置有什麼時髦關係嗎？」

「雷歐，不要再提漫畫內容了！」這麼說完，化野從背包裡取出文庫本，翻到某頁。

「我看看……月色朦朧夜，賀茂大道上傳來車輪吱嘎聲，探頭一瞧，竟見牛車妖怪。此怪乃爭奪車位之遺恨化成……以上是石燕寫的內容，總之就是這樣如此。」

「就是怎樣？」

「還不懂嗎？朧車其實是石燕創作的妖怪啦。」

「騙、騙人！」

「沒有騙人。雖然的確是虛構的。唉，真混亂。或許有什麼民間傳說作為靈感的源頭吧。只不過，這種怪物本身並沒有在民俗社會之中流傳。」

「所以是加工的嗎？是造假的嗎？是虛構角色！」

「妖怪全都是虛構角色啦！」化野、木場、久禮三人異口同聲地說。

「咿呀呀？」

「有什麼好驚訝的？水木老師的妖怪也一樣啊。那些妖怪的造型不是版權屬於水木茂，而是水木老師原創的。」

「咿呀呀！」

「呀什麼呀，水木老師不也說過，人眼看不到妖怪。若想把看不到的東西畫出來，就必須靠想像力來創作。」

「可、可是以前的圖畫……」

「是以前的人創作的。」

「可、可是傳說……」

「傳說一開始也是有人發揮想像力創作的。」

「咿呀呀呀～」

「到底在咿呀什麼鬼啦。」

「液、液壓機……」

「雷歐先生，沒人懂你的笑話唷。」松野說。很正常，因為雷歐自己也不懂。

「一定有人先創造出某些原典，而且也不是單獨創造出來的。」

「石燕筆下的妖怪有一半是自創呢。」木場嘟囔。

「若有民間傳說作為背景的妖怪恐怕更少。」化野說：

「有故事流傳下來的大概只有兩成左右。其他不是只有名字就是僅剩形狀。」

「這、這麼少！自古流傳下來的居然只有這麼少嗎？」雷歐驚訝，久禮語氣冰冷地回答：「雖然說是流傳，重點是這些傳說從何時開始流傳。說是流傳已久的民間傳說，但是是在明治以後，大多是進入昭和後才紀錄下來的。說是很久以前，其實古老程度甚至不如石燕。再往前的話，就只剩圖畫了。因此若站在文獻本位主義來看，妖怪可說等於不存在，存在的只有怪異現象與奇妙事物。」

「妖、妖怪不存在！」

「也不能說完全不存在。只是沒被稱作『妖怪』而已。」木場說道。

「鬼還是鬼，天狗還是天狗對吧。單就文獻看來，寫成『怪異』兩字的情形還比『妖怪』多得多。」

「應該說，妖怪某種程度上是民俗學用來解釋事物的概念，其他學問不會使用這個字眼。雖然御靈或怨靈的話倒是很常使用。」

「嗯嗯，歷史學的用詞和其他學科也不同。」

「不管是民俗學或文化人類學，都是以現在的文化習俗作為研究對象。日本文學則是以文章本身作為研究對象。彼此著重的部分皆不相同。民俗學研究者對歷史學者面對任何研究對象都由王權的觀點來解釋很不以為然。但站在相反立場看來的話……」

「請問……」

「幹嘛？」

「妖怪真的不存在嗎？」

「還用問嗎？當然不在啊。」木場和久禮同時說。

「可是剛才不是說榎村先生看到了？」

「……榎村先生真的看到了嗎？」

久禮問化野。

「呃……我想……那個應該是……」

化野雙手盤在胸前，頻頻抖動身體。

「應該是……列車司機見到疑似御所車（註80）的物體在鐵軌上移動的幻覺吧？啊，應該叫做列車駕駛員才對。」

「嗯嗯，這是最合理的判斷。」

「看到只有牛車車體在鐵軌上喀噠喀噠走當然會吃驚，因為沒有動力來源。」

「沒有牛牽著走？獨自在鐵道上移動？」

「這就是所謂的怪異吧。」雷歐說。

「嗯，是怪異吧。真不錯，就視為怪異吧。」

「我想是幻覺，因為這種事不可能發生。」

「唔……可是這是榎村老師說的吧？」

「榎村先生應該是為了讓我們理解狀況，所以用朧車作為比喻。因為新幹線碰到鐵路對向有牛車而停駛，聽起來實在很愚蠢，也不容易說明。但如果說朧車的話，妖怪迷們一聽就懂了。」

「喔。」

「可是……有可能集體見到那種幻覺嗎？」松野喃喃地說。

「集體？什麼意思？」

「就算榎村老師搭乘的那輛新幹線的司機見到幻覺而緊急停車，為什麼榎村老師會知道這件事？有車內廣播嗎？」

「廣播？說現在軌道上有朧車出現，列車將緊急停止之類？」

「怎麼想都不可能吧？」

「說得也是……」

註80：即牛車，日本古代貴族以裝飾華美的牛車代步。

「列車內的廣播應該不是說朧車，而是說御所車或牛車吧？」

「那也不可能。」

「況且大江老師和高谷小姐搭乘的應該是不同班次的新幹線，沒道理也遲到吧？」

「唔唔……」

「所以榎村先生到底說了什麼啊？化野先生。」久禮問道。

「都是化野先生想講得聰明一點的錯。就別耍帥了，直接把你聽到的事說出來嘛。」

「我、我沒打算裝聰明啦。我的腦袋沒好到能自豪。雖然不否認我是挺愛耍帥的，但這種緊要關頭耍帥也沒意義。我還在思考該怎麼把聽來的話用其他人聽得懂的方式說出來而已。因為，那個怎麼聽都不是……」

「怎麼聽都不是幻覺，對吧？」久留島說。

「啊？」

「現在東海道線、東海道新幹線上行下行均已停駛。根據網路新聞的情報，停駛的理由是鐵路上發現有多個異物，恢復通車的時間尚無法確定。不過……」

久留島把平板電腦放在桌上。

「網路上另外還流傳著這種影像。」

所有人都靠了過來。

「地點似乎是關原附近。」

「影片？」

「是的。似乎是從停駛中的列車車內拍攝的。窗子開著，看起來不像新幹線。看，快到那個片段了。」

某物從畫面左邊的鐵路遠方出現。

速度不算特別快。

看起來的確很像御所車。

愈來愈接近鏡頭。

有拉把，但沒有拉車的牛或馬。什麼也沒有。

是自行運作的。

穿過畫面中央。

車子後面……

「有、有臉。」

「這、這不就朧車嗎？完全就是啊！」

御所車後的竹簾拉起，露出一張巨大、充滿怨恨的臉。

臉部巨大，約有兩公尺長。車上看似只載著那張臉。巨臉難以辨識是男或女，由縫隙露出的毛髮隨風飄搖。

「這……」化野話說一半，猛吞口水後，勉強繼續說下去：

「這個惡作劇未免也太費工夫了啊！」

「會不會是合成影像？這應該是特攝吧？」

「不，不太可能是惡作劇。似乎也不是ＣＧ。這個動畫是今天早上上傳的。朧車在八點時就已經出現，消息在推特上面瘋傳，九點時網路上已經亂成一團。這段影片那時已經上傳到網路。就算是有人想紅而趕工做出這段影片，短短一小時真的能做得這麼擬真嗎？」

「消息上推特了？」

「還有人將推文彙整成懶人包呢。親眼見過的人少說有幾百個。」久留島說道。

「朧車從正面衝向列車，在即將撞上的瞬間消失。有很多人看見牠消失的情形，但是真是假並不清楚。九點時朧車的名字已經出來了。榎村老師應該是看了那個懶人包網頁吧？」

「消失？會消失嗎？」

「看來應該不是單純幻覺。也不可能是集體幻覺……否則就無法拍攝下來了。」

「出現的次數似乎也不只一次。」

「是的，出現了好幾次。假如這真的是惡作劇或人為的行動，根本是恐怖攻擊等級。」

「如果不是人為的呢？」

「那就只可能是妖怪了。」久禮說。

「不是說不存在嗎？」

「照理說不存在啊，可是這個……」

「怎麼看都是妖怪。」化野也同意。

「這個真的完全是那個角色的模樣，沒別的形容詞了……」

「贏了。」雷歐說。

「啊？」

「這樣算是我贏了，應該沒問題吧？」

「慢著，這不是輸贏的問題吧？」化野說道。

「就算讓個一百步要比輸贏好了，為什麼是你贏？莫名其妙。」

「嘿嘿嘿，因為我是腦子差的代表啊。」

「這點我同意……慢著，說代表，我們這些人裡頭腦子真正差的只有你一個吧？你是蠢蛋一人團體。」

「唔……」

「再說，妖怪也不是雷歐你一個人的東西。人們對於ＵＦＯ、ＵＭＡ或靈異現象是否存在，直到現在仍舊議論不休，也有人發自內心相信有超自然或靈異現象。但相信朧車存在的人，自開天闢地以來一個也沒有，所以要說輸贏的話……」

「是人類輸了！」

「雷歐先生，你看起來真開心呢。」松野說。

其實也不算真的很開心。

「我和木場與松野小姐研究妖怪也不單只為了怪異學會的活動，我們從學會創立前就喜歡妖怪了。」

「大叔我啊，現在都成了標準的妖怪痴了咧。」

化野的專長是考古學，原本對於民俗學或歷史學稱不上熟悉。簡而言之，是本來便喜歡妖怪——太喜歡妖怪而成了妖怪痴。在他成為作家出道以前，曾經營一個名為「白澤樓」的網站，進行妖怪屬性分類的研究。他建構了能依照屬性相互參照的資料庫，雖然事未竟功，京極和村上均認為若能完成的話，一定能帶來極大貢獻。

雷歐想，就算有貢獻，也僅限於妖怪痴的小圈圈裡吧。但實際上似乎並非如此。

當年，小松和彥擔任所長的國際日本文化研究中心建構完成妖怪．怪異傳說資料庫時，曾在學界引起不小話題。即使到了現在，該資料庫依然十分方便且超越時代，深受研究者或妖怪迷們愛用。不過，化野的資料庫不僅構想與著手時期比小松的更早，甚至有人認為，僅限於妖怪的話——只限定於妖怪內容的意思，當然前提是把資料庫做完——是化野的資料庫更優秀。

久留島姑且不論，久禮和木場和松野其實都算是妖怪痴。

松野常參與全日本妖怪推進委員會的活動。反觀雷歐雖然也是推進委員會的一員，卻常因為一言難盡的理由遲到，參加活動的次數不算多。

總而言之，這群人雖然絕頂聰明，其實都是笨蛋。

——太好了。

「好吧，就算我們所有人都贏了。」

「贏誰？」

「當然是贏人類啊。啊，不對，我們也是人類。」

「這傢伙是為了把事情搞得愈來愈混亂才誕生的吧？」久禮說。「不，他只是普通的笨蛋，對不對？」化野還向雷歐本人確認。

「算了，先不管這個。」

「不管嗎？」

「別再管了啦。重點是……」

化野看PC畫面。

「至少能確定一件事。」

「什、什麼事？」

「今天的定期研討會……肯定得延期了。」

「說得也是。發表者都還在名古屋或大阪。」

「但是住在東京近郊來聽演講的人怎麼辦？時間上說來應該快要有人來了。」

「還能怎麼辦？碰上這種緊急狀況只好取消研討會了。」

「我去服務台待命。」久留島準備離開房間的那一瞬間。

嗚嗡嗚嗡嗚嗡，有類似警報聲的聲音響起。

雷歐覺得聽起來很像敲鐘後的殘響。

「什麼聲音？誰的聲音？屁嗎？」

「屁沒那麼響吧？連小村上也放不出那麼響的。這是什麼聲音？警報器嗎？」

化野歪著頭，深感疑惑。

木場走過久留島身邊，確認走廊情況。

「似乎沒有異狀。」

不……

「怎怎怎怎麼好像不停震動起來了？難道這棟大樓也有來電震動的功能嗎？」

「哪有可能啊……慢著，好像真的在震動。」

「是、是地震嗎？」松野問。下個瞬間，木場驚叫一聲「咿呀！」躲進桌子底下。

「地地地地震應該不會發出警報吧？不不不不覺得有點久嗎？以地震來說。」

聲音持續響著。

「躲在桌子底下，聲音好像變大了。」木場說。

「這、這不是地震。」

「嗯……外面好像什麼事也沒有。」

松野確認窗外，只有這棟大樓在震動。

「不覺得聲音似乎變大了？」

「真的，確實變大了。」

「走廊沒有震動。」久留島說。

「什麼？」

「似乎……只有這個房間有嗡嗡聲。」

「啊？」

「這個……應該是所謂的地鳴吧？」久禮說。

「地、地鳴？」

「怎麼想都是這樣。這是地鳴啊。」

「朧車都出來了，發生地鳴也不奇怪！」

「也許是什麼事要發生的預兆……」

「我沒有立場如此判斷，但我覺得……這或許是種凶兆。」

一聲特別巨大的鳴響，蓋掉了久禮的低語。

妖怪專門誌編輯亂成一團

「是妖怪呢。」及川說：

「除此之外別無可能了。」

「嗯，應該是吧。」

盤著手、擺起臭臉的是《怪》的總編郡司聰。

「繼續下去，《怪》會變得愈來愈沒立場吧？」

「早就沒啥立場了。」

「已經有民眾來抗議了喔，總編。」岡田說。

「有人抗議嗎？」

「雖然目前還不算多。」

「反正到哪都不缺刁民。」

「是這樣沒錯……」

岡田邊操作著iPad邊開口。

「但這次……真的有點嚴重。」

「我在這行幹得也挺久的，別看我這樣，我曾經被威脅過生命哩。之前做翻譯書或非虛構類作品時也遇過危險，但最後大家還是化險為夷了。」

「郡司先生的人生真是波瀾壯闊啊。」

「好，及川，我命令你負責處理抗議民眾吧。」

「咦？」

「從現在起就交給你了。」

「請、請等一下。」

哪有那麼蠢的事。

「我辦不到啦。」

「只要道歉就好。」郡司說。

「我很不擅長道歉啊。我的外型這麼恐怖，道起歉來只像在生悶氣。明明我是一片真心誠意。」

「說得也是，沒看過像你這麼不會表達歉意的人。看到你的道歉，反而更一肚子氣。光你那張臉就不合格，態度也差，身體也差，頭腦不靈光，心靈又脆弱，為什麼外表看起來就那麼凶巴巴的啊？及川。就是因為這樣，你才會……」

「求求你別再說了。」及川說。再說下去，在及川人生中是數一數二黑歷史的那個事件又會被挖出來。

整個世界變得很奇怪。

到處有妖怪現身，引來騷動。

半個月前的朧車事件成了當日的頭條消息。儘管ＪＲ與警方仍在官方聲明中宣稱是「異物」造成問題，目前繼續調查中，但親眼目睹朧車的民眾何其眾多，也被拍攝成影片上傳，紙早就包不住火。新聞報導中使用鬼太郎動畫版的朧車影像來說明，八卦節目也全面被妖怪朧車的話題所佔據。

不過，朧車話題並沒有持續太久。

不是話題停止了。應該說事情擴散了，或者說範圍擴大了。

被其他眾多事件奪走焦點了。

除了朧車以外，網路上還流傳其他妖怪的影片。

朧車事件隔日，一則在空中飛揚的木棉妖影像被ＰＯ上網。影片裡的木棉妖和鬼太郎裡登場的角色形象有些微差距，沒有手也沒有眼，是一條像長長白色棉布的物體在空中飄舞的照片。

並不是被風刮走的兜襠布。

白布一邊自行旋轉纏繞、突然伸長拉直地進行運動，一會向東一會向西地自在飛行。雖是未確認飛行物體，但沒人覺得它是ＵＦＯ，也沒人這麼說。雖然ＵＦＯ的原義本來就是未確認飛行物體。

拍攝到的地點是九州的大隅地方，這也和民間傳說相符。

瀨戶內海上有海座頭出現。

不是海坊主（註81）或海怪那種UMA風格的怪物，在海上浮現的是穿著和服、揹負琵琶的禿頭老人。而且是在光天化日之下。

不用說，當然立刻引起騷動。海上有個老人，不是在水中踩水，而是浮於海面上。當地的電視台為了採訪他開了小艇過去，但即將接近前他就消失了。

採訪海座頭，多麼可笑的狀況。

不過岸上的攝影成功了，影片在日本全國播放。

如此一來，就再也無法隱瞞了。各地均傳來妖怪目擊情報。

諸如被妖怪拉袖子、被妖怪摸臉頰、屁股被咬一口……遭遇妖怪的奇談一件接著一件。上傳到網路的幾十則影片之中，也包含許多一看便知是造假的贗品。

媒體爭先恐後地製作妖怪特集。

及川一開始以為這是個好機會。

《怪》是舉世唯一的妖怪雜誌，是創刊二十年的老字號，水木茂大師也為他們站台。重點是，現在引發騷動的不是靈異現象，不是超科學，不是鬼故事，不是怪談，而是妖怪。

沒錯，正是妖怪。

註81：海坊主為身長數公尺至數十公尺，突然在海上冒出的巨大黑色光頭妖怪。海怪為在長崎縣附近海域出沒的大海蛇狀妖怪。

幾十年來，總有人說妖怪風潮即將到來。

中間有幾度蔚為風潮，很快又萎縮，反覆起落，就是沒辦法引爆決定性的潮流。及川想，這次終於要走運了嗎？

事實上，各大媒體也紛紛前來採訪《怪》的作家群。

在這當中，最驚人的莫過於《怪》當中首屈一指的怪咖多田克己居然上電視了。

看不出是因為緊張還是平常就這樣，在電視上的他語焉不詳，但至少在高畫質數位電視中露臉了。及川莫名覺得有些感動，甚至將該片段錄了下來。

及川只記得他說「朧除了『oboro』，也可唸作『onboro』……」，以及最後不停喃喃說著：「一目……一目……」

或許他想在短暫時間裡，把對朧車的解釋和自己目睹一目小僧的經驗塞進去吧，塞得太滿了。

讓他去上直播節目實在很危險。

電視台也有邀請村上健司或京極夏彥，都被他們回絕了。

目前為止電視上的妖怪節目不僅主旨不明，臆測與誤會過多，論點也相當蠻橫，各種層面的水準都過於低落，站在《怪》的立場，實在也不怎麼想合作。

只要發言違反導播或製作人的意旨，馬上就會被剪掉或重拍，問題是這些導播或製作人對妖怪要嘛漠不關心，要嘛毫無理解，因此妖怪痴沒辦法繼續做下去的情況非常多。

因此，那兩人對於這類節目相當不齒。

尤其是京極一旦發現節目想把妖怪與靈異掛勾，立刻會失去幹勁。這次「演變成這種狀況」的可能性非常高。

京極向來宣稱這世上沒有不可思議的事。而且是徹底斷言。即使在這個妖怪橫行的當下，他似乎也仍堅稱沒有不可思議的事，真不知道他心裡在想什麼。儘管看過被清楚拍攝到的妖怪影像，他依舊聲稱這沒什麼好不可思議的，反而令人覺得他的頭腦才是真的不可思議。但話又說回來，這種情況下，縱使他改弦易轍，不管那是基於何種意圖，也一定會被誤解吧。

對世人而言，妖怪痴與靈異信徒已幾無差別。宣稱「巨蟹座的巨蟹星人已經降臨地球」與宣稱「那無疑是一種叫做朧車的妖怪」，這兩件事對一般人而言性質根本沒什麼不同。

重點是，電視台根本不想知道關於某妖怪在民俗學是如何如何，在文獻則是如何如何，而被拍攝的那些事物與這些文獻有哪裡酷似，但不能因此就認定兩者完全等同……之類的拐彎抹角言論。

實際上就是因為每個被拍攝到的異常物體都具有妖怪外型，所以才被稱呼為妖怪，倘若拍到的事物與妖怪的模樣截然不同的話，就只是其他種類的超常現象，在本質上便是靈異。

所以京極和村上都選擇保持緘默。

同樣地，身為妖怪界最高地位大老的水木茂大師也幾乎不露面。聽說各電視台競相邀他上節目，果然他全部回絕了。

只有在朧車事件剛發生時，他曾在某電視台的新聞節目裡簡短地作出如下發言：

「你啊，這可是妖怪吶。」

聽完，主播也短促地回應「果然是妖怪呢」。接著由某位不知是什麼專家的名嘴跟著說：「既然水木老師這麼說，肯定錯不了。」

多麼沒意義啊。

只是……其實這個發言還有後續。

水木老師在這句之後其實還說了一番話，一同列席的梅澤可以作證。

「但所謂的妖怪啊，是看不見的事物。不會像這樣留存在影像裡！這太奇怪了！」

據說大師當時怒目瞪視，氣得用拳頭捶打膝蓋。

「你啊，這太瘋狂了。這簡直就是瘋了嘛。這種事情是不可以發生的。雖然南方的土人們以前也在妖怪圍繞下過生活，那些妖怪也沒像這樣拋頭露面！只有在沒有電燈，四周一片黑暗的情況下才能感應得到牠們。像這樣在光天化日之下，如此清晰地現身是不可能的！你啊，這太奇怪了！太不合理了吶！」

據說大師說到這時，好像重重地拍了一下桌子。

「所謂的妖怪，只是種聲息啊，聲息。只有在與妖怪相符的聲息之中，才總算能朦朧地感覺到妖怪。是在那個瞬間「哇！」地感覺到的。是無法看見的！所以才要像個傻子一般卯足全力觀察，否則完全看不到。不，必須是無法看見的才行！」

梅澤說水木老師說到這時，整個人激動得挺身後仰。鏡頭這時已經完全不照他了。

「所以說，這樣真的很奇怪吶。這雖然是妖怪，卻不是原本的妖怪。這是世界末日。你啊，這樣是不行的。原本說來，眼不能見的事物無法被拍攝下來，不是理所當然的嗎？一旦能被拍攝，那就是別種事物。所以說你們大家大錯特錯。電視台真的是已經不行了啊。你們這些搞電視的傢伙全都腦袋……」

老師接下來對電視台現今的生態大批特批。

但是都被剪掉了。

雖然老師說了好幾個不適合播出的字眼，被剪掉無可厚非，但完全不想傳達受訪者本意的編輯方針也大有問題。

大師看到實際播出的畫面，氣得七竅生煙，從此之後就再也不接受採訪，也絕不在媒體上表達意見。

另一方面，說起節目，自然會想到向來習慣上電視的妖怪推進委員會顧問——荒俣宏。

但意外的是，荒俣先生也同樣沒有露面。

因為他被電視台「扣押」了。

是的，和那顆呼子石一起。

在妖怪騷動爆發前，檯面下已開始默默進行讓那隻正牌妖怪在電視上現身的計畫。

呼子能在攝影棚裡現身。

能顯現小女孩的模樣，自由自在地現身。

能毫無疑問地在眾人面前出現。

不是透過預錄影片。

而是直接暴露在鏡頭前。

媒體自然不可能放過如此驚天動地的題材。

雖然尚未正式發表，但也不是什麼機密。

荒俣先生唯一的要求是在正式發表以前，必須經過仔細驗證，如此罷了。

因此，呼子的消息其實很早就在出版業界內部傳開，聽到傳聞的電視台人員前來和他接觸。

是關於獨占直播節目的邀請。

但荒俣先生很慎重。那位博學的巨人不可能輕率地對電視台的任何要求都言聽計從。他貫徹初衷，主張要請有點規模的研究機關仔細檢驗，等得出結果後再播出……話是這麼說，能做的也只有像是分析石頭的成分、測量呼子身體各部位的長度這種程度而已。

不過，不管檢查結果如何，這個呼子石無疑是種極為不可思議的現象。變成無法查明原理的二十一世紀最大謎團。電視台見狀也著急著想要搶功。另外，節目播出時好像也預定邀請發現者村上參加。

村上在荒俣先生的遊說下實在難以拒絕，便接受了參與直播節目的邀請。附帶一提，明明雷歐同樣也是發現者，卻沒人理他。

然而——

過不了多久，這個二十一世紀最大的謎團雖依然奇妙，卻變得不再重要。

因為各種鬼怪在全日本源源不絕地湧現，這也沒辦法，妖怪已不是什麼稀奇事了。

縱然如此，某種意義下能自由消失現身的呼子仍是個「有趣材料」。能在攝影棚中忽然使之現身的妖怪，恐怕找不到第二隻。

只不過，原本的節目企劃也沒辦法繼續沿用，必須重新考慮。

如今朧車或木棉妖無法不納入內容。於是，荒俣宏與妖怪呼子被電視台扣押起來，打算有朝一日當成祕密武器。

因為這樣，《怪》的主力作家群幾乎沒有在媒體上露面……但媒體依舊迫切需要專家上節目闡述觀點。

雖然說是專家，但最好是非靈異類領域的專家。

縱使媒體的態度在根本上與製作靈異節目時毫無任何差異——不，他們根本不知道自己什麼也沒變——儘管如此，只改變皮相是他們的慣用技倆。順應當今流行換上新的外皮，這就是電視台的做法。

被此一風潮添了最多麻煩的，恐怕是國際日本文化研究中心的所長小松和彥吧。

小松和彥並非妖怪專家。不，他也是妖怪文化的研究者，但和這次的騷動可說沒有一丁點的關聯。

這次震撼社會的是具有妖怪造型、被可視化的超常現象，而非妖怪本身。與小松老師所研究的妖怪之間——雖不敢說完全沒有——但並無關聯。

小松老師研究的是受到妖怪此一操作概念影響下的文化與人類，超常現象本身並非他所關注的焦點。

因此及川想，小松老師恐怕沒什麼話可說吧。即使如此，還是不斷有許多節目邀請他上電視。

小松老師曾在NHK的特別報導中露過一次面，做出底下的發言：

「這或許該說是日本人的——感性吧，總之，我們所具有的這種感受是在培育我們的文化上才得以成立。在親眼目睹或感應到某種難以名狀的東西時，我們會做出何種解釋，便可看出文化的特質。即使是同一種色彩，美國人稱之為藍色，日本人則稱之為碧色，這便是一種文化差異。比方說，關於那個朝著新幹線突進的某物……對我們日本人而言，除了『那種妖怪』以外，沒有別的說法，但換作是外國人的話會有何種感受？我感興趣的其實是這方面。日本人會把那種物體稱為『朧車』，是因為江戶時代的畫家創造了那種造型，並在現代普遍受到認知。普及的理由當然有一部分是受到水木茂先生的影響，但對我們而言，妖怪是一種很有親近感的事物，因此將新幹線線路上出現的那種怪物視為妖怪，在某種意義下會比較輕鬆。這是我的看法。」

這段發言被剪得支離破碎，運用在各種場面上。

及川至少在電視上看過五次這段談話。主要是後半部分，用來作為妖怪對日本人而言很親近的佐證。

NHK似乎打算朝這種路線來統整妖怪騷動的報導。

但民營電視台並非如此。

小松老師並沒有上任何民營電視台的節目，但《怪》的作家香川雅信或以妖怪收藏家聞名的湯本豪一、知名黃表紙研究者亞當・卡巴特、東亞怪異學會代表大江篤等人都有受到民營電視台的邀請。雖然各自上過一兩次節目，但果然要求研究者做出愉快有趣的發言很困難，這也是理所當然的，學者本來就是認真面對自己的研究，他們不會、也不肯隨便評論。

然而，電視台想要的卻不是真摯認真的研究成果。他們對於不怎麼有趣又有點艱深的研究內容嗤之以鼻，認定這些艱深話題觀眾們本來就不可能聽得懂，徹底藐視觀眾。假如這些被當成節目主題的內容真的難懂又有必要介紹的話，為何不用更淺顯的方式介紹？深入淺出地報導不正是他們的工作嗎？

時至今日，依然擺出一副「讓你上電視了還不感激？」的高高在上態度也令人費解。這年頭，電視的影響力早已式微，連一般民眾都只覺得「肯來拜託我的話，勉為其難地上一下節目也不是不行」呢。

電視人與現實早已脫節。在這資訊發達的年代裡，最跟不上時代的恐怕是電視台吧。作為牽動時代的風雲兒早已是過去的事，他們卻仍忘懷不了過去的榮光。

說到底，電視台只是想拍下擁有偉大頭銜的人士對妖怪感到興奮的模樣罷了。問題是，假如他們想要有人能做出有趣的反應，該找的是諧星才對。專家不會在自己專門的領域瞎起鬨，對專門外的領域也不會多做臆測。

電視台的期待打從一開始就不可能成真。

結果，他們換了一批靈異現象類的藝文人士來上節目，讓他們賺得了曝光率。這群擁有能上電視就代表厲害的上一世紀價值觀、將之視為一種身分象徵的傢伙們爭先恐後地推銷自己，而這樣的人也受到電視台的歡迎。

及川開始覺得無所謂了。

在這些如雨後春筍般冒出的妖怪節目中，及川唯一覺得有趣的是國立歷史民俗博物館策展人常光徹參加的某特別節目。常光是以「學校有鬼」系列聞名的民俗學者，對驅魔法器、術法具有豐富知識。常光介紹了日本自古以來流傳的辟邪術法，並教導如何使用。

例如碰上河童時該唸何種咒語、看穿鬼怪的方法、遇見見越入道時的應對方式等等，這些傳承或習俗被人在電視節目裡認真且詳實地介紹恐怕是頭一遭吧。配上常光老師認真誠摯的態度，是令人非常有好感的妖怪節目。

只是……

節目來到最後，突然開始介紹起驅魔商品。在發現這其實是電視購物節目的瞬間，及川的下巴差點掉下來。

全國知名寺廟神社的驅魔符咒十枚套組，保證有效，現在立即訂購還附贈破魔矢與線香，原價三萬五千圓，現在特價只要二萬八千圓就能買到。三十分鐘內訂購的話，還可享有和尚打扮的送貨員真心誠意地為您送貨到府——聽到這裡，及川忍不住捧腹大笑。

內含附屬鉤子鏈條、能掛在屋簷上的辟邪竹簍、附屬展示支架的柊樹枝椏、冷凍乾燥沙丁魚頭、串成項圈的脫臭生蒜、耶誕節時亦可沿用的荊棘花圈等等驅魔道具大補帖，立刻訂購即贈五張招財進寶道教符咒，原價一萬五千圓，現在特價只要一萬，還加倍奉送沙丁魚頭和蒜頭——看到這裡時，及川差點翻白眼。

被主持人問「怎樣？有了這些，妖怪應該也能一發驅除了吧？」的時候，常光老師也不禁苦笑了。

妖怪又不是蟑螂。

就像這樣，妖怪被社會大眾當成一種與鬼魂相差無幾的事物。當及川看到在「日本列島除靈特別節目」中，有靈異專家煞有其事地聲稱這是日本作為一個國家太過墮落，古老的鬼魂在敲響警鐘時，徹底感到失望了。接著，當主持人表情微妙地回應「真的，完全是如此」時，及川默默地將電視關上。

確實一連串的騷動使得妖怪受到人們關注，卻也使得牠們被視為與鬼魂作祟或超常現象同類，兩者再也沒有區隔。

另一方面，妖怪依舊不斷湧現。

在及川身邊也發生了。

將京極、多田、村上三大笨蛋的對談彙整成《妖怪痴》一書，並將之出版的「妖怪痴」團隊最後一名成員——新潮社的青木大輔，他也遇到妖怪了。

青木遇到的是一種叫做豬口暮露的妖怪。

那是一種頭上戴著酒杯的迷你虛無僧。

據說青木見到牠們成群結隊地走動。真是奇怪。

青木也是個複雜的人，及川和他不熟，只覺得他個性不壞，有知識也有教養，工作方面也很幹練，是個編輯界的大前輩。只是，京極評論他作為一名諧星的膽識尚且不足。明明青木是個編輯而非諧星。

青木喜歡搞笑，對搞笑題材很敏感，也常想到有趣的點子。然而，當他想刻意搞笑時，總會變得很無聊。

及川看過好幾次類似的情形。

或許是知識和教養形成阻礙，也可能是他在心中還顧慮著形象，不敢跨越那一道，無法整個豁出去，結果使得他不僅沒辦法維持形象，反而更丟臉了。既然如此，乾脆捨棄搞笑的欲望，踏實地、樸實地、誠懇地與人相處也沒什麼不好，但他就是嫌這樣太無聊。青木在工作上是個認真的好編輯，可惜在想耍笨的場面就是耍不成。想必是會害羞吧。

及川知道自己怎麼耍帥也帥不起來，所以早已放棄，但青木還沒放棄，所以才沒辦法當個笨蛋吧。與其說他在勉強自己，不如說朝相反方向逞強。

其實及川覺得青木沒必要勉強自己融入這群笨蛋之中。像及川這種天生就是笨蛋的傢伙，即使想脫離笨蛋團體也辦不到，所以他其實頗羨慕有機會遠離笨蛋的青木。

總之，不管青木是怎麼想的，聽說他為了當個笨蛋甚至還仰賴酒精的幫助。不過，京極等人認為他就是這樣才不行。

京極明明不喝酒，卻主張酒是為了愉悅而喝的，也說靠喝醉耍笨是對笨蛋的褻瀆。及川想，笨蛋就只是笨蛋，即使褻瀆也無妨吧？但他似乎錯了，京極認為笨蛋喝醉酒當然可以，就是別酒醉裝笨蛋。那樣的話，作為一名笨蛋太不認真了。

箇中道理及川實在不懂。

不管如何，青木很常喝酒。即使是不耍白痴的日子也喝。這麼看來他或許只是貪好杯中物罷了。他獨自一人時也喝，去旅行也喝。但是某一天之後，青木突然再也不碰過去幾乎每晚喝的酒。

因為他見到身高約十五公分、排成一列行進的虛無僧隊列。

青木揉揉眼，搖搖頭，喝口水，但那些虛無僧仍未消失。

不僅沒消失，還在青木面前的酒杯旁排成一列，嗚嗚地吹起了尺八。音色聽起來與其說尺八，更像嗩吶。而且不知為何，還用那種嗚嗚的音色吹起「IMO欽三重奏」的《高校搖籃曲》旋律，這時青木絕望了。

他覺得自己沒救了。

及川不清楚那是什麼曲子，所以也不明白青木為何會感到絕望。

戒酒後三天，青木才發現那不是酒醉帶來的幻覺。

那天，青木完全提不起幹勁。

工作比預定更早完成，青木決定帶著校樣回家確認。但在踏出公司大門後，突然不想直接回家，湊巧肚子也有點餓，決定去吃點東西。

青木邀了熱愛日式炸雞塊，傳說中只要眼前有炸雞塊的話便會不自覺猛吃一頓，即使去唱卡拉ＯＫ，明明輪到自己的歌，只要點的炸雞一來就會邊吃邊唱，最後連歌也顧不得的《小說新潮》編輯——照山朋代，以及據說具有繩文人血統，嘴巴和肢體動作不一致所以有許多無謂動作，出版界頭髮鬍鬚第一濃密的男子——大庭大作，三人一同前往居酒屋。

選這兩人的理由是他們湊巧在身邊，其實青木更想獨處，但還是隨緣吧。

青木沒喝酒。

虛無僧卻仍然出現了。

正當青木心想「唉，我果然還是沒救了」的瞬間。

照山伸出手來，一掌拍在虛無僧之上。虛無僧被壓扁了。

「啊……」

「這個最近常出現呢。只要把牠敲扁就會消失，很有趣。」

「有、有趣？喂喂……」

「真的很有趣啊。這種觸感，這種敲扁瞬間的感覺會讓人上癮呢。」

「是喔？怎樣的感覺？」大庭問。青木在懷疑自己是否精神有毛病前，開始懷疑起這兩位年輕同事的心理了。

「怎樣？就『砰』的一下啊，砰。牠們會一直嗚嗚吹著喇叭，吵都吵死了。」

「像這樣？」

大庭也把虛無僧敲扁了。

「啊，真的耶，壓到一半，好像突然啵地一聲消失了。」

「青木大哥，你也試試看嘛。」

「你們知道這是什麼嗎？」

「不知道。不過應該是青木大哥喜歡的妖怪吧？」

照山像是滿不在乎地說。

青木的戒酒，短短三天就宣告結束。

那天，青木喝得不省人事，確認校樣的工作延到隔日下午。

編輯界有許多人遭到妖怪騷擾。

文藝春秋的吉安章被油紙傘妖舔臉。難以想像住在東京，究竟是在何種情況下才會見到油紙傘妖，不過，聽說傘的舌頭和貓舌頭一樣，表面沙沙的。

同樣是文藝春秋編輯部的羽鳥好之，和講談社的唐木厚組成走訪日本城同好會，兩人在某座城的天守閣裡碰上了長壁姬（註82）而嚇軟了腿。脫口問：「長壁姬不是姬路城的妖怪嗎？」卻被妖怪罵了聲囉唆。

聽說同樣是講壇社的西川大基撞到塗壁，頭上撞出個腫包來。集英社的野村武士則是在廁所被加牟波理入道（註83）襲擊。野村一開始以為是他以前負責過的作家荒俣宏的惡作劇，輕鬆地說：「討厭啦，荒俣先生，別偷窺別人如廁嘛。」後回頭，才發現根本不是荒俣，硬要說的話看起來還比較像演員大瀧秀治，據說那隻妖怪的回應聲類似鳥鳴。

當時野村的感想只有，原來西式廁所也會出現。

德間書店的村山昌子被撒沙婆婆撒了一身沙，光文社的鈴木一人則是被天狗抓走。鈴木在眾目睽睽之下，被天狗從上方攫住，帶往高空。據說當時天狗發出的粗野笑聲與鈴木的高兩個八度音的慘叫聲，響徹了護國寺週邊。

鈴木至今仍行蹤不明。

至於中央公論新社的名倉宏美……竟然撿到了蹭脛怪。

撿到牠後，直接養在家裡。真不知道她腦子在想什麼，傷腦筋。

名倉去便利商店買模範生點心麵時，突然覺得有東西在磨蹭小腿。老實說，她當時想買什麼根本無關緊要，但她本人堅持這件事很重要。總之，她拿起幾袋模範生點心麵，走到櫃台結帳，感到心滿意足，準備離開店面時就被磨蹭了。不過，名倉不僅不害怕，更將那隻在磨蹭的小傢伙帶回家，取名為「蹭蹭」。雖然怎麼喊也沒反應，只會磨蹭小腿。這並不奇怪，畢竟牠是蹭脛怪。

聽說也試著餵牠吃美乃滋，一樣沒什麼反應。

到底在幹嘛啊。

碰到妖怪的人不只編輯。

作家們也碰到了妖怪。

尤其是與《怪》有關的作家，大多都碰見了。

畠中惠的工作室裡的器具似乎化成了鬼怪。雖然應該和她在《怪》連載過類似內容的小說無關，但據說連鍋子和木屐都跳起舞來。不怎麼可怕，但很吵。倘若連文具都變成鬼怪的話就真的傷腦筋了。聽說家鳴（註84）也有現身。房子裡沒擺屏風，所以沒有屏風窺出現。

註82：相傳居住於姬路城中的女妖。
註83：會出現在茅廁的妖怪，模樣像是會口吐小鳥的僧人。
註84：家鳴為搖晃房子惡作劇的妖怪；屏風窺為躲在屏風背後偷窺的妖怪。

畠中說同樣都要遇見鬼怪的話，寧可碰見白澤，可惜不如她所願。不管如何，都是一些很喧鬧的鬼怪。

恩田陸遭到狸貓惡作劇，在同一個場所繞半天都走不出去，還被野箆坊（註85）嚇到。問她當時是不是喝酒了，恩田挺起胸膛，理直氣壯地說她當然沒喝。但深入追問後，她坦承其實當時有喝醉酒，喝得還相當多，於是她這番話就顯得很可疑。據說迷路時手機的GPS完全失靈，本人聲稱這就是所謂的《遺失的地圖》。

真是高明的雙關語。

及川隸屬於漫畫編輯部，所以上述傳聞並非直接從作家口中聽來，不過聽說即使是與《怪》無關的作家，也有許多人碰到妖怪。至於漫畫家們也不意外地受到了妖怪騷擾。及川個人的感覺是有畫過與妖怪有關作品的比較容易碰到。

和《怪》有關的漫畫家中，負責將京極小說改編成漫畫版的志水明家中似乎有鐵鼠出現。不是別的，竟然是鐵鼠，還帶了大批老鼠一起現身。志水的家裡養了幾隻烏龜，據說龜和老鼠開心地玩成一團。志水本人則嘆道：「我都還沒畫到鐵鼠呢！」

今井美保也有碰上妖怪。照理說要碰到山彥才對，出現的卻是川獺。

令人驚訝的是，唐澤直樹的家裡冒出外國妖怪，而非日本的。出現的是佐藤有文在《最詳盡世界妖怪圖鑑》中配上一張隨便的插圖，隨便取個名字的妖怪——無影犬。據說這種妖怪除了沒有影子以外，和一般的狗沒什麼兩樣。

作家們並沒有遭到多少的實質傷害。但是……

似乎還是有什麼被改變了。

改變就算了，頂多成了有妖怪愉快大遊行的世界，無傷大雅。及川認為這樣的世界也不錯。

然而，事情並非那麼簡單。

妖怪被和鬼魂或靈異混同，又受到新聞媒體大肆加以負面報導後，世間風潮為之一變。開端一樣始於朧車騷動。事件發生初期，媒體焦點集中在如何聳動地介紹朧車，直到日後，隱藏在背後的問題才逐漸浮現。

由於受到朧車阻礙，東海道線全線停駛，新幹線也同樣停止運行。列車時刻表亂成一團，受到影響而動彈不得的人數最終多達數萬人。

由於鐵路本身無法使用，ＪＲ只好安排巴士替代，短程路線尚能應付，但是像長途的新幹線情況就難以負荷，客服電話接到手軟，損害金額難以估量。傷腦筋的是，ＪＲ並沒有應變手冊來面對鐵軌上出現妖怪的情況。在確保安全前無法恢復通車，但也沒人知道怎樣才算確保安全。於是，鐵路陷入不能恢復通車、但也不知該如何排除困難的兩難狀況，就這麼僵持在那裡。

註85：外型如人類，但臉部沒有五官的妖怪。

光是被困在新幹線上的乘客就為數眾多。

緊急停車後，乘客被關在車廂裡長達五小時以上。

結果，有不少車廂發生了暴動。

每一起事故都是從焦躁不堪的乘客破口大罵開始，接著從互相叫囂演變成大打出手，無一例外。日後統計起來，受傷的乘客多達六十三名。

不僅如此。

那時受傷而入院的人當中，有三人死亡了。

事情變得嚴重起來，再也無法一笑置之。

不，從一開始就不能一笑置之吧。

雖然一時之間，整個社會興奮地討論妖怪。但在妖怪騷動發生前，日本其實一直籠罩在暗澹氛圍裡。全國各地同時發生多起暴力傷害事件。並非有所預謀的恐怖行為。每一樁都是從微不足道的小事演變成暴力事件，到處都可聽見破口大罵聲。自從警察法修法，警察能介入民事糾紛以後，街頭每天總能聽見警笛嗚嗚作響。

某名嘴曰：「簡直就像集體歇斯底里。」雖然該位名嘴煞有其事地用道德低落、教育荒弛、對政治的不信任而累積的壓力一口氣爆發來做說明，但及川實在感覺不到說服力。

此外，所謂的暴虐兇殘事件也增加了。短短幾個月間，被害人數超過二位數，而且彼此之間毫無瓜葛。

連及川自己也差點成了暴虐兇殘事件的犧牲者。

曾幾何時，人們失去了寬裕的心靈。

或許也因如此，媒體才會如此關注妖怪騷動吧。想將之當成一件絢麗的迷彩外衣，隱去世間的黑暗與混亂。

但是。

光是遮起來也沒用。不除去根源，不安就不會消失。只是蓋住的話，什麼事也解決不了。不，隱蔽反而徒令不安增長。隱藏在騷鬧的外衣下，不安逐漸膨脹起來。

案件未曾減少，妖怪也不斷湧現。

最後……這兩者終於被結合在一起。

人們開始懷疑，日本最近發生的各種人心惶惶的事件，全都是妖怪所害。

這個論點意外地具有說服力。

比任何冠冕堂皇的大道理都更容易接受。

人們失去了冷靜，不再願意深入思考這整件事的來龍去脈。接著，他們開始把妖怪當成敵人，矛頭對準的不是妖怪，而是愛好妖怪的人們。首當其衝的……不用說，當然是《怪》。

「可是要我們道歉也很莫名其妙吧？」岡田說：「不管是不是妖怪害的，我們又沒有犯罪，妖怪也不是我們創造出來的。」

「你說得是沒錯……」

郡司盤起手來，露出仁王般的凶惡面容。

「問題是，我們仍會被當成煽動者。」

「我們煽動了什麼？」

「當然有。我們雖然沒鼓吹殺人或使用暴力，但我們守護了妖怪，持續推廣妖怪文化。這也算是一種煽動吧。」

「嗯……我們辦的是妖怪專門誌，而且也成立了妖怪推進委員會。」

「所以說，的確有推動吧。」

「是的。」

率先地推動了。

「而這個推動啊，算是犯了給世人添麻煩的罪。就像子女犯錯，父母會被迫道歉一樣。即便孩子已成年，父母無須負任何監督責任，名人的話還會開記者會道歉，接受社會大眾莫名其妙的抨擊，不是嗎？」

「嗯……」

「若犯錯者未成年就算了，即使是成年人，社會大眾還是會責備養育方式、孩子的人格等等。我個人認為這些問題不該怪罪父母，但日本有很多蠢蛋認為責備父母是理所當然的，而我們現在的狀況就跟這個一樣。」

「可是我還是沒辦法接受把當前的混亂全部怪到妖怪身上……明明沒有直接關聯。」

「但世人就是顧不了那麼多啊。」

「和核電事故的情形很像。」及川說。「不，並不相同吧。」郡司反駁。

「是嗎？擁核派不也成為眾矢之的？」

「擁核派受到抨擊很正常。核電的問題在於核電本身具有重大缺失，待解決的問題堆積如山，相關制度面也完全不行。但因牽涉到巨大利益，明知危險也要推動，所以在根本上說來是一種犯罪，被糾彈是應該的，被追究責任本是罪有應得。那是一種人禍。」

「這樣啊。」

「但另一方面，有多少人早已正確體認到核電危險性，這點仔細想來也是個問題。雖說弊端被掩蓋卻也做不到天衣無縫，核電不完備已是公開的祕密。在災害釀成以前，早就有各界賢達指出核電的風險，擁核派卻不肯面對，只單方面地認定安全無虞，結果當然是不行的。與其說他們被騙，比較像不明白事情的嚴重性，但卻沒有認真理解就貿然推進，這也是有問題的吧。」

「嗯。」

「世間的風向會吹向減核或反核，我認為合情合理。引發如此嚴重的事故，核電推動派當然有責任，受到抨擊也無話可說。雖然現在群起反對的民眾過去也不夠用功，儘管沒挺身推動，卻默認了擁核派的說詞。但現在問題已經浮現，核電的弊端也暴露了。如果還想像過去一樣繼續推動核電的話，就得準備更完備的理論來說服人。但擁核派不這麼做，卻還是想用老法子繼續強推，當然是不行。因為過去的論點完全失效了。」

「嗯，的確是這樣。」

「然而，妖怪從一開始就沒有任何缺失或過錯。」

「就是說啊。」

「如同『別吵架，會肚子餓喔』這句妖怪界名言所述，妖怪是非常虛弱的。軟弱無力。是弱者。是非主流。明明就是反暴力的代表，是離紛爭很遙遠的事物。妖怪的賣點本來就是無能與無用，現在卻被人當成暴虐兇殘犯罪的領頭者。」

「但這是一種誤解啊。」岡田說。

「沒錯，但你想想，縱使我們高喊妖怪不可怕，高喊反對暴力，又有誰願意傾聽？而且，強力的抗議運動也不符合妖怪風格。」

「可是，就算我們道歉，也對事態沒有任何幫助吧？該說什麼？『我們過去努力推動妖怪，愧對社會大眾』嗎？」

「不，岡田，你好好地想一想。」

郡司用他那雙細長鳳眼瞪人。

「難道你要讓水木老師和荒俣老師變成眾矢之的嗎？」

「說得也是……」

「京極先生和村上先生也一樣。宮部小姐與恩田小姐也在《怪》刊登過文章。不能讓批判矛頭對準了作家，所以我們只能搶先跳出來概括承受。」

「召開道歉記者會嗎？」

「只能這麼做。雖然記者會後，抗議也照樣有增無減吧。反正都丟給及川來應付就好。」

「等等，這太過分了啦。」及川哀號。

「這也是不得已的。」郡司說：「所以我們要道歉，並讓《怪》休刊。《Comic怪》則是廢刊。」

「欸～」

有必要做到這種程度嗎？

「這也是沒辦法的。」

「原來是這樣。」

「其實我不久之後就要被調職了。」

「調、調職？」

「角川計畫要導入品牌公司制。會和Media Factory或富士見等公司合併，並伴隨人事異動。我接下來不會留在角川書店，而是調去角川學藝出版。」

「欸欸欸！」

及川嚇了一跳。真心嚇到了。

「可是，《怪》一直以來沒有編輯部，全靠郡司先生才撐下來的耶。」

「所以《怪》也要收攤了。」郡司說。

「雖然只是表面上如此。」

「私、私底下不會嗎？」

「還用說嗎。」郡司壓低聲音說。真的是天生壞人臉。

「我有個祕密計畫。《Comic怪》不得已只能廢刊，但《怪》號稱休刊，其實就是因為有這個祕密計畫。」

「祕密計畫是指？」

「我向董事、社長及會長報告過了，對社會大眾道歉，並讓雜誌休刊作為了斷，他們也同意了。事情變得麻煩起來，他們不同意也不行。」

「喔……」

「為了這些無聊事一直開會實在是浪費時間。會長對於要讓《怪》休刊面露難色，但井上社長同意了。並要我辦特攝雜誌作為代替。總之，這種事還是直截了當一點，上頭比較容易接受。」

「但是，實際上並非如此嗎？」

「不然我幹嘛找你們來密談？下一期就是實質上的休刊號，或叫謝罪號。在那之前我會先被調職，由別人接任總編，我只剩下編輯顧問這種沒有實權的立場，你們就簡單編個一期出來吧。」

「繼任的總編是誰？」

「應該會找吉良吧。」

「吉良先生嗎……」岡田露出難以言喻的表情。

吉良浩一是一位資深編輯，擔任過文藝雜誌的總編，工作能力上無可挑剔，只是在性格上……

是個有名的窩囊廢。

不，之所以有名，主要是他以前負責的作家岩井志麻子逢人就說他是個窩囊廢的關係。據岩井小姐所言，吉良是窩囊的化身，是把窩囊的概念具象化而成的生物。

想必是位個性溫和的好人吧。

「而我想到的計畫，就是先讓吉良接任，在雜誌即將發行前突然來個回馬槍，讓他們沒辦法廢刊。」

郡司說到這裡，一無所懼地笑了。

「所、所以是怎樣的計畫呢？」

「這個等京極先生他們來了再說。」

這場祕密會議也找了京極、村上與梅澤過來。

「我昨天已經先告訴過荒俣老師。我想應該能成功。」

「真的嗎。」

岡田有點不安，及川也緊張起來。

因為怎麼想，《怪》都已進入危急存亡之際，究竟還能有什麼妙策呢？

「京極先生好慢。」

實在靜不下心來，及川說了聲「我去看看」後，離開會議室。

想說總之去大廳看看，走到電梯前，湊巧電梯門打開。及川暗自慶幸踏出步伐的瞬間，裡頭有位女性衝了出來。

「哇哇！」

「啊抱歉，對了，阿郡在哪？」

「阿郡？啊，您不是岩井小姐嗎？」

是岩井志麻子。

「招呼就免了，我和你也不熟，快告訴我阿郡在哪？」

「郡司總編的話，就在那間會議室裡。第三個房間。您怎麼了嗎？」

「真是的，有幾條性命都不夠用啊！」岩井急切地說。

「性、性命？」

「他在那裡是吧？我去叫他讓我躲一躲，別跟別人說這件事喔。」

岩井迅速說完，朝著會議室奔去。

究竟發生什麼事了？

來到一樓，從電梯出來後，及川不禁懷疑自己的眼睛。入口大廳亂成一團，電梯前也圍起重重人牆。

大門口……

有一群警察。

——是在拍電影嗎？

但沒聽人提過這件事。

服務台附近有人躺著，也有人蹲下。

有個兩眼布滿血絲的男子站在服務台上，不知大聲喊著什麼。

仔細一聽，似乎在嚷著「在哪？她在哪？」

「怎、怎麼回事？」

及川喃喃地說。

「那個人是跟蹤狂喔，及川大哥。」

回答者是擠在人牆裡的伊知地。

「跟蹤狂？」

所以剛才……

「岩、岩井小姐的？」

「對啊。那個人好像主張岩井小姐某部作品的主角寫的就是他，要她修改部分內容。」

「啊？」

這應該是……

「這應該只是他的幻想。而且他的要求不是重寫，也不是改寫故事。那男人主張自己是男的，岩井小姐卻將他寫成了個女的。」

「呃……」

這怎麼聽……都不是以他當角色藍本吧？

「而且他還主張自己不是角色藍本，而是主角本身，不應該被人變性。」

「咦咦？」

不是藍本，而是主角本身？愈聽愈糊塗了。

「所以他追著岩井小姐到這來了？」

「他一直守在大門口。因為那本書是我們出版的。」

「一直守在大門口！」

「剛才岩井小姐一來，他立刻跳出來，當然隨行的責編阻止他騷擾，結果……」

伊知地指向某處，及川踮起腳尖確認。

地板都是血。

「咦咦咦！」

倒在地上的是……

「死死死、死掉了嗎？」

「不知道。人太多，過不去。沒人能前進，搭電梯下來的人又一直塞在這裡，警察剛剛才到。」

「那個人手裡應該有凶器吧？」

「應該有。我來的時候已經有好幾個人倒地，服務台的小姐尖叫……」

「該該該該該不會是手槍吧？」

「說不定喔。」

「居然說得那麼輕鬆，如如如如果是手槍，我們也可能被攻擊啊，說不定會中彈啊。中彈的話，會出血耶，會很痛耶，說不定會沒命咧。」

哇啊啊。

及川開始在心中埋怨岩井小姐剛才為何不阻止他。雖說，她應該也不知道及川要去大廳吧。

「結果我就被卡在這裡，回也回不去。場面這麼混亂，岩井小姐也不知道去哪了。」

「岩井小姐去樓上了。」

及川指著天花板。

「喔～所以她順利逃開了。」

「說是要叫郡司先生讓她躲一躲，為什麼是找郡司先生我也不懂。」

「讓你們看看證據吧！」男人怒吼。

「我是男的啊，男的！為什麼把我寫成女的。真不敢相信。難得賣她面子讀一下，卻只有我被寫成女的。叫志麻子出來，志麻子！」

「呀啊啊啊啊！」

突然響起類似絲綢被撕裂般的……男人慘叫聲。

「有人被挾持了嗎？」

「有喔，是吉良先生。」

「吉、吉良先生！」

這不是《怪》的次期總編嗎？

「吉良先生一定是出來接岩井小姐的。然後就……」

「不要，住手！」

人質被抓住後頸，扭動手腳掙扎。

看來的確是吉良。

聽到吉良的聲音。

「我、我說你啊，你已經被警察包圍了，快點住手，放我走吧。現在是怎樣啦。」

「吵死了。你……根本沒活著吧。」

「咦？我活著啊。我還活著。你和我無冤無仇吧？放開我啦，我會去請岩井小姐出來的。我保證。我會請她重寫的。」

「說謊。你根本還沒出生。」

「咦咦？」

及川踮起腳尖，清楚看見吉良的表情變得彷彿文樂人偶般生硬。

話說回來，還沒出生是什麼意思？真是莫名其妙。

「你是嬰靈。」

啊，原來是這意思。

吉良訝異地張大嘴。

「不、不是！不、不、不是這樣，根本不對吧。啊不，對！是的是的，正是如此。我是嬰靈。我還沒出生。是的，對不起，你說什麼我都照辦，饒了我吧～」

吉良的態度很丟臉，但能丟臉到這種地步反而令人覺得爽快。

「岩井那女人，居然把嬰靈丟給我處理。明明知道我是男的。那女人是什麼意思？我從她筆名還是岡山桃子的時代起就一直是忠實讀者，要我啊～我絕對不原諒～」

「怎怎怎……怎麼聲音好像怪怪的？不，沒事，我聽錯了，您的嗓音很美妙。啊啊，討厭，住手～求求你不要啦～」

這時，在場警員一齊……

舉起槍枝了。

——怎麼可能有這種事？

一開始不是應該先說服犯人嗎？

先對犯人訴之以情，說令堂會很難過的，快點放開人質。

接著會和犯人展開交涉。

會派出交涉人。不是應該這樣嗎？

就算想開火，也會躲在犯人看不見的地方奇襲。ＳＷＡＴ不是都這麼做嗎？記得日本也有類似組織叫什麼ＳＡＴ還是ＳＩＴ的，應該不會這麼明目張膽地舉起手槍刺激犯人吧？明明犯人還挾持著人質，怎麼會做出如此不經大腦的……

……不對。

總覺得很奇怪。

這男人奇怪，警察也奇怪。

整個世界都變得很奇怪。之前的紅酒女也是如此，總覺得世界很像扣錯格的鈕扣，一顆錯，整排都錯。不應存在的妖怪突然冒出，人心變得如此暴虐，肯定也是相同理由吧。這不是妖怪害的，但根源相同。所以……

砰！嘈雜刺耳的巨響貫徹大廳。聲音雖巨大，但只是很單純的「碰碰！」地兩聲。

圍成人牆的圍觀者們無不屈膝摀住耳朵。

接著又「砰砰！」地連續響起相同聲音。

閉著眼的及川驚恐地張開眼眸。

只見被打成蜂窩的犯人……

以及額頭中彈的吉良，屍骸倒在血泊之中。

虛實妖怪百物語・未完待續

書封插圖／出自佐脇嵩之《百怪圖卷》福岡市博物館　藏
封面攝影／單汝誠
原書裝幀／片岡忠彥（ニジソラ）

國家圖書館出版品預行編目資料

虛實妖怪百物語 : 序 / 京極夏彥作 ; 林哲逸譯 .
-- 初版 . -- 臺北市 : 臺灣角川 , 2019.09
面 ;　公分 . --（文學放映所 ; 113)
譯自 : 虛実妖怪百物語 : 序
ISBN 978-957-743-319-0(平裝)

861.57　　108014202

虛實妖怪百物語　序

原著名＊虛実妖怪百物語 序

作　　者＊京極夏彥
譯　　者＊林哲逸

2019年9月30日 初版第1刷發行

發 行 人＊岩崎剛人
總 經 理＊楊淑媄
資深總監＊許嘉鴻
總 編 輯＊呂慧君
主　　編＊李維莉
美術設計＊李曼庭
印　　務＊李明修（主任）、張加恩（主任）、張凱棋

台灣角川

發 行 所＊台灣角川股份有限公司
地　　址＊105台北市光復北路11巷44號5樓
電　　話＊（02）2747-2433
傳　　真＊（02）2747-2558
網　　址＊http://www.kadokawa.com.tw
劃撥帳戶＊台灣角川股份有限公司
劃撥帳號＊19487412
法律顧問＊有澤法律事務所
製　　版＊尚騰印刷事業有限公司
I S B N＊978-957-743-319-0

Design by Tadahiko KATAOKA
Design usage permission arranged with KADOKAWA CORPORATION, Tokyo